Nuova Narrativa Newton
1354

Questa è un'opera di fantasia. Nomi, personaggi, luoghi e avvenimenti sono frutto dell'immaginazione dell'autrice oppure sono usati in modo fittizio. Qualunque somiglianza con persone, viventi o defunte, attività commerciali, aziende, avvenimenti o ambientazioni reali è puramente casuale.

Titolo originale: *The Overnight Guest*

Traduzione dalla lingua inglese di Marialuisa Amodio
Prima edizione: settembre 2023

ISBN 978-88-227-7593-1

www.newtoncompton.com

Realizzazione a cura di Pàgina
Stampato nel settembre 2023 da Puntoweb s.r.l., Ariccia (Roma)

Heather Gudenkauf

Un ospite per la notte

Newton Compton editori

A Greg, Milt e Patrick Schmida,
i fratelli migliori del mondo

Uno

Agosto 2000

Il 12 agosto del 2000 Abby Morris, senza fiato e con il sudore che le colava lungo le tempie, faceva la sua passeggiata serale sulla strada sterrata che scorreva come un nastro grigio. Malgrado la maglia a maniche lunghe, i pantaloni e uno spesso strato di spray repellente, le zanzare le formavano un alone intorno alla testa in cerca di pelle esposta. Era grata per la luce della luna e per la compagnia di Pepper, il suo Labrador nero. Secondo Jay, il marito, andare a camminare a quell'ora tarda era imprudente, ma lei lavorava tutto il giorno, poi doveva andare a prendere il figlio al nido e sbrigare le faccende domestiche, quindi quella tra le 21:30 e le 22:30 era l'unica ora libera che le restava.

Non aveva paura. Fin da piccola era abituata a camminare in campagna, su strade di terra o ghiaia, fiancheggiate da campi di mais. Vivevano lì da tre mesi e non aveva ancora incontrato nessuno durante quelle passeggiate serali. Per lei era perfetto così.

«Roscoe, Roscoe!», gridò una voce femminile in lontananza. Forse stava chiamando a casa il cane per la notte, pensò Abby. *Ro-ss-cooo*: strascicava la parola con un ritmo cantilenante, ma il tono era irritato.

Pepper ansimava pesantemente, la lingua gonfia che sfiorava la terra.

Abby affrettò il passo. Era quasi a metà del suo giro di cinque chilometri, nel punto in cui il sentiero sassoso incontrava una stradina bianca quasi inghiottita dai campi di mais. Girò a destra e si fermò. Su un lato della strada, a una quarantina di metri, c'era un camioncino. Un brivido le corse lungo la schiena e il cane la guardò con aria interrogativa. Forse il proprietario l'aveva lasciato lì perché aveva una gomma a terra o problemi al motore, ragionò Abby.

Ricominciò a camminare e un velo di nubi coprì la luna, rabbuiando il cielo e rendendo impossibile vedere se ci fosse qualcuno dentro il furgone. Abby inclinò la testa per captare il ronzio di un motore al minimo, ma sentì solo la serenata delle cicale e il respiro umido del cane.

«Andiamo, Pepper», sussurrò indietreggiando. Ma lui procedette a zigzag verso le ruote del pick-up. «Pepper!», lo richiamò. «Vieni qui!».

In risposta al suo tono agitato, il cane girò la testa di scatto e rinunciò riluttante all'odore per tornare al suo fianco.

Si era mosso qualcosa dietro il parabrezza oscurato? Non ne era sicura, ma non riusciva a scrollarsi di dosso la sensazione di essere osservata. Le nubi si diradarono e Abby vide una figura curva dietro il volante. Un uomo. Indossava un berretto e, al chiaro di luna, Abby intravide un accenno di pelle chiara, un naso leggermente storto e un mento aguzzo. Era seduto lì, immobile.

Un venticello caldo fece mormorare i campi e le provocò la pelle d'oca. Dalla sua destra giunse uno strano fruscio e Pepper rizzò il pelo sulla schiena, emettendo un basso ringhio.

«Andiamo», disse Abby, camminando all'indietro prima di girarsi e affrettarsi verso casa.

00:05

Lo sceriffo John Butler era in piedi sul portico malandato di casa sua a guardare il cortile sul retro. Il legno marcio scricchiolava sotto i suoi piedi scalzi. Le case intorno erano tutte al buio, i vicini dormivano già. Perché stare svegli? C'era uno sceriffo che viveva alla porta accanto. Non avevano niente di cui preoccuparsi.

L'uomo faceva fatica a respirare. Il caldo era opprimente, l'aria era stagnante e gli pesava sul petto. La luna piena dello Storione era bassa all'orizzonte e gialla come il polline d'api. O si chiamava luna del Cervo? Non se lo ricordava.

Gli ultimi sette giorni erano stati tranquilli. Troppo tranquilli. Non c'erano stati furti in appartamento, nessun incidente stradale grave, non era esploso qualche laboratorio clandestino di anfetamine e non erano arrivate denunce di violenza domestica. Non che Blake County fosse un focolaio d'illegalità, ma avevano pur sempre la loro bella dose di crimini violenti. Quella settimana però no. I primi quattro giorni era stato contento della tregua, ma poi aveva cominciato a sembrargli inquietante. Era strana, destabilizzante. Per la prima volta in vent'anni da sceriffo, era riuscito a mettersi in pari con il lavoro d'ufficio.

«Non complicarti l'esistenza». Janice, con cui era sposato da trentadue anni, gli passò un braccio intorno alla vita e gli posò la testa sulla spalla.

«Non preoccuparti», replicò Butler ridendo. «Di solito si complica per conto suo».

«Allora torna a letto», disse lei, tirandolo per una mano.

«Arrivo», rispose. Janice incrociò le braccia al petto e gli rivolse un'occhiata severa. Lui alzò la mano destra. «Tra cinque minuti. Promesso». Lei rientrò con riluttanza.

Butler passò la mano callosa sulla ringhiera di cedro. Era

rovinata, tutto il portico andava rifatto, buttato giù e ricostruito. Magari l'indomani sarebbe andato da Lowe a Sioux City. Se le cose andavano avanti così, avrebbe avuto tutto il tempo di occuparsene. Soffocando uno sbadiglio, tornò in casa, chiuse a chiave e si trascinò in corridoio verso il letto e sua moglie. "Un'altra notte tranquilla", pensò lo sceriffo. Tanto valeva godersela finché durava.

00:30

Un rumore di palloncini che scoppiavano destò Deb Cutter da un sonno profondo. Due scoppi, uno dopo l'altro. Forse erano dei bambini che giocavano con i petardi rimasti dal Quattro luglio. «Randy», mormorò. Nessuna risposta.

Deb si girò verso il marito, ma il letto accanto a lei era vuoto, le lenzuola ancora lisce e fresche al tatto. Si alzò, andò alla finestra e tirò le tende. Il pick-up di Randy era parcheggiato al solito posto accanto al capanno per la mungitura. Anche Brock se n'era andato. Guardò l'orologio. Era mezzanotte passata.

Il figlio diciassettenne era diventato un estraneo. Aveva sempre avuto un'anima ribelle, anche da bambino, ma crescendo aveva preso una brutta piega. Stava combinando qualcosa di losco, ne era sicura. Brock era nato quando lei e suo marito erano appena diciottenni. Sapevano a malapena badare a sé stessi, figurarsi a un bambino.

Sapeva che Randy era severo con Brock. Troppo severo a volte. Quando era piccolo, bastavano un'occhiataccia e uno scappellotto per rimetterlo in riga, ma ormai quei giorni erano passati. L'unica cosa che sembrava scuoterlo, adesso, era un bel ceffone. Deb doveva ammettere che Randy, nel corso degli anni, aveva superato il limite di tanto in tanto, dispensando al ragazzo lividi, labbra spaccate e sangue dal naso. La vita non è facile, diceva sempre per giustificare la sua brutalità con il figlio, prima lo capisce, meglio è.

Anche Randy negli ultimi tempi era stato distante, sempre indaffarato. Non solo aiutava i genitori alla fattoria, ma stava anche ristrutturando un antico casale con una mezza dozzina di fabbricati decrepiti e un recinto per i maiali, oltre a occuparsi del raccolto. Di giorno non lo vedeva quasi mai.

Deb cercò di placare il risentimento, ma le rimase in gola, come un sapore acido. Randy era ossessionato, ecco cos'era. Ossessionato dalla sistemazione di quel vecchio casale, ossessionato dalla terra. La terra era il suo chiodo fisso. Ma il Paese era in recessione e si sarebbero ritrovati con due proprietà che non potevano permettersi. Era davvero stufa.

Un altro scoppio riverberò in lontananza. "Dannati ragazzi", pensò. Ormai completamente sveglia, fissò il ventilatore a soffitto che girava pigro e aspettò che il marito e il figlio tornassero a casa.

1:10

In un primo momento, la dodicenne Josie Doyle e la sua migliore amica, Becky Allen, corsero verso gli scoppi. L'istinto avrebbe dovuto dir loro di tornare a casa, dove le aspettavano Ethan e i suoi genitori. Lì sarebbero state al sicuro. Ma quando Josie e Becky scoprirono di aver commesso un errore, era troppo tardi.

Si allontanarono dal rumore e, tenendosi per mano, corsero nel cortile buio verso il campo di mais. La foresta di steli alti e gracili era il loro unico rifugio.

Josie era sicura di aver sentito dei passi e si voltò per vedere chi le stesse seguendo. Non c'era nessuno, solo la casa immersa nelle ombre notturne.

«Corri», ansimò, tirando per mano l'amica. Correvano, con il fiato in gola. Erano quasi arrivate. Becky inciampò. Strillò e la sua mano scivolò via da quella di Josie. Le gambe cedettero e cadde in ginocchio.

«Alzati, alzati», la implorò Josie, tirandola per il braccio. «Ti prego». Osò voltarsi di nuovo. Uno spicchio di luna rivelò fugacemente un'ombra apparsa da dietro il granaio. Terrorizzata, Josie la guardò alzare un braccio e prendere la mira. Lasciò l'amica, si girò e corse. Mancava poco, era quasi arrivata.

Si lanciò tra le spighe proprio mentre esplodeva un altro colpo. Un dolore lancinante al braccio la lasciò senza fiato. Non si fermò, non rallentò e, malgrado il sangue caldo che gocciolava sul terreno arido, Josie continuò a correre.

Due

Oggi

A causa del rapido approssimarsi della bufera, Wylie Lark si immise nell'ultimo posto libero sulla strada davanti al supermercato Shaffer, annidato tra una farmacia e la sede della confraternita Elks Lodge. Avrebbe preferito proseguire fino al supermercato di Algona, più grande e ben fornito, ma grossi nuvoloni grigi si stavano già addensando.

Wylie scese dalla sua Ford Bronco e gli scarponi scricchiolarono sul sale sparso lungo la strada in previsione del gelo e del mezzo metro di neve atteso in serata.

Si avvicinò trepidante alle vetrine decorate per San Valentino. Cuori rossi e rosa, cupidi con archi e frecce. Si fermò un attimo prima di spalancare la porta. Shaffer era un piccolo discount a gestione familiare, con una selezione limitata di prodotti. Era economico, ma sempre pieno di paesani impiccioni.

Wylie finora era riuscita a schivare le interazioni con la gente del posto quando capitava a Burden, ma col passare del tempo stava diventando sempre più difficile.

Appena entrata, fu accolta da una ventata di aria calda. Resistette alla tentazione di togliersi i guanti e il cappello, si mise le cuffie e alzò il volume del podcast true crime che stava ascoltando.

I carrelli erano finiti, così prese un cestino e cominciò a

camminare tra le corsie, con gli occhi ben piantati a terra. Iniziò a gettare i prodotti nel cestino. Una pizza surgelata, barattoli di zuppa, impasto per biscotti con gocce di cioccolato. Si fermò davanti allo scaffale dei vini ed esaminò la scarsa scelta. Un tizio con una tuta marrone e un cappellino giallo e verde la urtò, facendole cadere le cuffie.

«Ops, mi scusi», disse sorridendo.

«Non fa niente», rispose Wylie, senza guardarlo negli occhi. Afferrò la bottiglia di vino più vicina e si diresse verso la lunga fila di persone in attesa alla cassa. L'unica cassiera aveva i capelli castani screziati di grigio e tirati indietro dal volto stanco con un fermaglio argentato. Sembrava indifferente all'impazienza dei clienti, ansiosi di tornare a casa. Passava ogni oggetto sullo scanner con insopportabile lentezza.

La coda scorreva. Wylie avvertì la presenza di una figura massiccia alle sue spalle. Si girò: era l'uomo della corsia dei vini. Sudando sotto il cappotto, guardò la cassiera. I loro sguardi si incrociarono.

«Scusate», disse Wylie, facendosi strada tra gli altri clienti per allontanarsi dall'uomo. Posò il cestino per terra e corse verso l'uscita. L'aria fresca sul viso fu una bella sensazione.

Il cellulare le vibrò nella tasca e lei lo tirò fuori.

Era il suo ex marito e non aveva nessuna voglia di parlare con lui. L'avrebbe assillata affinché tornasse in Oregon e lo aiutasse a prendersi cura del figlio, perché il libro poteva benissimo terminarlo a casa. Lasciò scattare la segreteria telefonica.

Il suo ex si sbagliava. Non sarebbe mai riuscita a finire il libro a casa. Le porte sbattute e le urla perché Seth, quattordici anni, tornava troppo tardi la sera o non rientrava affatto erano fonte di infinita frustrazione. Non riusciva a pensare, non trovava la concentrazione. E quando Seth, fissandola con odio da sotto la zazzera scarmigliata, le aveva detto che la detestava e voleva andare a vivere con suo padre, lo aveva accontentato.

«Va bene. Va' pure», gli aveva risposto, voltandogli le spalle. E lui l'aveva fatto. Quando Seth non era tornato a casa, la mattina dopo, e non aveva risposto alle sue chiamate e ai messaggi, Wylie aveva fatto le valigie ed era partita. Sapeva che era una fuga, ma non intendeva sopportare il mutismo e la rabbia del figlio un minuto di più. Poteva ben occuparsene l'ex marito, per qualche giorno. Ma poi i giorni erano diventi settimane e infine mesi.

Fece per rimettere in tasca il telefono, ma le cadde di mano e rimbalzò sul cemento in una pozzanghera fangosa.

«Maledizione», esclamò, piegandosi per ripescare il cellulare dalla fanghiglia ghiacciata. Lo schermo si era rotto e l'acqua era entrata all'interno.

Appena fu in macchina, si tolse cappello e cappotto. I capelli e la maglia erano umidi di sudore. Cercò di ripulire il telefono, ma sapeva che, se non fosse tornata subito a casa ad asciugarlo, era rovinato. Cercò invano di rianimarlo, sperando che lo schermo crepato si illuminasse. Niente.

I venticinque minuti per tornare alla fattoria sembrarono durare un'eternità e il viaggio in paese era stato inutile. Non aveva più preso nulla, né il vino, né la spesa. Si sarebbe dovuta arrangiare con quello che aveva in casa.

Burden era sparita dallo specchietto retrovisore dopo soli due minuti, ma davanti aveva una striscia infinita di strada nera. Rimase bloccata due volte dietro i camion spargisale, ma più si inoltrava a nord, meno macchine vedeva. Si erano tutti rintanati in casa, ad aspettare la bufera. Finalmente, lasciò la strada principale e imboccò lo sterrato malconcio che l'avrebbe riportata a casa.

Soggiornava a Blake County da sei settimane e il tempo

era sempre stato brutale. Il freddo penetrava nelle ossa e non ricordava di aver mai visto tanta neve in vita sua. Mentre guidava, le case e le fattorie che oltrepassava erano sempre più rare finché non vide solo un mare bianco dove prima c'erano stati i campi di mais, soia ed erba medica. Non c'era alcun indizio dell'esplosione di verde e oro che sarebbe avvenuta nel giro di pochi mesi.

Wylie guidò ancora per qualche chilometro prima di rallentare per aggirare il noce che cresceva inesplicabilmente al centro di un incrocio tra due strade bianche e poi per attraversare il piccolo ponte di legno sul torrente ghiacciato. Circa duecento metri dopo iniziava il viale stretto e lungo, bordato da siepi imbiancate di neve, che l'avrebbe portata a casa. Superò la fila di pini che facevano da frangivento e proseguì verso il vecchio granaio rosso, ora coperto di bianco. Lasciò la Bronco in moto mentre apriva la porta del granaio che usava come garage, poi entrò, spense il motore e si ficcò le chiavi in tasca. Si chiuse alle spalle le grandi ante di legno e guardò la vasta prateria.

L'unico rumore era quello del vento, sempre più forte. Era sola. Non c'era nessun altro essere umano per chilometri. Era esattamente ciò che voleva.

Dal cielo cadde una pioggia gelata. Era arrivata la bufera.

Wylie mise in tasca il telefono danneggiato e si diresse verso la fattoria.

Appena entrata, chiuse la porta a chiave, si sfilò gli scarponi e indossò un paio di mocassini foderati in pile. Corse a prendere una confezione di riso dalla dispensa per asciugare il telefono. Non c'era. Avrebbe dovuto portarlo a riparare o comprarne uno nuovo. Appese il parka all'attaccapanni all'ingresso, ma non si tolse il cappello.

La fattoria aveva un centinaio d'anni ed era scricchiolante e brontolona come un vecchio. Il riscaldamento era acceso, ma non poteva competere con l'aria fredda che si infilava tra i vetri e da sotto le porte. Il piano iniziale era di restare per una, due settimane al massimo, ma più tempo passava lì, più trovava difficile andarsene.

All'inizio aveva dato la colpa all'ex marito e alla brutta piega che aveva preso il suo rapporto con Seth. Era stanca di litigare con loro. Aveva bisogno di concentrarsi per finire il libro.

Così aveva fatto una telefonata, scoprendo che la fattoria isolata in cui vent'anni prima si era consumato un terribile crimine, era libera. C'erano solo i servizi essenziali: acqua ed elettricità. Mancavano il wi-fi e la tivù, e soprattutto non c'erano figli adolescenti pronti a ricordarle che era una pessima madre. Era a duemila chilometri da qualsiasi distrazione. E dopo aver fatto cadere e distrutto il cellulare, il suo unico collegamento con il mondo era il telefono fisso. L'accesso a Internet, ai messaggi, a FaceTime erano andati.

Stava lavorando al suo quarto crime basato su un fatto di cronaca e le capitava spesso di viaggiare per le sue ricerche, ma non era mai stata così a lungo lontano da casa. C'era qualcosa in quel posto che la tratteneva, altrimenti avrebbe già finito il libro e se ne sarebbe andata.

Tas, il cane da caccia meticcio molto anziano, la guardò con i languidi occhi gialli dalla sua cuccia accanto al termosifone. Wylie lo ignorò. Il cane sbadigliò, abbassò il lungo muso sulle zampe e chiuse gli occhi.

Mancavano tre ore al tramonto, ma dalle finestre entrava la luce grigia della bufera imminente. Wylie fece il giro della casa accendendo le luci. Prese gli ultimi pezzi di legno dal baule all'ingresso, li sistemò nel camino e avviò il fuoco. Sperava che durasse tutta la notte; non le piaceva l'idea di dover uscire a prendere altra legna.

Il nevischio scendeva fitto, sferzava le finestre e copriva

i rami spogli degli alberi di una patina ghiacciata. Avrebbe apprezzato lo spettacolo, se non fosse stata già stufa dell'inverno. Il Giorno della marmotta era passato, si aspettavano altre nevicate e la primavera sembrava ancora lontana.

Wylie cominciò la routine che seguiva ogni pomeriggio da sei settimane. Controllò che le finestre e le porte fossero chiuse a chiave e tirò le tende. Anche se apprezzava la solitudine e scriveva di crimini orrendi, la inquietavano il buio e ciò che poteva nascondersi fuori dopo il calar del sole. Aprì il cassetto del comodino per controllare che la sua nove millimetri fosse ancora al suo posto.

Fece una doccia veloce, sperando di anticipare il momento in cui l'acqua calda diventava tiepida, e si asciugò i capelli con una salvietta. Si infilò calzamaglia, calzettoni di lana, jeans e felpa, e tornò in cucina.

Si versò un bicchiere di vino e si sedette sul divano. Tas cercò di accoccolarsi accanto a lei. «Cuccia», gli disse sovrappensiero, e il cane tornò al suo posto accanto al termosifone.

Pensò di chiamare Seth con il telefono fisso, ma rischiava che il suo ex fosse nei paraggi e insistesse per parlare con lei. Ci era già passata.

Inevitabilmente, la loro conversazione sarebbe collassata sotto una valanga di parole dure e accuse. «Torna a casa. Ti stai comportando in modo assurdo», le aveva detto in una delle ultime telefonate. «Hai bisogno di aiuto, Wylie».

Aveva sentito una crepa nel petto. Una piccola spaccatura, sufficiente a farle capire che doveva chiudere la chiamata. Non parlava con suo figlio da più di una settimana.

Salì al piano di sopra con il bicchiere di vino e si sedette alla scrivania nella stanza che usava come studio. Tas la seguì e si sdraiò sotto la finestra. Era la più piccola delle camere da letto, con le pareti gialle e gli adesivi della Major

League Baseball lungo il battiscopa. La scrivania era in un angolo, rivolta verso il centro della stanza, in modo da poter vedere sia la finestra che la porta.

Il testo del romanzo che aveva fatto stampare la settimana prima alla biblioteca di Algona era accanto al computer, pronto per un'ultima lettura. Ma non voleva ancora portare a termine il progetto.

Aveva passato più di un anno a studiare le foto della scena del crimine, a leggere tutti gli articoli di giornale e i rapporti ufficiali. Aveva contattato i testimoni e i personaggi chiave per le indagini, tra cui gli agenti e l'ex sceriffo. Persino il responsabile del Dipartimento indagini criminali dello Iowa aveva accettato di parlare con lei. Erano stati tutti sorprendentemente sinceri e le avevano fornito informazioni inedite sul caso.

Solo con i familiari non era riuscita a parlare: o erano morti oppure si erano rifiutati. Non li biasimava. Aveva trascorso ore e ore a scrivere, con le mani che volavano sulla tastiera. Il romanzo era finito. Aveva la sua soluzione del caso, per quanto scarna. L'assassino era stato identificato, ma non era stato assicurato alla giustizia.

C'erano ancora tante domande senza risposta, ma era il momento di mettere la parola fine. Doveva rileggere, fare le ultime revisioni e mandare il testo all'editore.

Wylie gettò la penna sulla scrivania, frustrata. Si alzò, si stiracchiò un po' e scese le scale, tornando in cucina, dove posò il bicchiere vuoto sul bancone. Le dolevano le mani per il freddo, ma non voleva alzare il termostato. Riempì d'acqua la teiera e la mise sul fornello. Passò le mani sulla fiamma mentre si riscaldava.

Il vento infuriava e ululava con un lugubre lamento e, dopo pochi minuti, la teiera si unì con il suo fischio. Wylie portò di sopra la tazza di tè e si sedette di nuovo alla scrivania. Mise da parte il romanzo e cominciò a pensare al nuovo progetto.

Gli omicidi macabri non mancavano. Ne aveva tanti tra cui scegliere. Molti autori di true crime selezionavano l'argomento in base ai titoli in prima pagina e all'interesse del pubblico. Lei no. Cominciava sempre dalla scena del crimine. Era lì che la storia le entrava nelle vene e ci restava.

Esaminava le foto, immagini dei posti in cui le vittime avevano tratto i loro ultimi respiri, la posizione dei corpi, i volti fissati dalla morte, la frenesia degli schizzi di sangue.

Le foto che stava guardando ora erano di un delitto avvenuto in Arizona. La prima era stata scattata da lontano: una donna seduta, appoggiata a una roccia color ruggine, ciuffi di sterpaglia polverosa che la circondavano come una ghirlanda, il volto nascosto. Una macchia nera le scuriva la camicia.

Wylie posò la foto e guardò la successiva. La stessa donna, ma in primo piano e da una diversa angolazione. La bocca era contorta in una smorfia di dolore. La lingua sporgeva, gonfia e nera. Nel petto era scavato un buco così grande che avrebbe potuto infilarci una mano, con una cornice di pelle lacerata che rivelava ossa e cartilagine.

Erano foto cruente, disturbanti, materiale da incubo, ma Wylie credeva fosse necessario conoscere le vittime innanzitutto da morte.

Alle dieci di sera, Tas le strofinò il muso su una gamba. Scesero le scale; il cane, lento e con le giunture scricchiolanti, presto non sarebbe più stato in grado di fare i gradini. Non gli restava molto da vivere.

Si chiese cosa avrebbe detto il suo ex marito quando gli avrebbe riferito di aver raccolto un vecchio randagio che riposava fuori dalla porta della fattoria. Quel cane era sempre nei paraggi, malgrado avesse tentato di mandarlo via.

Wylie pensava che fosse stato abbandonato lì dai precedenti affittuari. L'aveva chiamato Tas, diminutivo di Itasca, il parco statale in cui erano stati trovati i cadaveri di tre giovani donne, le protagoniste del suo primo romanzo.

Quel cane non le piaceva molto, e il sentimento era reciproco. Sembravano giunti alla consapevolezza di doversi sopportare come coinquilini.

Wylie aprì la porta per far uscire Tas e la richiuse subito. Ma il freddo, la neve e la pioggia ghiacciata riuscirono a entrare in casa, facendola rabbrividire.

Passò un minuto, poi due. Tas non amava il freddo e di solito era veloce a fare i bisogni e tornare a grattare alla porta, segnale che era pronto a rientrare.

Wylie andò alla finestra, ma i vetri erano offuscati e laccati di ghiaccio. Si strofinò gli occhi che le bruciavano per aver guardato troppo a lungo le foto sgranate e si riappoggiò alla porta, in attesa. Non sarebbe riuscita a dormire fino all'alba.

Le luci tremolarono e lei ebbe un tuffo al cuore. Fissò il lampadario e trattenne il fiato, ma il bagliore caldo rimase stabile. Aggiunse altra legna nel camino. Se andava via la luce, i tubi rischiavano di congelarsi e si sarebbe trovata in un vero guaio. Aprì la porta di uno spiraglio e sbirciò nel mare bianco, ma non c'era nessuna traccia del cane.

«Tas!», chiamò nel buio. «Vieni!». La pioggia si era trasformata in una grandine dura che colpiva la casa con un rumore incessante, come se ci fossero dei topi che correvano dentro i muri. Non si vedeva niente oltre la flebile luce che trapelava dalla porta. «Fantastico», borbottò, andando a prendere gli stivali dallo sgabuzzino, un vecchio giaccone impermeabile e una delle tante torce che teneva in casa.

Dopo essersi infagottata, uscì, stando attenta a non scivolare sui gradini del portico antistante.

«Tas!», chiamò irritata. Curvò le spalle contro il vento pungente e chinò il capo per proteggersi dalle piccole perle di ghiaccio che le colpivano il viso.

Erano già caduti parecchi centimetri di neve che si era ghiacciata, trasformando il cortile in una pista di pattinaggio.

Ebbe un altro fugace lampo di inquietudine. Il ghiaccio e la neve avrebbero danneggiato le linee elettriche, portando a un blackout e al buio più completo. Voleva trovare Tas e rientrare in casa.

Tenendosi alla ringhiera del portico si mosse pian piano, guidata dalla torcia, continuando a chiamare il cane. Socchiuse gli occhi e puntò la luce sul sentiero che portava alla strada. Due inquietanti puntini rossi la fissarono dal buio. «Tas, vieni qui!», ordinò. Il cane abbassò la testa, ignorandola.

Rassegnata, cominciò a camminare verso di lui. Si chinò leggermente in avanti e avanzò con i piedi ben piantati a terra, cercando di mantenere l'equilibrio. Ma scivolò lo stesso, atterrando sull'osso sacro.

«Cacchio!», gridò rialzandosi. Il nevischio le era penetrato nello spazio tra il collo e il bavero della giacca. Era a mani nude e avrebbe voluto infilarsele in tasca, ma non osava. Le servivano, nel caso fosse caduta di nuovo.

Tas era fermo. Avvicinandosi, Wylie notò che stava fissando qualcosa a terra davanti a lui. Non riuscì a capire cosa. Il cane cominciò a girarvi intorno, annusando con circospezione.

«Vai via da lì», gli ordinò Wylie. Quando fu a pochi passi si accorse che non si trattava di un oggetto: era una qualche specie di essere vivente… o lo era stato. Si trovava in posizione fetale, coperto da una guaina di ghiaccio che risplendeva alla luce della torcia.

«Tas, seduto!», gridò. Stavolta il cane alzò il muso a guardarla e obbedì. Wylie si avvicinò, cauta, senza distogliere lo sguardo dal corpo. Una scarpa consunta, l'azzurro sbiadito dei jeans, il grigio morbido di una felpa, capelli corti e scuri, un piccolo pugno premuto sulle labbra pallide. Un sottile rivolo di sangue congelato intorno alla testa.

Non era un animale quello che avevano davanti. Era un bambino, completamente coperto di ghiaccio.

Tre

«Possiamo andare fuori a giocare?», chiese la ragazzina, sbirciando dal bordo delle tende pesanti che coprivano la finestra. Il cielo era grigio e tenui gocce di pioggia picchiettavano sul vetro.

«Non oggi», rispose sua madre. «Piove, ci scioglieremmo».

La bambina ridacchiò e saltò giù dalla sedia che aveva trascinato sotto la finestra. Sapeva che sua madre stava scherzando. Non si sarebbero sciolte se fossero uscite sotto la pioggia, eppure, pensarci le provocò un brivido di paura: andar fuori e sentire l'acqua sulla pelle, guardarla sciogliersi come un cubetto di ghiaccio.

Così trascorsero la mattina al tavolino pieghevole: ritagliarono uova di cartoncino rosa, viola e verdi e le abbellirono con strisce e pallini.

Sua madre disegnò gli occhi e un piccolo becco appuntito su una delle uova. Poi le prese le mani, gliele fece appoggiare su un cartoncino giallo e tracciò i contorni con una matita. «Guarda», disse, tagliando l'impronta e incollandola dietro un altro uovo.

«È un uccello», disse deliziata la bambina.

«Un pulcino pasquale», precisò la mamma. «Li facevo quando avevo la tua età».

Poi andarono ad attaccare al muro con il nastro adesivo uova, pulcini e coniglietti, donando alla stanza cupa un'atmosfera festosa e primaverile. «Ecco qua, siamo pronte per il coniglietto pasquale», disse sua madre con aria trionfante.

Quella sera, quando la bambina andò a letto, le farfalle nello stomaco continuavano a scacciare via il sonno. «Non ti muovere», le ricordò sua madre. «Ti addormenterai presto».

Lei non le credette, ma quando riaprì gli occhi dalle persiane trapelava un raggio di sole, segno che la mattina era finalmente arrivata.

Saltò giù dal letto e trovò la madre già al piccolo tavolo rotondo su cui consumavano i pasti. «È venuto?», le chiese, sistemandosi i capelli castani dietro le orecchie.

«Certo», rispose sua madre, porgendole un cestino intrecciato con strisce di carta colorata. Era piccolo, le entrava nel palmo di una mano, ma molto grazioso. Dentro c'erano dei pezzetti di carta verde ritagliati a forma di fili d'erba. Sopra c'erano un pacchetto di gomme alla cannella e due lecca lecca all'anguria.

La bambina sorrise, malgrado la delusione. Sperava di trovare un coniglio di cioccolata o una di quelle caramelle a forma di uovo ripiene di un liquido giallo.

«Grazie», disse.

«Ringrazia il coniglietto pasquale», rispose sua madre.

«Grazie, coniglietto pasquale», cantilenò lei, come la ragazzina della pubblicità delle caramelle che aveva visto in televisione. Risero entrambe.

Poi scartarono una gomma da masticare a testa e passarono la mattina a inventare storie sui pulcini e i conigli che avevano creato.

Quando la gomma perse sapore e il lecca lecca si ridusse a un piccolo disco piatto, si aprì la porta in cima alle scale ed entrò suo padre. Aveva in mano una busta di plastica e una confezione di birre. Sua madre le rivolse un'occhiata. Quella che diceva: "Vai, mamma e papà hanno bisogno di un po' di tempo da soli".

La bambina prese il cestino e andò obbediente nel suo angolino sotto la finestra, sedendosi nel fascio di luce calda che cadeva sul pavimento. Guardando il muro, scartò un'altra gomma, se la mise in bocca e cercò di ignorare il cigolio del materasso e i sospiri e i grugniti di suo padre.

«Puoi girarti adesso», disse infine sua madre. Lei saltò in piedi.

Sentì l'acqua scorrere in bagno e suo padre fece capolino dalla porta. «Buona Pasqua», disse con un sorriso. «Il coniglietto pasquale mi ha chiesto di darti una cosa».

La bambina guardò il tavolo della cucina su cui c'era un sacchetto di plastica. Poi si voltò verso la madre, seduta sul bordo del letto a strofinarsi i polsi, con gli occhi rossi e umidi. Lei annuì.

«Grazie», mormorò.

Più tardi, dopo che suo padre se ne fu andato richiudendo la porta a chiave, si era avvicinata al tavolo e aveva guardato dentro il sacchetto di plastica. C'era un coniglio di cioccolato con gli occhi azzurri spalancati. Aveva una carota in mano e un papillon giallo.

«Su», la incoraggiò sua madre, tenendosi un impacco di ghiaccio sul polso. «Quando ero piccola, cominciavo sempre dalle orecchie».

«Non penso di avere molta fame», disse la bambina, rimettendo la scatola sul tavolo.

«Stai tranquilla», le disse sua madre con dolcezza. «Puoi mangiarlo. È da parte del coniglietto pasquale, non di tuo padre».

Lei ci rifletté. Mordicchiò l'orecchio del coniglio e il sapore dolce del cioccolato le inondò la bocca. Diede un altro morso e poi un altro. Offrì il coniglio a sua madre, che staccò l'altro orecchio in un morso solo. Risero e lo mangiarono a turno, finché non restò che la coda di cioccolato.

«Chiudi gli occhi e apri la bocca», disse sua madre. La piccola obbedì e sentì che le metteva il pezzo restante sulla lingua e le dava un bacetto sul naso. «Buona Pasqua», mormorò.

Quattro

Agosto 2000

L'estate del 2000 fu un periodo tranquillo per il crimine a Blake County, nella parte centrosettentrionale dello Iowa. Con una popolazione, all'epoca, di 7310 persone, era una regione rurale, con un'economia agraria, non certo nota per i crimini violenti. Infatti, fino agli eventi del 13 agosto di quell'anno, non era stato riportato un solo omicidio.

Malgrado quel nome cupo, Burden – ovvero "fardello" – 844 abitanti, era una comunità idilliaca in cui vivere e mettere su famiglia. Situata a sudovest di Blake County, vantava un tasso di criminalità inferiore a un quarto della media statale.

Ma anche all'alba del nuovo millennio, rimaneva un paese prettamente agricolo. Mais e soia erano le colture principali, portate avanti da famiglie che vivevano lì da generazioni. I bambini correvano scalzi tra anemoni, fiori di delfinio e di stella d'oro, come avevano fatto i loro genitori e i loro nonni.

L'estate era fatta di duro lavoro e giochi da duri. I bambini delle fattorie stavano in sella ai trattori con i loro padri durante la semina, giocavano nei fienili e andavano a pescare dopo aver fatto i compiti. Per nove mesi all'anno le bambine andavano a scuola, dove imparavano che potevano diventare dottoresse e avvocate, ma quando tornavano a casa dovevano sempre aiutare le madri e le nonne a fare il burro, i sottaceti e la composta di rabarbaro. Davano da mangiare alle caprette rimaste orfane, leggevano libri dietro i silos per il granturco, pattinavano sul ghiaccio a Burden Creek e giocavano ad acchiapparello saltando sulle balle di fieno.

Quella era la vita di Josie Doyle quando si svegliò la mattina del 12 agosto 2000, con un senso di gioiosa attesa. Si vestì in fretta e furia e si legò i capelli a coda di cavallo.

Doveva preparare la borsa e fare una lista delle attrazioni principali da mostrare alla sua migliore amica, Becky, che veniva alla fiera statale per la prima volta. Ma prima di tutto, la colazione e le faccende domestiche. Josie mangiò in fretta e si precipitò a svolgere i compiti che le avevano assegnato.

Fu allora che si accorse che Roscoe, il Labrador color cioccolato, non si trovava da nessuna parte. Non era tanto strano.

Roscoe era un vagabondo. A volte non si faceva vedere per ore, andandosene a zonzo per la campagna. Ma tornava sempre a casa e non saltava mai la colazione. Josie alzava il coperchio del bidone di plastica che conteneva il sacco da venti chili di cibo per cani e lui arrivava di corsa, con fili di saliva che gli colavano dalle fauci.

Ma quella mattina Roscoe non c'era. Josie gettò una manciata di crocchette nella ciotola, riempì il piatto dell'acqua con la pompa e andò a occuparsi delle galline.

Per passare il tempo prima dell'arrivo di Becky, accompagnò suo padre a piantare una fila di pini che un giorno sarebbero serviti da frangivento, proteggendo la casa dai crudeli venti invernali. Poi andò con lui a riparare la recinzione del confine settentrionale della proprietà. Suo padre muoveva con perizia le mani inguantate, tirando, avvolgendo e ripiegando il filo spinato. Josie chiacchierava della fiera e correva di qua e di là. Per poco non inciampò sul recinto arrugginito. Era una bambina minuta per la sua età, ma aveva un'energia inesauribile.

Udì il camioncino prima di vederlo. Lo scoppiettio della ghiaia, simile ai popcorn nella pentola. Si voltò e lo vide svoltare la curva della strada. Aspettò che passasse, ma quello rimase fermo lì.

Sentì di nuovo il crepitio dei sassolini sotto le gomme. Si voltò e il camioncino si fermò. Ma non appena lei si mosse di nuovo, il furgone la seguì, tenendo lentamente il passo. Josie strizzò gli occhi per vedere chi fosse seduto all'interno, ma il sole era un disco dorato a est, troppo luminoso perché potesse distinguere qualcosa. Non aveva paura. Sicuramente erano gli amici di suo fratello che la prendevano in giro.

«Ah, ah», gridò. «Molto divertente!». Si chinò, raccolse un sassolino e lo lanciò contro il furgone. Cadde per terra con un suono deludente. Allora si incamminò piano verso il veicolo e quello fece retromarcia.

"Strano", pensò, continuando ad avvicinarsi. Ma il furgone arretrò di altri sette metri. Giocava ad acchiapparello. Proseguì baldanzosa, sicura che dentro ci fossero quegli antipatici degli amici di suo fratello.

A un certo punto vide la silhouette di una persona al volante. Una figura curva, con un cappellino ben calzato sulla fronte. Il furgone retrocedette ancora.

A quel punto dall'altra parte del campo giunse un grido. Era suo padre che le faceva cenno di tornare. Josie diede un'ultima occhiata al furgone, ma poco dopo dimenticò completamente l'episodio.

Tornata a casa, si fece coraggio e andò a bussare alla stanza di suo fratello, sperando che l'aiutasse a cercare Roscoe.

«Lasciami in pace», disse Ethan. Era seduto a terra con la schiena appoggiata al letto.

«Ma Roscoe non è tornato a casa stanotte, non te ne importa niente?», gli chiese.

«No», rispose secco Ethan, sfogliando una rivista.

«E se l'ha investito una macchina?», insisté Josie, alzando la voce. Suo fratello fece spallucce, senza nemmeno degnarsi di guardarla.

«Ti dispiacerà se non torna a casa», disse lei. Afferrò un tascabile da sopra il comò e glielo gettò addosso, facendo cadere la rivista. Non riuscì a trattenere una risata.

«Esci subito dalla mia stanza», ringhiò Ethan, prendendo uno dei suoi stivali da lavoro e lanciandolo verso di lei. Le passò sopra la testa, staccando un pezzetto del telaio della porta.

Josie si ritirò velocemente e si rifugiò in bagno, chiudendo a chiave. Ethan si comportava in modo davvero strano, ultimamente. Si faceva coinvolgere nelle risse, si ubriacava, arrivavano telefonate dalla scuola, telefonate dallo sceriffo. Non sapeva mai cosa aspettarsi quando si incrociavano, ma non capitava spesso, perché lui se ne stava sempre rintanato in camera sua. Josie attese di sentire la porta aprirsi e i suoi passi sulle scale prima di affacciarsi a guardare dal bagno.

Alle quattro e mezzo Becky e sua madre, Margo Allen, parcheggiarono nel vialetto e Josie corse fuori a salutarle. Becky aveva una gran massa di capelli ricci e scuri, di cui si lamentava sempre, e grandi occhi castani molto espressivi. «Ti darei i miei capelli, se potessi avere il tuo nome», diceva.

Lei avrebbe fatto volentieri lo scambio. Pensava che l'amica fosse bellissima e non era l'unica. Compiuti tredici anni, i ragazzi la chiamavano a casa e lei preferiva uscire con loro che passare del tempo con lei. Ma quel fine settimana sarebbe stato diverso, perché avrebbe avuto Becky tutta per sé. Avrebbero chiacchierato, riso e fatto tutte le cose che facevano prima che la vita diventasse così complicata.

Si salutarono con uno strillo di gioia e un abbraccio, e Josie le prese di mano il sacco a pelo e il cuscino.

«Ti riportiamo Becky sabato sera, quando torniamo», stava dicendo sua madre, Lynne Doyle, sistemandosi una ciocca ribelle dietro un orecchio. «Verso le otto, credo».

Margo disse che preferiva la lasciassero a casa del padre.

«Oh, non lo sapevo», rispose Lynne, come se fosse stupita, poi si impappinò. Josie non le aveva detto che i genitori di Becky si erano separati. «Certamente», concluse, abbassando lo sguardo.

Le due donne rimasero in un silenzio imbarazzato per qualche istante, poi Lynne prese la parola.

«Oggi fa di nuovo caldo, ma almeno tira un po' d'aria», disse, guardando il cielo screziato di nuvole, mosse da un vento torrido. Quando non si sa più cosa dire, si può sempre parlare del tempo.

«Divertiti, Becky», disse Margo, girandosi verso la figlia e stringendola in un abbraccio. «Fai la brava e ascolta la signora Doyle, intese? Ti voglio bene».

«Sì, ti voglio bene anch'io», borbottò Becky, imbarazzata dalla manifestazione d'affetto della madre.

Le due ragazzine corsero via e salirono le scale per rifugiarsi nell'allegra stanza gialla di Josie, dove lasciarono il sacco a pelo, il cuscino e la borsa di Becky.

«Che cosa vuoi fare prima?», domandò Josie.

«Le caprette», rispose Becky, ma da fuori giunse un grido di rabbia.

Andarono alla finestra aperta per vedere cosa stesse succedendo. Sotto di loro, Margo si fermò mentre apriva la portiera dell'auto e Lynne si premette una mano sulla fronte, in segno di saluto, mentre si schermava gli occhi dal sole pomeridiano. Guardavano entrambe verso il granaio.

Ethan fu il primo a uscire, imbronciato come sempre. Subito dopo venne suo padre, William. Gli posò la grossa mano sulla spalla, costringendolo a voltarsi per poterlo guardare in faccia. Il vento torrido disperse altre parole rabbiose, ma si udì chiaramente «cazzone». Margo, imbarazzata, guardò Lynne, che sorrise con aria di scuse e mormorò qualcosa sui ragazzi di oggi. Lo faceva spesso, negli ultimi tempi. Ethan cercò di scrollarsi di dosso la mano del padre.

«Tesoro», chiamò Lynne e il marito, vedendo che avevano ospiti, lasciò la spalla del figlio. Ethan perse l'equilibrio e cadde su un ginocchio. William gli tese una mano per aiutarlo, ma lui lo ignorò e si alzò da solo. Il padre allora guardò verso la casa e alzò una mano per salutare Margo. Ethan indietreggiò, come se si aspettasse uno schiaffo.

«Vieni», disse Josie, allontanando l'amica dalla finestra. «Usciamo». Sbatté le palpebre per fermare le lacrime di mortificazione. Quello era solo un assaggio di come andavano le cose tra suo padre e suo fratello.

Ethan era cambiato di colpo, si era allontanato dalla famiglia. Non parlava più e, quando lo faceva, era per dar sfogo alla rabbia e al risentimento. Era apertamente provocatorio e rifiutava di dare una mano alla fattoria.

«Tuo fratello ha dato del "cazzone" a tuo padre», disse Becky, e tutt'a un tratto scoppiarono a ridere a crepapelle. Appena una si riprendeva, l'altra bisbigliava "cazzone" e venivano colte da un nuovo attacco di risa.

Dopo cena, Lynne chiese a Ethan di consegnare una torta che aveva preparato alla fattoria dei suoi genitori, che si trovava a quasi due chilometri. «Vai dritto lì e poi torna subito a casa», ordinò.

Il ragazzo sbuffò.

«Ethan», lo ammonì Lynne. «Non mi provocare».

Josie uscì portandosi dietro l'amica, prima di sentire la risposta insolente del fratello.

Il suo posto preferito nella fattoria era l'ampio granaio rosso con il tetto a padiglione. Ogni mattina la accoglieva con il suo faccione rosso. La porta del fienile era il naso, gli occhi erano le due finestre, ben distanziate, e la bocca era l'ingresso, grande abbastanza da far passare un furgone.

Il granaio odorava di paglia scaldata dal sole e olio per trattori. E di capre e granelli di polvere. Josie rifornì le mangiatoie di legno al centro dell'edificio. Poi colmò un piccolo secchio di mangime in pellet, mentre Becky correva da una parte all'altra in cerca della mamma gatta con i piccoli. Erano scappati a nascondersi e non si trovavano più.

Josie e Becky uscirono nell'area recintata fuori dal granaio, dove trenta capre trascorrevano la giornata. Quando sentirono il secchio sobbalzarle sulle gambe, arrivarono correndo sulle zampe esili. Le bambine immersero le mani nel secchio per prendere una manciata di pellet e le infilarono attraverso il cancello, con i palmi tesi. Becky rise di quelle pupille a forma di bruco nero e dei belati simili a lamenti umani.

«Ehi, ma cosa combina tuo fratello?», le domandò a un tratto.

Josie alzò lo sguardo e vide Ethan diretto al suo furgone scassato, con un fucile in mano e la torta da consegnare ai nonni in equilibrio sull'altra. «Non lo so, ma non è quello che gli ha chiesto di fare mamma», rispose Josie con le mani sui fianchi.

«Sei fortunata ad avere un fratello maggiore. È proprio carino. Andiamo a vedere dove va», propose Becky, scuotendo via i pellet rimasti sulle mani e, prima che Josie potesse fermarla, corse dietro a Ethan.

«A cosa vai a sparare?», gli domandò, senza fiato, quando lo raggiunse.

«Alle bambine che mi seguono e parlano troppo», rispose Ethan senza degnarla di uno sguardo.

«Ah, ah», fece Josie, impassibile. «Non è nemmeno la stagione della caccia. Il papà lo sa che stai portando un fucile dal nonno?»

«Posso sparare ai piccioni e alle marmotte quando voglio, e no, non è necessario che il papà conosca ogni mia mossa. E comunque, vado solo a sparare ai barattoli».

«Bravo, non li sentirà mica gli spari. Ottimo piano, Ethan», lo canzonò Josie gettando uno sguardo all'amica, che però aveva occhi solo per suo fratello.

«Possiamo venire con te?», chiese Becky.

«Fate come vi pare», borbottò lui, posando con cautela il fucile nella rastrelliera sul vetro posteriore del furgone. Le ragazzine salirono a bordo e Becky gli fece i complimenti per la pulizia. Sbirciò nel cruscotto, frugando tra i vari oggetti, e tirò fuori un pacchetto di gomme e una scatola di mentine.

«Avrai un alito molto fresco», commentò con una risatina. Ethan arrossì. Becky prese il pupazzetto di Lanterna Verde che suo fratello teneva nel cruscotto come portafortuna e parlottò a bassa voce mentre faceva finta di farlo camminare sul braccio.

«Falla finita», sbottò Ethan, ma Josie capì che in realtà era compiaciuto per le attenzioni di Becky.

Lei continuò a ciarlare allegramente, mentre Ethan accelerava sulla stradina per poi fermarsi davanti alla porta d'ingresso rossa. «Sbrigati, portala alla nonna», ordinò a Josie. «E non fermarti a chiacchierare, che ho fretta».

Josie scavalcò goffamente Becky per scendere dal furgone, facendo quasi cadere la torta. Non voleva inimicarsi il fratello, così fece come le aveva detto. Aprì la porta senza bussare e corse in cucina, dove i nonni, Matthew e Caroline Ellis, stavano finendo di cenare.

Li salutò velocemente e, quando tornò al furgone, vide che Becky si era avvicinata così tanto a Ethan che le loro gambe si toccavano. Josie risalì nella cabina e le ruote già giravano prima che avesse chiuso lo sportello. Invece di tornare alla fattoria, Ethan svoltò a destra su una strada sterrata che correva lungo il torrente.

«Che cosa fai?», gli chiese Josie. «La mamma ha detto di tornare subito a casa».

«Vado prima a sparare un paio di colpi», disse Ethan. Si avvicinarono a un boschetto di abeti rossi sul lato occidentale della proprietà del nonno e si fermarono accanto a un camioncino arrugginito. «Cutter», chiamò Ethan dal finestrino aperto.

«Ehi», rispose il ragazzo, alzando il mento brufoloso. Cutter era uno dei ragazzi che i suoi gli avevano proibito di frequentare.

«Restate qui», ordinò Ethan.

Josie e Becky lo ignorarono e scesero dal furgone.

«Josie», la avvertì Ethan in tono minaccioso.

«Che c'è?», chiese lei con aria innocente, sgranando gli occhi. Becky trattenne una risata.

«Perché le hai portate?», chiese Cutter indicandole. Cutter aveva anche un nome vero, ma nessuno lo usava. Era alto e massiccio, con i capelli color paglia e la pelle abbronzata per le ore passate a lavorare nella fattoria di famiglia. Aveva un volto paffuto e rotondo e il sorriso facile che, di primo acchito, lo faceva sembrare mite e gioviale, ma a un'ispezione più attenta si capiva che il suo sguardo duro conteneva qualcosa di più della semplice malizia.

«Siamo grandi ormai», disse Becky.

Cutter sbottò in una risatina sprezzante e la squadrò dall'alto in basso, fermandosi quando arrivò al petto. «Magari una di voi sì», disse.

«Su, ho solo pochi minuti», lo esortò Ethan, prendendo il fucile dalla rastrelliera.

«È quello che ti ha dato tuo nonno?», chiese Cutter.

«Sì», rispose Ethan e afferrò un vecchio secchio dal retro del furgone, allontanandosi di una cinquantina di metri. Lo guardarono mentre capovolgeva il secchio, lo posava su un vecchio ceppo e tornava da loro. «State indietro».

Cutter rimase fermo dov'era, ma Becky e Josie fecero tre passi indietro mentre Ethan pescava una cartuccia dalla tasca, la infilava nel caricatore e tirava indietro il carrello. Sollevò il fucile e lo bilanciò su una spalla, premendo la guancia sul calcio.

«Copriti le orecchie», avvisò Josie, e Becky si premette le mani ai lati della testa. Si sentì uno scoppio fragoroso e il clangore metallico del secchio rovesciato a terra.

Abbassarono le mani e Ethan sorrise trionfante, calando il fucile dalla spalla.

«Fico», esclamò Becky.

«Non male!», ammise Cutter, prendendogli il fucile. «Tocca a me».

«Andiamo via», sbottò Josie, trascinando l'amica verso il furgone. «È una noia».

«No, voglio provare anch'io», disse Becky. Josie avvertì una fitta di gelosia. Era la sua migliore amica. L'idea che preferisse passare del tempo con Cutter e suo fratello la faceva impazzire di invidia.

«Non puoi», le disse. «È pericoloso».

«Dai, Cutter», disse Ethan. «Sbrigati a sparare. Dobbiamo andare via».

«Hai ragione», intervenne Cutter. «Le ragazzine non dovrebbero giocare con arnesi così grossi». Abbassò il fucile al livello dello scroto e agitò la lingua in modo osceno.

«Che schifo», disse Becky ridendo.

«Sì, che schifo», le fece eco Josie.

«Va bene, vi ho spaventate», disse Cutter. «Dovremmo riportarvi a casa. È l'ora della nanna».

«Io non ho paura», borbottò Josie.

«Ah, no? Allora fallo». Le tese il fucile, con la canna verso il basso.

Josie era tentata. Non era da lei rifiutare una sfida, ma con le armi era diverso. Suo padre le aveva ripetuto fino alla nausea che le pistole non erano giocattoli. Quanti incidenti capitavano a esibizionisti sbadati o dilettanti che non rispettavano il potere di un'arma da fuoco?

«Non voglio», disse con noncuranza.

«Hai paura», la schernì Cutter.

«Io no», intervenne Becky. «Posso provare?»

«Certo, vieni qui. Ti faccio vedere». Il ragazzo le fece cenno di avvicinarsi. Lei gli prese il fucile di mano e, colta alla sprovvista dal suo peso, lo lasciò quasi cadere.

«Attenta», strillò Cutter. «Vuoi sparare a qualcuno?»

«Scusa», disse Becky, turbata.

«Vieni, ti mostro come si fa». Cutter si mise alle sue spalle e raccolse l'arma. Le premette i fianchi sulla schiena e le passò un braccio intorno alla vita, insinuando le dita sotto la maglietta. Becky cercò di liberarsi, ma Cutter non la lasciò andare.

«Voglio che mi faccia vedere Ethan come si fa». Si divincolò e il ragazzo mise il broncio.

Ethan fece spallucce e le mostrò come tenere il fucile e guardare nel mirino.

«È più pesante di quanto pensassi», disse Becky, socchiudendo gli occhi per mirare al secchio, già rovesciato per terra.

«Meglio che non lo fai», la avvisò Josie. Si guardò attorno, temendo che qualcuno li stesse osservando. Potevano mettersi davvero nei guai.

«Voglio solo tenerlo in mano», replicò Becky seccata, come per dirle che si stava comportando come una bambina.

«Fa' come ti pare», sbottò Josie. «Sparati a un piede, non m'interessa». Voltò loro le spalle e tornò al furgone, infuriata, aspettando il rumore degli spari. Si sentì un boato e Becky lanciò un gridolino eccitato.

Cutter le strappò il fucile di mano. «Tocca a me». Lo caricò e se lo mise in spalla, ma invece di mirare al secchio lo puntò verso gli alberi e lo mosse lentamente da destra a sinistra. Serrò la mascella e socchiuse gli occhi prima di tirare il grilletto. Si sentì uno sparo, un fruscio di foglie e il tonfo sordo di qualcosa che si schiantava al suolo.

«Hai sparato a un uccello», disse Becky. «Perché l'hai fatto?».

Erano troppo lontani per vedere di che specie fosse, ma era piuttosto grande e nero. Forse un corvo o un avvoltoio.

«Era un uccello inutile, comunque», rispose Cutter. «Ehi, esci più tardi?», chiese.

Ethan lanciò uno sguardo a sua sorella. «No, sono in punizione».

«Quando mai questo ti ha fermato?». Cutter rise. Si girò verso Josie e Becky. «E voi? Volete venire a giocare stasera?»

«No, grazie», rispose Josie, esasperata. Becky arrossì. Cutter scoppiò di nuovo a ridere, ma sotto l'abbronzatura diventò rosso anche lui.

Becky si massaggiò la spalla, dove si era fatta male per il rinculo del calcio del fucile.

«Adesso ti rimarrà un livido», disse Cutter. «Magari Ethan ti darà un bacino per farlo passare».

«Chiudi il becco, Cutter», sbottò Ethan, riprendendosi il fucile.

«Posso riprovare?», chiese Becky.

Ethan si mise di nuovo alle sue spalle e lei gli rivolse un sorriso timido. Lui le appoggiò il mento sulla spalla e la aiutò a prendere la mira. Fu allora che William Doyle li superò lentamente con il suo furgone.

«Oh, cazzo, è mio padre», esclamò Ethan, strappando il fucile a Becky.

«Devo andare», disse Cutter, correndo verso il suo pick-up. «Ci vediamo dopo».

Quando William fece inversione, Cutter mise in moto e sfrecciò via.

William si fermò accanto al furgone del figlio, scese e sbatté lo sportello. «Che diavolo combinate qui?», chiese.

«Stavamo per tornare a casa», rispose Ethan, come se niente fosse.

«Cristo santo», imprecò il padre, digrignando i denti mentre gli andava incontro a grandi falcate. «Ma che ti passa per quella testa bacata?»

«Non abbiamo fatto niente di male», rispose il figlio. «Siamo stati attenti».

«Attenti?», ripeté William. Il collo gli divenne rosso. «Cosa ti ho detto sul prestare ad altri il tuo fucile? Non è sicuro. Josie, Becky», disse voltandosi verso le ragazze. «Salite in macchina».

«Scusi, signor Doyle», piagnucolò Becky. Josie le strinse la mano.

«Che cavolo, papà», disse Ethan. «La stai spaventando».

«Dammi quel fucile», replicò lui abbassando la voce.

«No», protestò Ethan, stringendolo più forte. «È mio».

William lo guardò come se volesse strappargliela di mano, ma sapeva che era così che succedevano gli incidenti. Quindi andò verso il furgone del figlio, aprì lo sportello, strappò le chiavi dal quadro e se le ficcò in tasca.

«Josie, Becky, salite in macchina, subito», ordinò e le ragazze obbedirono. Ethan scosse la testa e fece per seguirle, ma William alzò una mano per fermarlo.

Lui rise e poi capì che suo padre non stava scherzando. «Vuoi che me la faccia a piedi fino a casa?», chiese.

«È l'unico modo in cui ti sposterai per un bel po' di tempo», rispose suo padre.

«E il mio furgone lo lasciamo qui?», chiese Ethan incredulo.

«Esatto», rispose William. «Lo vengo a prendere più tardi con tua madre. Mettetevi la cintura», aggiunse rivolto alle ragazze.

Ethan alzò il mento con aria di sfida e lo guardò dritto negli occhi. William contrasse le dita e, per un attimo, parve sul punto di colpirlo. Invece gli passò davanti dandogli una spinta e salì sul suo furgone.

William percorse una ventina di metri quando uno scoppio rimbombò nell'aria. Frenò e sporse la testa dal finestrino. Ethan li stava fissando. In mano aveva il fucile, un sorriso torvo sul volto.

William imprecò sottovoce e rimise in moto. Ethan si mise il fucile sottobraccio e cominciò a camminare. Josie e Becky si girarono a guardarlo dal lunotto posteriore, mentre si allontanavano. Ethan diventò sempre più piccolo finché fu solo un puntino sulla strada e poi scomparve.

Meno di otto ore dopo, William e Lynne Doyle erano morti, e Ethan e Becky erano scomparsi.

Cinque

Oggi

Wylie si portò la mano fredda e screpolata al viso e trattenne un urlo. Un bambino. C'era un bambino esanime nel suo cortile. Arrancò nella neve per avvicinarsi al corpo e inciampò, cadde in avanti e frenò la caduta con il braccio destro. Sentì cedere l'osso e aspettò che si spezzasse. Ma non accadde.

La torcia scivolò sul ghiaccio, girando come una ruota della roulette finché si fermò e il suo raggio illuminò il bambino immobile. Luccicava come una scultura di ghiaccio.

Wylie rimase lì, a pochi metri dal suo viso, stordita. Il bimbo aveva gli occhi chiusi, un pollice in bocca. Dalla testa gli scorreva un rivolo di sangue. Non si capiva se respirasse ancora.

Con un gemito, Wylie si sollevò sulle ginocchia usando solo la mano sinistra. Fletté le dita e piegò il gomito, controllando che il braccio destro non avesse subìto danni. Le faceva male, ma non sembrava rotto. Strisciò verso il bambino.

Non sapeva bene cosa fare. Doveva spostarlo? Chiaramente aveva una ferita alla testa, ma se avesse avuto anche un trauma alla spina dorsale? Doveva chiamare aiuto, ma un'ambulanza sarebbe riuscita ad arrivare con quella bufera? Ne dubitava.

«Ehi», disse, togliendo un velo di ghiaccio dalla sua guancia pallida. Lui non reagì. Gli premette un dito sotto il naso. Respirava? Non riuscì a capirlo. Inspirò a fondo, per schiarirsi le idee. Non aveva nessuna preparazione medica, ma sapeva che doveva portarlo dentro e riscaldarlo, o sarebbe morto congelato.

Passò un braccio sotto il piccolo corpo e notò con sollievo che non era rigido. Quindi non era congelato. Si alzò lentamente. Pesava sì e no tredici chili, meno di quanto avesse immaginato. Se lo mise contro il petto, la testa sulla spalla. Lui aveva ancora il pollice tra le labbra.

Con il braccio indolenzito gli teneva la nuca, mentre con quello sano reggeva il suo peso. Il difficile sarebbe stato portarlo in casa senza cadere.

Era solo a una cinquantina di metri dal portico, ma le sembravano mille chilometri. Avanzò a passo di lumaca, stringendo il corpo freddo del bambino, fermandosi ogni volta che sentiva cedere il terreno sotto i piedi. Tas le stava appiccicato e si fermava ogni volta che lo faceva lei.

Wylie si gettò uno sguardo alle spalle. La strada non si vedeva più. I vasti campi erano stati inghiottiti dalla bufera. Da dove era arrivato quel bambino? Con quel tempo, non sarebbe potuto sopravvivere lì fuori, da solo.

Cercò di scacciare il pensiero e si concentrò su dove metteva i piedi. Benché fosse molto esile, lei lo sentiva pesante e il braccio cominciava a farle male. Resistette all'impulso di fare gli ultimi metri di corsa. Sarebbe caduta di sicuro. Doveva procedere un passo alla volta.

La luce accogliente che veniva dalla casa era il suo faro. La neve scendeva in vortici vertiginosi che congelavano subito.

«Resisti», bisbigliò all'orecchio del piccolo. «Ci siamo quasi». Si era mosso? O era stata lei?

Continuava ad avere pensieri orribili. La guancia fredda

le premeva sul collo e aveva paura di tenere in braccio un bambino morto. Cosa avrebbe fatto se non avesse trovato aiuto? Rischiava di restare bloccata in casa dalla neve per giorni. Come se la sarebbe cavata con un bambino piccolo fino all'arrivo di un'ambulanza?

Solo altri dieci metri e sarebbero arrivati alla porta. Appena mise il piede sul vialetto di cemento seppe che sarebbe caduta. Urlò, stringendosi il bambino al seno, cercando di proteggere la testolina dall'impatto.

Ma riuscì a cadere sulle ginocchia. L'urto delle ossa contro il cemento le mandò fitte lancinanti lungo le gambe. Lacrime di dolore e frustrazione le spuntarono dagli occhi. Non sapeva come avrebbe fatto a rialzarsi in piedi.

Tas la guardava con occhi carichi di giudizio. "Sbrigati", sembrava dire. "Non ti arrenderai mica adesso che sei quasi arrivata?".

La testa del bambino le ciondolò sopra la spalle e dalle labbra uscì un piccolo ansito. Wylie quasi scoppiò a piangere per il sollievo. Era vivo. Ricalibrò il proprio peso e si rialzò, anche se i muscoli urlavano per la fatica. La schiena protestò sotto il peso del bambino, ma Wylie continuò a camminare un passetto alla volta finché non raggiunse la porta rossa.

Abbassando cautamente la mano dalla testa del bimbo, afferrò la maniglia e girò. La porta si aprì e Tas entrò per primo. Ansimando, Wylie posò il suo fardello sullo zerbino colorato all'ingresso. Il piccolo emise un debole lamento. La donna si rialzò appoggiandosi allo stipite, entrò e chiuse la porta sbattendola.

Corse in cucina. Il cellulare rotto giaceva sul bancone, inutile. Ripiegò sul telefono fisso, sollevò la cornetta, ma la linea era muta.

Era uno degli inconvenienti del vivere in mezzo al nulla.

Bastava una tempesta di ghiaccio e perdevi Internet e telefono. «Maledizione», ringhiò. Nessuno sarebbe andato ad aiutarla quella notte.

Doveva riscaldare il bambino e controllare quanto fosse grave la ferita. Corse nella camera da letto al piano di sopra e frugò nella sua valigia alla ricerca di un paio di calzini e una felpa. Pensando di restare alla fattoria solo per poco tempo, non aveva disfatto i bagagli. Ma i giorni erano diventati settimane ed era ancora lì. Strappò via la trapunta dal letto e tornò al piano di sotto.

Il bambino era ancora disteso sul tappetino all'ingresso. Aveva gli occhi chiusi, ma si era rimesso il pollice in bocca e il petto si alzava e si abbassava ritmicamente. Wylie trasse un sospiro di sollievo e tornò da lui, con gli stivali bagnati che cigolavano sul parquet. Il piccolo cercò di aprire gli occhi, ma quelli rimasero chiusi. Alzò la mano verso la ferita alla testa e cominciò a piangere vedendo le dita sporche di sangue.

Wylie si avvicinò con cautela e cominciò a parlare con voce bassa e rassicurante. «Mi chiamo Wylie e ti ho trovato nel mio cortile», gli disse. «Hai sbattuto la testa. Tieni, mettilo sulla ferita». Gli premette delicatamente uno dei calzini sulla tempia. «Puoi dirmi come ti chiami? Sai quanto tempo hai passato là fuori? Fammi vedere le mani».

Il bambino se le nascose dietro la schiena. Probabilmente aveva i geloni e lei non sapeva come curarli. Doveva fargli mettere mani e piedi sotto l'acqua calda? Non le sembrava la procedura corretta. Forse era l'opposto e doveva strofinarli con il ghiaccio. Ma aveva paura di sbagliare e peggiorare le cose.

«Dobbiamo togliere quei vestiti bagnati e scaldarti un po'», spiegò.

Il bambino continuò a piangere. Wylie posò la felpa per

terra accanto a lui. «Spogliati, così metto i tuoi vestiti nell'asciugatrice, va bene?».

Il bambino si alzò a sedere e si guardò attorno, agitato, come se cercasse una via di fuga. Il suo sguardo si posò sulla porta d'ingresso. «Non puoi uscire adesso», disse Wylie. «Nevica ancora e si scivola. È per questo che ti sei fatto male alla testa?». Indicò il taglio sulla tempia. «Sei caduto sul ghiaccio?».

Lui non rispose, ma si alzò barcollando. Sembrava avere circa cinque anni e aveva un viso esile che i capelli a spazzola rendevano ancora più emaciato.

«Mi dici come ti chiami?», chiese di nuovo Wylie. «Da dove vieni?». Lui restò in silenzio. «Appena ripristinano la linea, posso chiamare i tuoi genitori».

Il bambino continuò a guardarsi attorno come un animale in trappola. Wylie non era nemmeno sicura che la capisse. Tremava dentro la felpa sformata e i jeans troppo corti.

«Stai congelando», disse, constatando l'ovvio. «Devi toglierti quei vestiti bagnati». Fece un altro passo e lui si ritrasse come se si fosse scottato. «Stai tranquillo», cercò di rassicurarlo lei. «Non ti tocco se non vuoi».

Wylie non sapeva cosa fare. Non poteva costringerlo e non voleva spaventarlo ancora di più.

«So che hai paura, ma ti giuro che voglio solo aiutarti. I vestiti asciutti sono qui e adesso metto la coperta sul divano». Raccolse la trapunta da terra e la posò sul bracciolo del sofà. «Quando sei pronto, puoi cambiarti e sederti qui al caldo».

Wylie si allontanò e iniziò a camminare su e giù per la stanza. Uno strano bambino era seduto davanti a lei. Ferito e sconvolto. Che diavolo ci faceva un bambino così piccolo in giro con un tempo del genere e dov'erano i suoi genitori?

«Devi dirmi come ti chiami, ti prego», disse, alzando la voce per l'ansia.

Il piccolo rabbrividì, ma non rispose. Il suo viso aveva un innaturale colorito giallognolo. Wylie temette che le dita si annerissero per il gelo o che avesse un arresto cardiaco per ipotermia.

Doveva togliergli quei vestiti bagnati. Si avvicinò a lui lentamente. Allungò le braccia per sfilargli la felpa, ma lui lanciò un grido agghiacciante che riecheggiò tra le pareti.

Wylie riuscì ad afferrarlo per una manica e lo tirò verso di sé. «Devi toglierti i vestiti bagnati», disse tra i denti. «Stai tremando. Ti ammalerai. Lascia che ti aiuti a cambiarti».

Il bambino la attaccò e le diede una gomitata sulla faccia. Lei cadde all'indietro e lasciò la presa. «Maledizione, voglio solo aiutarti», disse, premendosi la mano sulla guancia dolorante. Lui sgattaiolò a nascondersi dietro una poltrona e la spiò dallo schienale.

Perché non riusciva a gestire un bambino così piccolo? Non aveva mai trovato le parole giuste per Seth e sembrava incapace di aiutarlo. E adesso si ritrovava con quello strano bambino in casa e stava di nuovo sbagliando tutto. Arrossì per la vergogna.

«Va bene», disse, alzandosi. «Resta con indosso i vestiti bagnati, ma poi starai malissimo».

Gli voltò le spalle ed entrò in cucina. Provò di nuovo il telefono. Ancora morto. Doveva convincerlo a scaldarsi. Frugò negli armadietti finché trovò una confezione di cioccolata calda.

Mentre riempiva il bollitore e lo metteva sul fuoco, capì di aver sbagliato completamente approccio. Il bambino aveva sempre indosso i vestiti bagnati e si fidava di lei ancor meno. Era comprensibile. Per lui era una completa estranea; ovvio che fosse terrorizzato.

Percorrere i cinquanta chilometri fino al pronto soccorso di Algona era impossibile con quella bufera. Doveva trovare un modo per assisterlo a casa. Gli avrebbe pulito le ferite, lo avrebbe coperto bene e fatto sedere vicino al camino, poi gli avrebbe dato da bere e da mangiare. Non era un granché come piano, ma era un inizio.

Aprì una bustina di cioccolata calda, la versò nella tazza e aggiunse l'acqua bollente. Era una buona idea, no? A tutti i bambini piaceva la cioccolata. L'avrebbe usata come offerta di pace.

Si scottò con uno schizzo bollente. «Cacchio», borbottò. Era troppo calda, non poteva dargliela. Aprì il congelatore, prese un paio di cubetti di ghiaccio e li lasciò cadere nella tazza.

Wylie portò la cioccolata fumante in soggiorno e lanciò un'occhiata verso la poltrona dietro cui si era nascosto il bambino. Non c'era più. Guardò il divano. Tas dormiva sui cuscini, ma non c'era traccia del piccolo ospite. Perlustrò la stanza con lo sguardo. Il piccolo non c'era. Controllò in sala da pranzo e aprì le ante dell'armadio. Andò a vedere in bagno e tornò a cercarlo in cucina.

Era sparito.

Sei

I fiori che crescevano sotto la finestra davano un bagliore purpureo a tutta la stanza. Erano molto carini e la bambina immaginava che profumassero di marmellata d'uva. Le sarebbe piaciuto coglierli per sua madre. Non si sentiva bene e forse i fiori l'avrebbero tirata su.

Ma non potendo prenderli, li disegnò su un foglio. L'unico problema era che aveva perso il pastello arancione e non poteva ritrarre i fili diritti che spuntavano al centro. «Come si chiamano?», chiese.

«Non me lo ricordo», rispose sua madre dal divano. Era seduta lì da parecchio e si addormentava spesso. Lei stava attenta a non fare rumore e passava il tempo a colorare e guardare i libri della piccola libreria accanto al letto.

All'ora di cena, frugò nella dispensa in cerca di qualcosa da mangiare. Trovò una pagnotta, ne tagliò due fette e le infilò nel tostapane.

«Oddio», disse sua madre, barcollando dal letto al bagno.

Entrò suo padre e la trovò ad aspettare che le fette saltassero fuori dal tostapane mentre sua madre vomitava in bagno.

«Che succede?», chiese, prendendo una fetta e dando un morso. La bambina avrebbe voluto strappargliela di mano. Era per sua madre. Per farle passare il mal di pancia.

La madre uscì dal bagno, debole e pallida.

«Sei incinta?», domandò suo padre. «Com'è possibile?».

Era scioccato, ma anche un po' arrabbiato. La bambina si avvicinò alla madre.

Lei alzò gli occhi al cielo. «Come sono rimasta incinta le prime tre volte», disse incrociando le braccia al petto.

Il padre uscì sbattendo la porta. La bambina mise un'altra fetta nel tostapane.

«Ho avuto due bambini prima di te, lo sapevi?», le chiese sua madre con quello sguardo distante che aveva spesso negli ultimi tempi.

Il primo, un maschietto, era nato prematuro. Sua madre era a casa da sola e tutt'a un tratto si era sentita come se qualcuno le pugnalasse la pancia. «Non sapevo cosa fare», disse. «Rimasi a letto per ore, ignara di quello che stava succedendo, e poi, all'improvviso, uscì. Sembrò che il mio corpo si fosse rivoltato come un calzino. E poi eccolo lì. Era così piccolo».

Sua madre tenne le mani aperte a una distanza di venticinque centimetri. «E blu. La pelle aveva uno strano colorito bluastro, come un vecchio livido. Ero troppo debole e non riuscii a scendere dal letto. Mi addormentai e, quando mi svegliai, tuo padre era tornato. Aveva portato via il bambino».

Lei aveva chiesto cosa fosse successo al neonato e sua madre aveva serrato le labbra, scuotendo la testa. «Era morto. Era troppo piccolo. Tuo padre lo aveva chiamato Robert. E poi, un anno dopo, arrivò un altro maschietto, ancora più piccolo. Si chiamava Stephen».

«E poi sono arrivata io?», chiese la bambina.

«Sì, poi sei arrivata tu», rispose sua madre. «Gli dissi che stavolta ce l'avresti fatta e il nome l'avrei scelto io. Così ti diedi il nome più bello del mondo».

La bambina sorrise. Era davvero un nome stupendo.

Sette

Agosto 2000

Josie era mortificata per la scenata tra suo fratello e il padre e, tornata a casa, per distrarre Becky dal dramma familiare, le suggerì di andare a cercare il cane scomparso.

Si incamminarono lentamente sulla stradina polverosa. La fattoria giaceva in fondo a una valle e, quando arrivarono in cima, si aprì davanti a loro un panorama vastissimo. Campi di erba medica, soia e granturco erano chiazze gialle e verdi di una infinita trapunta che copriva la terra. Le strette strade sterrate erano le cuciture grigie e Burden Creek era uno strappo irregolare.

Chiamarono Roscoe a turno. Le loro voci aspre zittirono il frinire dei grilli e lo stridulo cinguettio dei passeri nascosti tra le asclepiadi e i piselli delle pernici. Josie si stava innervosendo. Roscoe non si assentava mai così a lungo. Lo immaginava riverso sul ciglio della strada, investito da un contadino con il furgone o il trattore.

«Chissà dov'è Ethan», disse Becky, perlustrando la strada con lo sguardo. Josie si faceva la stessa domanda. Avrebbe dovuto già essere a casa.

«Chi se ne importa», rispose, ancora offesa con lui per averle quasi rovinato la serata. Becky fece spallucce.

Percorsero senza fretta i sentieri e le strade sterrate al di là del nuovo recinto per i maiali dei Cutters e della vecchia fattoria dei Rasmussen, fino alla proprietà degli Henley. Al sole, lento come loro, mancavano ancora diverse ore prima del tramonto.

Fattoria era un termine generoso per descrivere la proprietà degli Henley. I terreni erano già stati venduti da tempo e restavano solo un casale rovinato dal vento sopra una misera aia e una decina di veicoli arrugginiti. Nel fienile mezzo crollato e nelle costruzioni annesse erano ammucchiati macchinari sfasciati, attrezzi per coltivare i campi e tosaerba.

Le ragazzine si avvicinarono a una donna con una sigaretta spenta in una mano e un secchio nell'altra, nel cortile invaso dalle erbacce.

La sessantunenne June Henley, tutta tendini e nervi, era in vestaglia e ciabatte, e sulla testa calva aveva un buffo cappello a campana. Per le bambine era una specie di attrazione. Anche se tra vicini si conoscevano tutti, Josie non aveva mai incontrato di persona June e suo figlio Jackson, che viveva con lei. Si presentò timidamente e spiegò che cercavano il cane scomparso.

June rispose che avevano sempre randagi a zonzo per l'aia e se volevano potevano dare un'occhiata in giro. «Mio figlio ha da fare. Quindi state alla larga dagli annessi».

Le bambine la ringraziarono e cominciarono a esplorare i cinque acri della proprietà, invasi dalla spazzatura. Ma era una spazzatura sorprendentemente organizzata: le collezioni erano suddivise in lunghe file con corridoi terrosi invasi da erbacce come divisori.

Una fila era dedicata agli antichi attrezzi da fattoria: trattori, ranghinatori, spandiletame e seminatrici; un'altra fila, ai vecchi pick-up; un'altra ancora, a mucchi di pneumatici.

«Guarda tutta questa roba», disse Becky meravigliata. «Che cosa se ne fanno?»

«Probabilmente la vendono», rispose Josie, facendo spallucce. «A mio nonno piacciono queste anticaglie».

Chiamarono Roscoe, ma riuscirono solo ad attirare un gatto rognoso e a svegliare un opossum. L'opossum mostrò i denti aguzzi e le bambine si abbracciarono strillando.

Poi lo guardarono correre a nascondersi tra i cespugli, con la lunga coda che si trascinava dietro la terra, e risero nervosamente.

Si separarono. Becky percorse la file di vecchi attrezzi, mentre Josie andò dietro la montagna di pneumatici.

Qualche minuto dopo si ricongiunsero. Josie si voltò e scorse un uomo alto e magro che le fissava. Sentì una fitta di inquietudine.

«Chi è?», domandò Josie.

Becky fece spallucce. «Penso sia il figlio della signora. Forse vuole sapere che cosa stiamo combinando».

«Ha un'aria strana», osservò Josie.

«Ha anche un cattivo odore». Becky arricciò il naso e scoppiarono a ridere.

Tornarono alla casa degli Henley. Salutarono June, seduta sui gradini del portico. Josie si voltò e scoprì che l'uomo le stava ancora fissando. Affrettò il passo.

Quando lasciarono la proprietà, Josie notò che Becky aveva in mano uno straccio arrotolato. «Che cos'è?», chiese.

«Niente», rispose Becky e lo gettò per terra. Ripercorsero i tre chilometri fino al casale dei Doyle e si fermarono a Burden Creek. Scesero con cautela dalla ripida sponda fino al bordo dell'acqua. Essendo piovuto poco, il torrente era più basso del solito e si sentì un forte odore di pesci morti.

La puzza era disgustosa, ma era così vivere in campagna. Il dolce profumo del fieno falciato si mescolava al lezzo di letame. L'odore fresco e pulito del bucato appena raccolto veniva soffocato dalla puzza acre e pungente del vicino recinto dei maiali.

Josie e Becky camminarono lungo l'argine, chiamando Roscoe e fermandosi per catturare le piccole rane brune che gracchiavano e saltellavano nell'acqua bassa. Becky rise mentre la viscida bestiola si dimenava nelle sue mani.

Erano quasi le otto di sera e, anche se il sole stava finalmente calando dietro gli alberi, la temperatura era ancora superiore ai venticinque gradi e l'aria era pesante di umidità. Le zanzare ronzavano loro intorno alle orecchie e le tormentarono finché non risalirono sul ponte, pulendosi le mani sporche di fango sui pantaloni.

Quando risalirono in cima alla scarpata, videro un furgone a un lato della strada. Josie pensò che fosse bianco, ma nella luce abbagliante del tramonto poteva essere di qualsiasi colore chiaro.

«Chi è?», bisbigliò l'amica.

«Non lo so, ma mi sembra di averlo già visto oggi». Josie controllò la strada. Era vuota. Dai finestrini sporchi scorse una figura che indossava una giacca scura e un cappello calzato così basso che copriva la fronte e gli occhi. Faceva troppo caldo per vestirsi a quel modo.

Per la prima volta ebbe un brivido di paura. «Andiamo via», disse tirando Becky per un braccio.

«Chi è?», chiese di nuovo l'amica. «È quel viscido di Cutter?»

«Non credo, ma in realtà non lo so», rispose. «Andiamo, comincia a far buio».

Dietro di loro, il motore si accese all'improvviso e le ragazzine strillarono, si presero per mano e cominciarono a correre, gettandosi occhiate alle spalle e alzando una nuvola di polvere.

Quando arrivarono sulla stradina della fattoria, Lynne stava portando dentro i panni appena raccolti. Vedendo i loro volti spaventati, lasciò il cesto sull'erba e corse verso di loro. «Che c'è?», chiese preoccupata. «Che cosa è successo?»

«Un uomo. In un furgone», rispose Josie, cercando di riprendere fiato. «Sulla strada sterrata».

«Perché avete paura?», chiese sua madre, notando com'erano arrossate e sudate. «State bene?».

Le bambine annuirono. «Era seduto lì e ci fissava», rispose Becky.

«Ma ha detto o fatto qualcosa?», chiese Lynne.

«No», ammise Josie. «Ma era strano».

«Magari non è niente. Sarà stato un vicino che controllava il raccolto», le rassicurò Lynne. «Venite dentro a bere una bibita fresca».

Entrarono in cucina e Lynne prese una caraffa di limonata dal frigo. «Non avete mica visto Ethan mentre tornavate?», chiese mentre riempiva i bicchieri. Cercava di avere un tono disinvolto, ma Josie notò la preoccupazione nella voce.

«No», rispose, bevendo una lunga sorsata.

Lynne premette le mani sul bancone e allungò il collo per guardare dalla finestra sul lavello. «Quel ragazzo», disse con un sospiro stanco. «Sai che cosa gli prende?», chiese, rivolta alla figlia. Aveva uno sguardo tormentato.

Josie fece spallucce.

«Secondo me è quello stronzo di Cutter», intervenne Becky, e Josie le diede un calcio sotto il tavolo.

«Anche secondo me», mormorò Lynne.

«Andiamo di sopra», disse Josie, portando il bicchiere nel lavello.

«So che parlerete per tutta la notte, ma cercate di non fare troppo tardi», le ricordò sua madre. «Vogliamo partire per le sei domani».

«Va bene. Buonanotte, mamma», disse Josie, ma Lynne

la fermò tirandole piano la coda. «Aspetta», disse. «Non dirmi che sei troppo grande per darmi un abbraccio e il bacio della buonanotte».

Josie sbirciò l'amica, che stava aspettando sulla soglia, intenta a esaminarsi le unghie. Ripensando a quella sera, avrebbe rimpianto di non avere stretto sua madre in un lunghissimo abbraccio. Di non essersi soffermata sulla sensazione dei suoi capelli che le sfioravano il viso mentre la stringeva. In realtà le aveva dato solo un breve abbraccio ed era corsa via prima che lei potesse baciarla sulla fronte come faceva ogni sera.

«Buonanotte, papà», gridò passando svelta dal salotto.

«'Notte», rispose lui assonnato. Più tardi, si sarebbe pentita di non essersi presa il tempo di andare da lui e chinarsi sulla poltrona reclinabile su cui riposava per dargli il bacio della buonanotte, sentendo i suoi baffi grattarle il viso.

Le ragazze srotolarono i sacchi a pelo e si sdraiarono sopra. Il caldo pesava su di loro come una spessa trapunta.

Dal piano di sotto giunsero le risate finte di un programma tivù e il rumore sordo dei passi in cucina, poi, dall'esterno, il rumore di un motore e lo scricchiolio delle gomme sulla ghiaia. Parlarono della fiera, del nuovo anno scolastico, di ragazzi. Becky chiese se Ethan avesse una fidanzata. Josie rispose di sì, ma non era vero. C'erano stati dei problemi con una ragazza e da allora non aveva più avuto storie, ma non era necessario che Becky lo sapesse.

La conversazione passò alla musica e ai film, mentre il ventilatore soffiava aria riciclata sui loro corpi. Le parole rallentarono, le palpebre si fecero pesanti.

Una porta sbattuta fece trasalire Josie, e Becky lanciò un gridolino spaventato.

Un miscuglio di voci si levò e si spense di nuovo.

«Dove sei stato?», sbraitò William. Si udì un mormorio in

risposta e un rumore di passi sulle scale. «Non puoi andare e venire quando ti pare», continuò suo padre. «Soprattutto se ti porti dietro un fucile. Dammelo subito».

«Mi hai costretto a lasciare il furgone», ribatté Ethan. «Io non volevo di certo abbandonarlo laggiù! E poi siamo bloccati in mezzo al nulla qui», urlò Ethan.

«Ti ho chiesto dove sei stato», disse suo padre a denti stretti.

Seguì il silenzio, e Josie immaginò che suo padre e Ethan si stessero fissando con odio.

Alla fine suo fratello parlò. «Sono stato al laghetto, va bene? Dove dovevo andare?»

«Non andrai più da nessuna parte per un bel po' di tempo», ribatté William.

«Come se adesso potessi andare dove mi pare», gridò Ethan. Erano proprio fuori dalla sua stanza ora.

«Shhh», fece sua madre. «Sveglierai le bambine».

«Ha chiamato di nuovo il padre di Kara Turner», disse William abbassando la voce, ma lo sentirono lo stesso.

Kara Turner era la ragazza che suo fratello aveva frequentato per un periodo. Era carina, una quindicenne tranquilla, ma l'idillio era durato poco. Al padre di Kara Ethan non piaceva. Non gli piaceva il suo atteggiamento, non gli piacevano le cose che sentiva in giro su quel sedicenne che continuava a telefonare e a bussare alla sua porta. Ma Ethan non si dava per vinto. Si presentava lì nei rari momenti in cui William lo mandava a fare delle commissioni in città. Il padre della ragazza telefonava per dire che doveva stare alla larga.

«Devi lasciare in pace Kara», disse Lynne con voce stanca.

«Non sono affari vostri», gridò Ethan. «Perché non mi date un po' di tregua?»

«Non possiamo», rispose suo padre esasperato. «Dico sul serio. Stai lontano da lei. I Turner hanno riferito che qualcuno telefona a casa loro e riattacca subito».

«Non sono io», insisté Ethan.

«Qualcuno lo sta facendo e i Turner danno la colpa a te», ribadì suo padre. «Hanno minacciato di chiamare la polizia».

«Sono tutte stronzate», sibilò Ethan. «E lo sapete».

«So che ultimamente hai poco sale in zucca», disse Lynne. «Kara, quella volta che hai guidato sul campo di baseball...».

«È stato Cutter», la interruppe Ethan. «Non c'ero io al volante».

«Finché non mi dimostri che sei cresciuto», continuò William, «qui alcune cose cambieranno. Dammi il fucile».

«Eh? Credi che sparerò a qualcuno?», chiese Ethan, incredulo. «È mio. Me l'ha dato il nonno».

«Non è divertente», intervenne sua madre. «Non scherzare su cose del genere».

«Se mi dimostrerai che sai prenderti le tue responsabilità, te lo ridarò. Fino ad allora, è mio».

«No», rispose Ethan in tono di sfida.

«Dammelo», ripeté suo padre e si sentì il rumore di una colluttazione.

«Toglimi le mani di dosso», ringhiò Ethan e il quadro sul letto di Josie si mosse per l'impatto dei corpi contro il muro. «Non mi toccare», ribadì Ethan, ansimando pesantemente. «È il mio fucile». Si sentì sbattere una porta. Un'altra che si chiudeva piano. Le voci soffocate di William e Lynne che discutevano.

«Mi dispiace», bisbigliò Josie.

«Non preoccuparti», disse Becky. «Anche i miei genitori litigano».

Fuori dalla finestra brillavano le lucciole e cantavano le cicale. Josie sentì sua madre che chiamava Roscoe. Pensò a Ethan nella sua camera, livido di rabbia. Si chiese che cosa avesse fatto tutto il pomeriggio, perché fosse così riservato. Cosa aveva da nascondere?

Otto

Oggi

Wylie salì in fretta le scale e cercò in tutte le stanze. Aprendo la tenda della doccia, ebbe un pensiero orribile. «Merda», sibilò e corse di nuovo giù per le scale. Spalancò la porta d'ingresso, facendo entrare il freddo e mulinelli di neve. Strizzò gli occhi per penetrare il denso muro bianco. La bufera infuriava più violenta che mai. Non riusciva a vedere oltre i gradini del portico. «Oddio», mormorò. Il bambino non sarebbe mai sopravvissuto là fuori.

Fece un bel respiro e cercò di ragionare. Non poteva essersi allontanato di molto. Ricominciò a cercare in tutte le stanze, guardando anche negli armadi e dietro le porte. Infine, sbirciò dietro il divano e, incuneato accanto al muro lo vide. Aveva messo la felpa che gli aveva dato e si era addormentato con il pollice in bocca. Poco più in là, per terra, c'era il mucchietto di vestiti bagnati.

Wylie corse alla porta d'ingresso e chiuse la serratura. Staccò leggermente il divano dal muro per dargli un po' più di spazio e si inginocchiò accanto a lui.

Il capo era piegato in una posizione scomoda sul pavimento. Wylie prese un cuscino e glielo mise sotto la testa. Lui non accennò nemmeno a svegliarsi. Era mortalmente pallido e aveva uno strano sfogo rossastro intorno alla bocca, che si allungava sulle guance. Il taglio alla tempia non sanguinava più, ma era un po' gonfio e illividito. Le dita dei piedi, che spuntavano da sotto la coperta, sembravano dure e ceree. Sulle orecchie erano apparse delle piccole vesciche. Congelamento.

Il piccolo rabbrividì nel sonno e Wylie prese il piumino dal divano e glielo rimboccò intorno al corpo. Era esile. Troppo esile.

Tante domande continuavano ad assillarla. Come era arrivato fin lì? Chi erano i suoi genitori? Doveva aspettare per ottenere le risposte. L'unica cosa sicura era che per quella notte aveva un ospite.

Raccolse gli indumenti bagnati. Arricciò il naso per l'odore di muffa che emanavano. Controllò le tasche nella speranza di trovare qualcosa che la aiutasse a identificarlo. Non c'era niente, solo il pupazzetto di un supereroe. Posò il giocattolo sul bancone della cucina e mise i vestiti in lavatrice.

Wylie aggiunse qualche altro ciocco nel camino. Il legno scoppiettò e le fiamme si ravvivarono. Il vento ululava e sferzava la casa con forti raffiche; la luce si abbassava e poi si intensificava di nuovo.

Si sedette accanto a Tas sul divano. Era esausta, ma il pensiero di come fosse arrivato lì quel piccolo le impediva di rilassarsi. Con quella tormenta, era impossibile che un bambino, vestito in quel modo, avesse camminato per più di un chilometro dalla fattoria più vicina. Probabilmente veniva dalla strada. Forse c'era stato un incidente.

Wylie andò di sopra, alla finestra che dava sul cortile davanti. Voleva vedere se riusciva a scorgere qualche indizio dell'accaduto. Gli alberi dei rosari avevano un aspetto ultraterreno, con le braccia affilate che luccicavano al buio, piegate sotto un pesante strato di ghiaccio. Il sentiero che portava alla strada sterrata dietro la proprietà scompariva in una nebbia lattiginosa.

Quanto aveva dovuto camminare quel bambino prima di crollare davanti alla casa? Non molto, presumeva. La visibilità era pessima e lui era così piccolo, non poteva aver fatto tanta strada da solo. Forse un mezzo era finito fuori strada nei paraggi.

Tornò al piano di sotto e indossò il parka e gli scarponi chiodati, sperando che la ancorassero al terreno gelato e le impedissero di cadere.

Guardò il bimbo addormentato e si chiese se avvicinarsi per avvisarlo che usciva. Ma dormiva così profondamente che decise di lasciarlo in pace. Sperò che non si svegliasse mentre lei era fuori e non si spaventasse.

Prese una torcia e i bastoncini da trekking con le punte in metallo per penetrare il ghiaccio. Appena uscita, l'aria glaciale le mozzò il fiato, ma almeno il vento si era placato un pochino.

Il ghiaccio era spesso e Wylie mosse un passo cauto fuori dalla porta. Tirò un sospiro di sollievo: non era finita gambe all'aria. Fino alla strada c'era una cinquantina di metri, ma l'avrebbe presa con molta calma, sperando che gli scarponi ferrati e i bastoncini da trekking l'aiutassero a non cadere.

Si mosse con metodo; il ticchettio delle punte in metallo che affondavano nella neve e colpivano il ghiaccio era come un rullo di tamburo che la incitava a proseguire. Non era facile tenere in mano la torcia e i bastoncini. Il fascio di luce oscillava su e giù a ogni passo. Passò davanti al punto in cui aveva trovato il bambino. Le tracce e l'orma del corpo erano già coperti di neve fresca. Sembrava non fosse mai stato lì.

Arrivata a metà strada, respirava con affanno e sudava sotto il giaccone. Resistette all'impulso di togliersi il cappello e si girò a guardare il granaio e la casa attraverso il velo di neve.

Da quella prospettiva sembravano usciti da un libro di fiabe. Alle grondaie erano appesi ghiaccioli argentati e la neve gelata copriva i tetti. Dal camino salivano sbuffi di fumo e le finestre brillavano di luce calda. Non c'era da meravigliarsi che il bambino si fosse spinto fin lì.

Alzò lo sguardo verso il cielo plumbeo. Soffici fiocchi di neve scendevano pigri ed errabondi. Le poiane calzate non perlustravano più l'area alla ricerca di roditori nei campi vuoti. C'era silenzio, sentiva solo il rumore del proprio respiro affannoso. Tutte le creature erano rintanate in attesa di un nuovo round di bufera. Doveva sbrigarsi.

Arrivata alla fine della stradina e oltrepassata la fila di pini, scorse delle tracce di pneumatici: un veicolo era passato di recente. Due solchi profondi finivano nei campi e si stavano già riempiendo di neve. Chi era alla guida aveva avuto un po' di problemi a restare sulla strada. Wylie fece oscillare la torcia da una parte all'altra, perlustrando i fossati già pieni di neve e ghiaccio. Nessun veicolo. Si alzò il vento, un pezzo di stoffa bianca e sporca rotolò verso di lei e le si attaccò alla gamba.

Lo afferrò. Era grande quanto uno strofinaccio, lurido, sfilacciato e coperto di coniglietti sbiaditi. Le ricordava una coperta che aveva da bambina e si portava dietro dappertutto, finché non l'aveva fatta diventare sottile come un fazzoletto. Se la premette sul naso. Aveva un odore stantio e affumicato. Forse apparteneva al bambino, oppure era semplice spazzatura. Se la infilò in tasca.

Notò qualcosa di rosso nella neve. Il respiro accelerò. Era sangue? Puntò la torcia per terra. Altre macchioline rosse brillavano attraverso un sottile strato di neve. Si chinò per guardarle da vicino e vi passò sopra un guanto, aspettandosi che si macchiasse. Non era sangue. Erano i resti di un fanale posteriore. Più in là c'erano frammenti di un oggetto di plastica che non riuscì a identificare e altri vetri rotti.

Sicuramente era stato un incidente d'auto, pensò Wylie, lottando contro il vento. Ogni volta che cercava di riempirsi i polmoni, una violenta raffica le strappava il fiato.

Dopo pochi passi, trovò altri detriti. Si chinò e raccolse i resti di uno specchietto retrovisore. Si guardò la faccia, intontita dal freddo, nel vetro rotto. Il suo riflesso distorto le restituì uno sguardo spaurito.

Il vento di bufera aveva raccolto la neve appena caduta in alte dune. Wylie affrettò il passo e dopo pochi metri arrivò nel punto in cui sembrava che un veicolo fosse uscito di strada: la neve era intatta dove aveva fatto un breve volo prima di andare a sbattere contro un palo del telefono, aprendo un violento squarcio nel terreno ricoperto da un mosaico di vetri rotti.

Tre metri più in là, trovò quello che cercava. Un furgone nero capovolto dentro il solco profondo che delimitava un campo.

Tenendosi in equilibrio con l'aiuto dei bastoncini da trekking, Wylie percorse cautamente il fosso e girò intorno alle lamiere accartocciate e alle gomme rivestite da una patina di ghiaccio. Strofinò il lunotto posteriore, ma un velo di ghiaccio e neve lo copriva anche all'interno, rendendo impossibile vedere.

Lo sportello del guidatore era spalancato. Piccole orme, appena accennate, si allontanavano dal furgone. Wylie si tenne al telaio per andare dall'altro lato e le gambe le affondarono fino al ginocchio nella crosta ghiacciata.

«Cacchio», borbottò e cercò di spazzar via la neve che le era entrata negli scarponi, ma riuscì solo a peggiorare le cose. Si chinò per guardare dallo sportello aperto. Il parabrezza era attraversato da una ragnatela di crepe e schizzato di sangue.

Wylie girò il collo per vedere se c'era qualcuno sul sedile

posteriore. Era vuoto, eccetto per qualche lattina di birra. L'autista aveva bevuto con un bambino a bordo? Era per questo che i segni delle ruote indicavano che il furgone aveva sbandato parecchio prima di schiantarsi? All'inizio aveva creduto che fosse successo a causa della strada ghiacciata, ma sembrava ci fosse anche un altro motivo.

Finì di esaminare il furgone. La neve aveva retto il peso del bambino mentre camminava con le scarpe sportive. Chissà quanto freddo aveva preso ai piedi. Se fosse uscita di casa anche solo un'ora dopo, l'avrebbe trovato morto.

Dov'era andato l'autista? Un genitore avrebbe mai lasciato solo il figlio in un furgone distrutto anche se per andare a cercare aiuto? O era stato il bambino ad allontanarsi per chiamare i soccorsi?

Wylie guardò verso la fattoria e scorse un tenue bagliore attraverso la foschia bianca. Dal punto di vista di un bambino, quella luce doveva essere sembrata il raggio di un faro.

Ripercorse i propri passi in cerca dell'autista, restando all'interno del fossato e della terra smossa che segnalava il tragitto del furgone. Il fossato la proteggeva un po' dal vento, ma la faccia le pizzicava per il freddo. Calpestò altri detriti mezzo sepolti dal ghiaccio e dalla neve. Un pacchetto di semi di girasole semivuoto, altre lattine di birra, vetri rotti e incarti di fast-food impigliati in un cespuglio di salvia congelato. Wylie continuò a camminare.

Poi lo vide. Spuntava in un campo vuoto: un pezzo di stoffa rossa. Avanzando nella neve alta al ginocchio, con le gambe che bruciavano per lo sforzo, si avvicinò, fermandosi di colpo quando scorse il resto del corpo. L'autista o un altro passeggero che era volato fuori quando il furgone era uscito di strada.

Era una donna, a faccia in giù, al margine del campo innevato, aggrovigliata nel filo spinato che si era staccato dalla recinzione. La fronte posava sull'avambraccio piegato; l'altro braccio era teso come una sorta di cima di salvataggio. I lunghi capelli, cosparsi di neve fine come zucchero, erano sparsi intorno come serpenti rimasti ibernati nella fuga. Era mortalmente immobile.

Wylie corse verso di lei, il fiato che le usciva in nuvolette bianche. Quando fu a circa dieci metri, vide che era completamente bloccata. Il filo spinato era avvolto intorno alle gambe e le punte affilate avevano squarciato la stoffa dei pantaloni ed erano penetrate nella carne, lasciando esposta la pelle insanguinata.

«Merda», borbottò. Per raggiungerla, dovette scendere nel fossato, attraversare il bacino colmo di neve e risalire dall'altra parte. Si muoveva con cautela, sapendo che un passo falso poteva farla finire con una gamba rotta o una distorsione al ginocchio.

Quando arrivò dall'altra parte del fossato, la donna non si era ancora mossa e Wylie temette il peggio. Si lasciò cadere sulle ginocchia e abbassò la torcia per illuminarla. Si sdraiò accanto a lei. Le spazzò via la neve fresca dalla faccia, trovando un brutto taglio sulla fronte e un occhio gonfio e completamente chiuso. Era in condizioni pessime. Doveva portarla via da quel campo.

Ma non sapeva come girarla senza infliggerle altre ferite. Riuscì solo a toglierle la neve dal viso.

«Riesci a sentirmi?», chiese, mentre si toglieva i guanti per cercare le pulsazioni sul collo, sperando di sentirle. «Ho trovato il bambino. È al sicuro». Niente. «Ti prego», ripeté. «Ti prego, non essere morta». Cercò di zittire il ruggito nelle orecchie, di fermare il tremito delle mani.

D'un tratto lo sentì, un battito quasi impercettibile sotto le dita. «Oh, grazie al cielo», mormorò.

La donna emise un flebile lamento. «Eccomi. Mi chiamo

Wylie e sono qui per aiutarti. Ho trovato il bambino, sta bene. C'è qualcun altro?».

La donna sembrò esitare un po' troppo prima di scuotere la testa per dire no.

Quindi nell'incidente erano coinvolti solo lei e il bambino? Non era sicura di poterle credere, ma perché avrebbe dovuto mentire? Ripensò allo strano comportamento del bambino quando aveva ripreso i sensi. Le aveva ricordato un animale in trappola che cercava disperatamente una via di fuga. Quella donna era sua madre o un'altra persona?

«Va bene, ti aiuto a liberarti», disse rimettendosi i guanti. Abbassò il filo spinato e lo scavalcò. Cercò disperatamente di districarlo. Le punte erano incastrate nella stoffa dei pantaloni e le graffiavano le gambe. Vivide gocce di sangue macchiarono la neve fresca.

Il filo spinato la punse attraverso i guanti, ma non riuscì a liberare la donna, che emise deboli gemiti di dolore. «Scusa, scusa», mormorò. «Devo solo sbrogliare questa roba».

La donna cercò di spostarsi, ma le punte le penetrarono ancora più a fondo nella carne.

«Cerca di non muoverti», le disse Wylie. «Altrimenti peggiorerai le cose». Lei continuava a gemere, mentre la fissava con l'occhio sano. C'era sofferenza nel suo sguardo e qualcos'altro. Sfida.

Wylie si sedette sui calcagni, i fiocchi si posarono sulle sue ciglia e si sciolsero sulla faccia sudata.

«Torno a casa per prendere delle tenaglie», l'avvisò. La donna allungò un braccio e le afferrò il polso, come per implorarla di non andare. Lei si liberò facilmente dalla stretta.

«Torno subito», la rassicurò. «Te lo prometto. È l'unico modo per districarti». La donna le afferrò di nuovo il polso e stavolta lo strinse più forte. Wylie comprendeva la sua paura. Andandosene avrebbe portato con sé la torcia, lasciandola completamente al buio. Il vento gelido era implacabile e aveva ripreso a nevicare forte. Sarebbe rimasta sepolta viva.

Wylie abbassò la cerniera del giaccone e se lo sfilò. Il freddo la pugnalò attraverso i vestiti, strappandole un gemito. Rabbrividendo, le rimboccò il cappotto intorno al corpo, coprendola il più possibile. Poi si tolse il cappello e lo mise sulla testa della donna, tirandolo delicatamente sopra le orecchie. All'ultimo momento ricordò di avere le chiavi della macchina nel cappotto, le prese e se le infilò nella tasca dei pantaloni.

Sapeva che era un rischio esporsi così alle intemperie, ma una volta a casa avrebbe potuto mettersi un altro cappello e cappotto. Invece la donna non aveva alcuna possibilità di cavarsela senza quella protezione, e non sarebbe sopravvissuta a lungo.

Si srotolò la sciarpa gialla dal collo e la avvolse intorno al filo spinato, sopra la testa di lei. Le frange ondeggiavano al vento come una triste bandiera, ma l'avrebbero aiutata a ritornare lì più velocemente.

C'era qualcosa di molto strano nella scena di quell'incidente. Perché il furgone era in giro con quella tormenta? Né la donna né il bambino erano vestiti in modo adeguato per un tempo del genere. Erano senza cappotto, stivali, cappelli e guanti. Vivevano nelle vicinanze? Stavano cercando di tornare a casa o di andarsene?

Wylie si girò verso la fattoria. Doveva fare in fretta.

Nove

Agosto 2000

Josie giaceva al buio, con i muscoli in tensione, aspettando il prossimo scoppio di rabbia tra Ethan e i suoi genitori. Ma giunsero i soliti rumori notturni della casa: il mormorio dei tubi dell'acqua, lo scarico del bagno, il cigolio delle molle. Poi, finalmente, il silenzio.

«Sei sveglia?», bisbigliò Becky.

«Sì», rispose lei. Alzò la testa e guardò l'orologio sul comodino. Le 00:07. «Non riesco a dormire», disse. Il litigio di prima l'aveva fatta sentire male. Più del solito. Aveva la nausea.

«Vieni», bisbigliò Becky, alzandosi.

«Dove andiamo?», chiese lei.

«Shhh», fece l'amica. Aprì lentamente la porta e sbirciò nel corridoio buio. Era tutto tranquillo. Scesero in punta di piedi, coprendosi la bocca per soffocare le risate.

Quella era la parte più difficile. Scendere le scale senza mettere in allarme tutta la casa. Ogni passo aveva un tono e un timbro tutto particolare: un cigolio, un sospiro, un lamento. Gli ultimi gradini li fecero di corsa, trattenendo il fiato. Poi rimasero ferme per qualche istante, con il cuore in tumulto, aspettando che qualcuno comparisse in cima alle scale per ordinare loro di tornare a letto.

Il resto della fuga fu semplice. Passarono dalla cucina e

uscirono dalla porta sul retro. I Doyle non chiudevano mai a chiave. Perché avrebbero dovuto? Tra vicini si conoscevano tutti, la città era lontana e non avevano niente di valore da farsi rubare.

Il vento si era calmato e, benché facesse ancora caldo, nell'aria c'era il dolce odore del trifoglio. Il cielo era illuminato dalla luna e dalle stelle.

«Che cosa facciamo?», chiese Becky, mentre Josie la scortava verso il trampolino. Salirono e cominciarono a saltare, tenendosi per mano. Le stesse mani che a dieci anni avevano ferito con un coltello per diventare sorelle di sangue.

«Sorelle per sempre», gridò Josie mentre saltavano sempre più in alto, finché il resto del mondo scomparve. L'aria era umida e vellutata sulla pelle. Il sudore colava dalle tempie, finendo negli occhi, ma continuarono a saltare, mentre i tonfi ritmici dei piedi sulla gomma del trampolino rimbombavano nelle orecchie come un battito cardiaco.

«Adesso ne prendo una», strillò Becky, alzando la mano libera verso il cielo.

Josie si premette le labbra per non ridere, ma non si era mai sentita così libera come in quel momento, le sembrava di volare, con le dita della mano sinistra intrecciate a quelle della sua migliore amica, quelle della destra tese verso il cielo. Le stelle sembravano molto vicine, come un mucchietto di sassolini lanciati in aria da riprendere nel palmo della mano. Una manciata di stelle. In quel momento, non sembrava una cosa impossibile.

Josie e Becky saltarono cercando di afferrare il cielo finché restarono senza fiato e non riuscirono più a trattenere le risate. Crollarono sul trampolino e restarono sdraiate sulle schiene sudate finché il mondo smise di girare. «Quante ne hai prese?», chiese Josie, lanciando un'occhiata alla mano dell'amica, ancora serrata.

Lei si portò il pugno davanti a un occhio e sbirciò dentro. «Un milione», bisbigliò. «E tu?»

«Un milione e uno», rispose Josie, perché doveva sempre vincere. Era come quando erano piccole e per essere felici bastava stare insieme. Non si preoccupavano dei ragazzi, dei litigi in famiglia, di crescere. Josie sorrise e si lasciò invadere dalla spensieratezza di quel momento.

Uno scoppiettio interruppe la loro contemplazione del cielo stellato e Becky si alzò su un gomito. «Che cos'è stato?», chiese.

«Non lo so», rispose Josie, inquieta. Scrutarono l'aia. Era tutto fermo. Le capre riposavano nel recinto del granaio, le galline nel pollaio.

«Probabilmente solo il rumore di una marmitta». Josie scacciò l'inquietudine e tornò a sdraiarsi.

Risuonò un altro scoppio e stavolta Josie lo riconobbe. Vivendo in campagna, a contatto con i cacciatori, conosceva bene quel suono. Spari.

Era l'unica cosa logica e così, invece di scappare via dal rumore, ne fu attratta. Scese dal trampolino, saltando a terra. «Che succede?», domandò Becky, seguendola. Una nuvola passò davanti alla luna e la luce si raccolse là dietro lasciandole al buio.

«Forse qualcuno sta sparando a una volpe o a un coyote», disse Josie, ma già mentre quelle parole le uscivano dalla bocca sapeva che era improbabile. L'inquietudine le si piantò nel petto. Suo padre non avrebbe sparato alla cieca in quel modo. Inoltre, gli scoppi erano un po' in sordina. Forse era il vicino. Il suono viaggiava veloce negli spazi aperti della campagna.

«Torniamo dentro», suggerì. La sensazione di spensieratezza era sparita e si diressero verso casa, saltellando scalze sul terreno sassoso. Il rumore aveva svegliato anche le capre, che lanciavano belati inquieti. Josie le sentì scalpitare nervosamente nel granaio.

Un terzo scoppio giunse appena oltrepassarono il granaio. Un breve lampo luminoso si rifletté sulla finestra dei suoi genitori come il flash di una macchina fotografica. Poi il silenzio. Becky strillò.

Josie pensò al fratello, alla sua rabbia, alla cattiveria furtiva con cui aveva guardato suo padre, prima, al rifiuto di consegnargli il fucile. "No", si disse. Ethan non avrebbe mai fatto una cosa del genere.

Altre tre esplosioni giunsero da dentro casa, una dopo l'altra. Becky si coprì le orecchie e urlò. Josie la prese per mano e la condusse verso il granaio. Cercò di aprire la porta, ma era troppo pesante e usurata dal tempo. La base strisciò lentamente e rimase incastrata. Josie sollevò la maniglia e la strattonò. La porta si aprì cigolando di qualche altro centimetro, poi rimase di nuovo bloccata. «Vieni», disse, afferrando l'amica per un braccio.

Nel granaio c'erano una dozzina di nascondigli: il fienile, le stalle delle capre, una catasta di legname. Josie si infilò nel varco della porta e piombò nel buio, rendendosi immediatamente conto dell'errore. Le capre, spaventate dal suo ingresso, cominciarono ad agitarsi e a belare come ossesse. Tra le mura scheggiate del granaio non avrebbero avuto alcuna via d'uscita. Sarebbero state in trappola. Tornò fuori, dimenandosi per passare dalla stretta apertura. «Non possiamo nasconderci qui», bisbigliò.

Si guardò freneticamente attorno. Le serviva un telefono, ma aveva troppa paura di entrare in casa. I nonni erano a due chilometri di distanza. Il campo di mais. Potevano passare da lì per arrivarci. Al buio, gli steli di granturco svettavano alti, come sentinelle allampanate.

Avrebbero avuto il coraggio? Uno dei suoi primi ricordi

era sua madre che la rimproverava per essere andata nei campi da sola. «Ti perderai e non ti troveremo mai». Gli avvertimenti di sua madre avevano funzionato a lungo, ma col tempo Josie era diventata sempre più audace e le capitava spesso di avventurarsi là.

Una figura scura emerse dalla casa. Josie non riuscì a capire chi fosse, ma il fucile che aveva in mano era inconfondibile. Cominciò a camminare con passi lenti e regolari verso di loro, come un lupo.

Josie e Becky si presero per mano e cominciarono a correre, ancora scalze. I sassi aguzzi e i rametti ferivano loro le piante dei loro piedi, ma Josie nemmeno se ne accorse. Sentiva i respiri mozzi e frenetici di Becky, al suo fianco.

Se fossero arrivate al campo, era sicura che sarebbe andato tutto bene.

«Josie», gridò una voce maschile. Aveva sentito bene? Qualcuno l'aveva chiamata per nome? Osò gettarsi uno sguardo alle spalle: la figura aveva preso velocità e stava per raggiungerle. Era suo fratello? Non lo sapeva e non voleva rallentare per scoprirlo.

«Più veloce», esortò l'amica, senza fiato. «Corri». Josie inciampò e cadde, ma si rialzò subito. Erano quasi arrivate. Il tuonare dei passi in avvicinamento le sospingeva. Urla squarciavano l'aria. Josie riuscì a stare dritta, ma Becky perse l'equilibrio e le sue dita scivolarono via.

«Alzati, alzati», la implorò Josie, tirandola per un braccio. «Ti prego». Osò voltarsi di nuovo. La figura alzò un braccio e prese la mira. Josie lasciò il braccio dell'amica, si girò e corse.

Si tuffò nel campo e fu immediatamente inghiottita dagli alti steli di granturco. Le grida disperate di Becky la seguirono ma continuò a correre. Lo scoppio di uno sparo le esplose nelle orecchie e un dolore bruciante le squarciò il braccio. "Mi ha sparato", pensò incredula. Le girava tutto, ma grazie ai fusti di mais riuscì a mantenere l'equilibrio e a continuare a correre. Voleva tornare indietro per Becky, ma i suoi piedi sapevano muoversi solo in avanti.

Le foglie ruvide le frustavano il viso lasciandole graffi rossi e il terreno duro le piagava i piedi. Quando non riuscì più a correre, si fermò, si piegò con le mani sulle ginocchia e cercò di restare completamente immobile. Il braccio pulsava e le orecchie fischiavano dolorosamente. Stava arrivando? L'istinto le diceva di proseguire, ma non aveva idea di dove si trovasse.

Si era scavata un sentiero attraverso il granturco e sapeva che lui avrebbe dovuto solo seguire gli steli appiattiti per trovarla. Cominciò a camminare furtiva tra le file, muovendosi a zig zag, tenendosi il braccio ferito e viscido di sangue. Sapeva cosa facevano quei proiettili ai cervi e ai fagiani. L'aveva visto molte volte. Buchi profondi, sangue che usciva a fiotti. Qualche centimetro più in là e l'avrebbe colpita al cuore. E sarebbe morta.

Il suo respiro si calmò gradualmente e il fragore nelle orecchie si attutì. Fissava il granturco, attenta alla minima oscillazione o increspatura che potesse indicare un'altra presenza. Le ronzava la testa. Forse lui credeva di averla uccisa. Valutò se raggomitolarsi per terra e fingersi morta, nel caso la stesse ancora cercando, ma aveva troppa paura.

Pensò a Ethan, a suo padre, alle brutte parole che si erano scambiati. Continuava a sentire la voce brusca del padre: *Ethan, dammi il fucile.* E il rifiuto sprezzante del fratello.

Era Ethan? No. Rifiutava di crederci. Non poteva essere il ragazzo un tempo gentile che le aveva insegnato a pescare e ad andare in bicicletta.

Doveva riordinare i pensieri. Era stata in quel campo un milione di volte. Ce la poteva fare; poteva trovare una via d'uscita e chiedere aiuto.

Dalla sua destra giunse un aspro fruscio di foglie. Josie rimase immobile, in ascolto. Le nuvole coprivano la luna e le stelle, le ombre del campo si infittirono finché non riuscì più a vedersi nemmeno la mano davanti alla faccia. Eppure, avvertì una presenza a circa sei metri di distanza. Sperò, pregò che fossero sua madre o suo padre venuti a cercarla, ma in fondo sapeva che, chiunque fosse, non era lì per aiutarla.

Il fruscio secco e sommesso si avvicinò e Josie si premette le dita sulla bocca per impedirsi di urlare. Il sangue le colava dal braccio, raccogliendosi in una pozza ai suoi piedi.

Combatté l'impulso di fuggire. "Stai ferma", si disse. "Se non lo vedi, non può vederti nemmeno lui". Ma qualcosa cambiò in quella tenebra. Le ombre si scurirono e lui apparve, a pochi passi. Le dava le spalle. Era così vicino che se avesse allungato un braccio l'avrebbe toccato, così vicino che sentiva il suo odore e il calore emanato dalla sua pelle. Un familiare tanfo di sudore. Era Ethan? Era stato suo fratello a spararle e a inseguirla nel campo?

Dalla figura giunse un grugnito di impazienza e Josie trattenne il fiato. Lui cominciò ad allontanarsi, ma poi si fermò e si guardò attorno lentamente. Dopo quella che parve un'eternità, si inoltrò tra gli steli di granturco e scomparve.

Josie emise un sospiro tremante. Per il momento se n'era andato.

Dieci

I delicati petali viola avvizzirono e caddero a uno a uno, poi volarono via. Al loro posto, davanti alla finestra, spuntarono ortiche verdi spinose.

Sua madre stava ancora male e andava avanti e indietro dal letto al bagno, coprendosi la bocca.

«Devi aiutarla a mangiare e a bere qualcosa», le disse suo padre una sera, fermandosi da loro.

La bambina accostava la sedia allo scaffale di legno dove tenevano il cibo per prendere il burro d'arachidi e una pagnotta. Provava a farla mangiare, ma sua madre non voleva. Teneva la bocca chiusa e alla fine il panino lo finiva lei e lo buttava giù con un bicchiere d'acqua del rubinetto del bagno.

Suo padre cominciò a portare densi frullati. Aiutava sua madre a sedersi sul letto e cercava di convincerla a bere. «Solo un altro po'», la esortava. «Devi essere forte per il bambino».

Sua madre provava ad accontentarlo. Beveva qualche sorso e poi vomitava nel secchio che teneva accanto al letto.

«Dai», sbottava suo padre, frustrato. «Provaci ancora». Lei spingeva via il bicchiere e si raggomitolava, facendosi piccina, come se cercasse di scomparire.

Un giorno, dopo che sua madre aveva rifiutato di bere quello che lui le aveva portato, suo padre fece una sfuriata. «Sei inutile», disse, afferrandola per un braccio e costringendola ad alzarsi dal letto. «Non ti importa di lei?», chiese, indicando la bambina. «Non ti importa di tuo figlio?».

La trascinò verso il tavolo e la obbligò a sedersi.

La bambina prese un libro dallo scaffale, andò nel suo angolino sotto la finestra e si mise faccia al muro.

Suo padre prese un cucchiaio da un cassetto e lo immerse nella tazza. «Mangia», ordinò. Sua madre fece per girare la testa, ma lui la tenne ferma per il mento e le ficcò il cucchiaio in bocca. Lei ebbe dei conati e sembrò che stesse soffocando.

La bambina girò le pagine del libro e recitò la storia tra sé e sé. Era la fiaba della principessa sul pisello. L'aveva imparata a memoria.

Dopo un po', smise di recitare. Sua madre non piangeva più. «Visto? Non era così male. L'hai mangiato quasi tutto», disse lui con voce calma e rassicurante.

Lei alzò la testa dal libro e lo guardò pulire con gentilezza la bocca di sua madre con un tovagliolo per poi riaccompagnarla a letto. Dopo un po', sentì il suo respiro calmo e regolare. Si era addormentata.

Suo padre le tirò la coda prima di aprire la porta per andarsene. «Sta bene. Lasciala riposare».

Quando sentì lo scatto della porta e il rumore della serratura, la bambina riportò a posto il libro e andò al tavolo della cucina. Sollevò la tazza con i resti del gelato. Sentì l'odore di cioccolato e le gorgogliò lo stomaco. Ne era rimasta qualche cucchiaiata. Sua madre non se la sarebbe presa.

Si portò la tazza alle labbra e bevve. Il liquido dolce e cremoso le riempì la bocca e le scivolò in gola. Raccolse le ultime gocce con un cucchiaio e lo ripulì.

Accese il televisore ma tenne il volume basso. Passarono le ore. Sua madre dormiva. Il mal di pancia arrivò improvviso e violento. Si piegò in due e corse in bagno a vomitare. Aveva lo stomaco sottosopra, ma almeno si era liberata.

Rimase sdraiata sul pavimento del bagno. Le piastrelle,

piene di crepe, erano fresche sulla pelle. La notte penetrò nella stanza lasciando solo il morbido bagliore azzurrognolo del televisore. I crampi si calmarono, i muscoli si rilassarono. Si sentiva vuota e stremata. Cadde in un sonno inquieto finché sua madre la svegliò scuotendola dolcemente e la portò a letto.

Undici

Oggi

Il vento pungente, prendendo slancio, l'investì con raffiche di neve e grandine. Doveva sbrigarsi.

Probabilmente non aveva più di mezz'ora per recuperare la tronchese dal granaio e tornare sul luogo dell'incidente prima che la donna subisse gravi danni da ipotermia. Anche così, rischiava di arrivare troppo tardi. Dopo averla liberata, doveva comunque portarla in casa.

Agitata, guardò il cielo plumbeo e la neve le sferzò il viso. Doveva tornare là prima che la tormenta si inasprisse. Il viso e le orecchie, ora esposte al freddo, le bruciavano dolorosamente. Non sapeva come avesse fatto quella donna a sopravvivere così a lungo nella neve.

Arrivata in cima alla stradina si fermò a prendere fiato, ma il vento mulinava con una frenesia spaventosa, creando vortici di neve che la investivano stordendola. Non poteva fermarsi. Puntò la torcia verso il granaio e i silos scomparvero dietro un velo bianco. La luce calda che veniva dalla casa la esortò a proseguire. I bastoni da trekking la aiutavano a non cadere, ma sentiva le gambe pesanti e doloranti per lo sforzo di attraversare la neve alta.

I rami degli alberi, già appesantiti dal ghiaccio, dovevano subire il carico della nuova nevicata e minacciavano di spezzarsi a ogni raffica di vento.

Era stata via troppo a lungo. Probabilmente il fuoco nel camino si era già spento, forse le ferite del bambino erano più gravi di quanto avesse pensato e lei doveva ancora tornare dalla donna. Sentì una stretta al petto e affrettò il passo, percorrendo gli ultimi cinquanta metri.

Aprì la porta con uno spintone, portando dentro con sé un turbine di neve. La richiuse e posò i bastoni da trekking. Ignorando i solchi che stava lasciando sul parquet con i tacchetti, andò dritta al divano dove aveva lasciato il bambino. Era ancora lì, addormentato, con Tas accoccolato al suo fianco.

Poi controllò il telefono, sapendo che le possibilità di fare una chiamata erano molto scarse. Aveva ragione; nessuno avrebbe mai mandato i tecnici a ripristinare la linea con un tempo simile.

Aggiunse un altro pezzo di legno al fuoco e resisté alla tentazione di fermarsi per scaldarsi un po'. Le orecchie e il naso le bruciavano dolorosamente. Doveva continuare a muoversi. Andò nel ripostiglio e prese un altro cappotto e una sciarpa. Aveva dato il suo cappello alla donna, quindi si coprì la testa con il cappuccio bordato di pelliccia e tirò i lacci per chiuderlo intorno al viso.

La spaventava l'idea di uscire di nuovo nella tormenta, ma i minuti scorrevano inesorabili.

Con rinnovata determinazione, abbandonò il calore della casa. La bufera infuriava. Le pareva che il vento la investisse da ogni direzione.

Passò davanti al pollaio instabile e al capanno per gli attrezzi che i precedenti affittuari avevano adibito a discarica per i mobili e gli oggetti indesiderati. Entrata nel granaio, si scosse la neve dal cappotto e controllò l'orologio. Erano passati quasi venti minuti da quando aveva lasciato la donna. Esaminò i muri grezzi in cerca di ciò che le serviva.

Appesi a chiodi e ganci c'erano zappe, rastrelli e vari attrezzi agricoli. Finalmente individuò la tronchese, una pala arrugginita e una vecchia slitta di legno con le guide in acciaio. Una coperta muffita era appesa a un chiodo curvo. La posò sulla slitta con gli altri attrezzi, fermandola con una corda.

Tenne la torcia, ma abbandonò i bastoni da trekking, non osando portare nient'altro. Si prospettava già abbastanza difficile trascinare avanti e indietro sulla neve quello che aveva, più la donna, se era ancora viva.

Malgrado la neve accecante e il vento che aveva cancellato ogni traccia del suo passaggio, Wylie era abbastanza sicura di seguire la direzione giusta.

Tenne gli occhi e la torcia fissi sul terreno davanti a sé. Il suo piano era semplice, in teoria. Tagliare il filo spinato aggrovigliato e liberare la donna, sperando che fosse ancora viva. Se non fosse stata in grado di camminare, l'avrebbe portata sulla slitta. La pala sembrava semplicemente una buona idea.

Giunta a metà strada, il freddo cominciò a penetrarle fin nelle ossa, nonostante gli strati di vestiti caldi. Wylie cominciò a dubitare della ragionevolezza di quella missione di salvataggio. Un passo falso e si sarebbe potuta rompere una gamba, finendo dentro una tomba di ghiaccio. Di recente non aveva dato prova di abilità nel prendere decisioni, e che senso aveva rischiare di morire entrambe congelate? Che fine avrebbe fatto il bambino?

Rifletté se non fosse il caso di tornare indietro. La rinuncia era il suo forte, era un'esperta. Ma stavolta era diverso. A casa non stava morendo nessuno. Suo figlio Seth era ancora arrabbiato con lei perché aveva cercato di imporgli delle regole e non sentiva affatto la sua mancanza. Era in buone mani con il padre.

Finalmente, attraverso il vortice di neve, scorse un luccichio metallico e i rottami del furgone. Affrettò il passo. Era quasi arrivata.

Lasciò la strada e attraversò il fossato verso la recinzione di filo spinato che costeggiava il campo, cercando la sciarpa gialla che aveva lasciato come segnaposto. Ma quando si avvicinò al furgone, non vide traccia della sciarpa. Si fermò, ansimando. Doveva aver commesso un errore. Lasciò la pala legata con la corda allo slittino e si girò lentamente per guardasi attorno. Sembrava tutto uguale: una distesa desolata, selvaggia, coperta dalla neve.

Probabilmente aveva oltrepassato il posto in cui si trovava la donna. Non era possibile che la sciarpa fosse volata via nella tormenta. L'aveva annodata parecchie volte intorno alla rete di metallo.

Forse la sciarpa e la donna erano sepolte sotto uno dei cumuli di neve che premevano contro la recinzione. Frustrata, Wylie tornò indietro, seguendo il filo spinato, e stavolta procedette ancora più lentamente, finché raggiunse il primo grosso cumulo di neve. Cominciò a scavare, facendo riemergere i pali della recinzione, ma non spuntò nessuna sciarpa.

Proseguì. Il freddo si intrufolava tra gli strati di vestiti. Non poteva restare là fuori ancora a lungo. Ma proprio quando era pronta ad arrendersi e a tornare a casa, posò gli occhi su un pezzo di stoffa giallo impigliato al filo spinato. Abbassò lo sguardo, aspettandosi di vedere il corpo ferito e congelato della donna, ancora intrappolato nella recinzione. Ma era sparito. Anche la sciarpa era sparita.

Wylie cadde in ginocchio per esaminare da vicino il filo spinato. Vide piccole gocce di sangue e quelli che le parvero frammenti di carne gelata attaccati al filo metallico. Passò una mano per terra.

Si rialzò e perlustrò il terreno in cerca di orme fresche, ma la neve e il vento avevano già cancellato tutto. La donna ferita era scomparsa. Perché se n'era andata con quella tormenta brutale quando le aveva promesso che sarebbe tornata ad aiutarla?

Girovagò intorno ai rottami e al campo in cerca della donna finché il gelo non la costrinse a tornare a casa. Da cosa scappava e dove poteva essere andata? Un nuovo senso di inquietudine le si piantò nel petto. Aveva troppe domande e l'unica persona che poteva darle delle risposte non parlava.

Dodici

Agosto 2000

Il vice sceriffo Levi Robbins pattugliava le strade in cerca di guai. Guai di ogni genere. Era un veterano, dieci anni nell'ufficio dello sceriffo di Blake County, e normalmente non faceva il turno di notte, ma Frazier era in vacanza, quindi si era offerto volontario per sostituirlo, convinto che un cambiamento gli avrebbe fatto bene.

Era passata l'una e non era arrivata ancora nessuna chiamata. Per quanto si impegnasse, non riusciva nemmeno a fermare qualcuno per infrazione stradale. Le ore passavano e Levi ammazzava il tempo ascoltando musica country alla radio. Passando per Meadow Rue, rallentò quando si avvicinò all'albero di noci amare che spuntava in mezzo alla strada. Era una visione insolita per chi non conosceva la zona.

Nessuno sapeva perché un albero di diciotto metri sorgesse al centro di un incrocio, né perché non l'avessero mai tagliato. Per passare occorreva rallentare e girare intorno a quella rotonda creata dalla natura.

Oltrepassato l'albero, Levi svoltò a sud su County Road G11. Avrebbe fatto un altro giro e poi sarebbe passato all'emporio di Casey per prendere una gazzosa e fare benzina. Magari, se era fortunato, qualcuno avrebbe cercato di rapinare il negozio. Era passato un bel po' dall'ultima volta che aveva sventato un furto. Non ricordava nemmeno l'ultima circostanza in cui aveva sfoderato la pistola. Almeno sarebbe stato interessante.

Il vento caldo entrò dal finestrino abbassato. C'erano state grandi speranze di pioggia quella sera. Il cielo si era rannuvolato e l'aria umida aveva quell'odore elettrico del temporale in arrivo. Ma era durata poco: la luna e le stelle erano riapparse subito. Un vero peccato. Ai campi serviva la pioggia.

Levi sputò la buccia di un seme di girasole dal finestrino. Anche se era calda, la brezza lo aiutava a non addormentarsi al volante. Accelerò fino a novanta, poi a centoventi chilometri all'ora. Uno dei vantaggi del turno di notte. Strade libere.

All'improvviso, un pick-up con i fari spenti sbucò rombando da una strada sterrata tra due campi di granturco. Levi frenò di colpo, facendo sbandare la macchina. Lo stridio delle ruote sull'asfalto coprì la radio e la puzza di gomma bruciata gli riempì le narici.

«Figlio di puttana», borbottò sforzandosi di non uscire di strada. Dopo aver raddrizzato l'auto e quando il cuore tornò tranquillo al suo ritmo, sbirciò dal parabrezza e diede gas. «Accendi quei fari», borbottò tra sé e fece partire sirena e lampeggianti.

Il pick-up accelerò brevemente, poi rallentò, come se l'autista si fosse accorto che non sarebbe riuscito a distanziarlo. «Bravo, testa di cazzo», disse Levi fermandosi dietro il veicolo. Grazie alla luce dei lampeggianti, vide che non c'erano passeggeri. Cercò di dare un'occhiata alla targa, ma numeri e lettere erano nascosti dal fango secco. Forse era intenzionale, ma più probabilmente no. I mezzi agricoli si sporcavano parecchio. Ma con la luna storta che aveva, non intendeva fargliela passare liscia.

Scese dall'auto e si avvicinò lentamente al Ford Ranger argentato con il cassone coperto da un telo in vinile. Lo sportello si spalancò prima che Levi potesse aprire bocca.

«Ehi, resta dentro», lo avvertì il vicesceriffo, avvicinando la mano alla pistola. «Metti le mani sul volante».

«Chiedo scusa», disse una voce giovane e tremante da dentro il pick-up. «Non l'ho vista. Ho guardato a destra e a sinistra prima di girare, e lei è apparso all'improvviso. Correva troppo».

«Questo lo dici tu», borbottò Levi, fermandosi accanto al finestrino e puntando la torcia su un ragazzo con i capelli biondi arruffati, le mani avvinghiate al volante.

L'interno del furgone puzzava di sudore, tabacco e paura. Per terra una lattina di gazzosa rovesciata e sul tappetino del sedile accanto diversi grumi di tabacco. Levi sogghignò sotto i baffi. Adorava spaventare a morte i teppistelli.

«Lo sai che hai i fari spenti? Mi hai quasi ammazzato. Dove te ne andavi così di fretta?», chiese. «Sei ubriaco?».

Il ragazzo lo guardò strizzando gli occhi. «Nossignore. Stavo solo tornando a casa. Sono in ritardo». Aveva la faccia lucida di sudore e macchie scure sul colletto della camicia e sotto le ascelle.

«Da dove vieni?», chiese, mentre il ragazzo gli porgeva la patente. Lesse il nome: Brock Cutter. C'erano un bel po' di Cutter nella contea. Una grande famiglia di agricoltori.

«Sono andato al cinema a Spencer», rispose lui. «Con mio cugino».

«Quindi sei un Cutter?», chiese Levi, alzando lo sguardo dalla patente.

«Sissignore», disse il ragazzo, cercando di guardare oltre il fascio di luce. «Brock Cutter».

«Hai un cugino di nome Brett», chiese Levi. Il ragazzo annuì, guardandosi nervosamente attorno.

«Non ti vedo in giro da quando eri un soldo di cacio», continuò Levi, abbassando la mano a circa un metro da terra. «Mi sono diplomato con tuo cugino, Brett. Gli somigli molto. Come se la passa?»

«Bene, bene», rispose Cutter, con voce tremante. «Vive a Perry, lavora allo stabilimento di carne di maiale. È sposato e ha due figli».

«Due figli, wow, incredibile. Ah, ci siamo divertiti parecchio ai nostri tempi. Verrà per la nostra rimpatriata, l'estate prossima?», domandò Levi, togliendosi il cappello per asciugarsi il sudore dalla fronte.

«Credo di sì», rispose Cutter. «Senta, come ho detto, mi dispiace molto. Non l'ho vista. Non succederà più. Starò più attento la prossima volta».

Levi lo fissò. Non seppe mai perché non avesse controllato i suoi precedenti alla guida. Di solito era inflessibile. Forse gli era venuta nostalgia dei bei tempi andati, quando andava a zonzo per quelle strade secondarie insieme a Brett Cutter, bevendo Everclear e Dr Pepper. Sapeva che in parte era stata colpa sua, dato che stava guidando a centoventi all'ora quando il limite di velocità era novanta. Forse non voleva essere lui a guastare il periodo tranquillo che stavano attraversando il dipartimento.

Se avesse controllato la targa, avrebbe visto che Brock Cutter aveva la patente sospesa e un mandato d'arresto per non essersi presentato in tribunale per un caso di molestie a Kossuth County. Avrebbe scoperto che Brock Cutter non era onesto e bonario come suo cugino Brett.

«Fammi un favore: di' a quella canaglia di tuo cugino di chiamarmi quando capita in città e te la faccio passare liscia», disse con un sorriso. «Ma devi promettermi di stare più attento. Non voglio doverti fermare di nuovo, intesi?»

«Grazie», disse Cutter con sollievo, lasciando il volante e pulendosi le mani sudate sui jeans. «Glielo prometto».

Levi aspettò che fosse ripartito e lo guardò allontanarsi lentamente, con i fanali posteriori ridotti a due puntini rossi nel buio. Scosse la testa. Brett Cutter. Diamine, non pensava a lui da anni. Un brav'uomo.

Tornò in macchina e accese il motore. Alla radio, la musica country aveva lasciato il posto a un talk show.

Levi continuò il giro, fermandosi alla stazione di servizio per una gazzosa e una fetta di pizza. Il resto della nottata scorse tranquilla, senza eventi significativi.

Il sole spuntò nel cielo brumoso, portando una nuova ondata di calore. Levi aveva un'ora prima della fine del turno. Era esausto. Voleva solo tornare a casa, farsi una doccia e mettersi a letto.

Ma sessanta minuti dopo lo convocarono sulla scena del crimine più sanguinosa della storia di Blake County.

Tredici

Oggi

Tornata in casa, Wylie lasciò la pala e lo slittino sui gradini ed entrò. Si sfilò gli scarponi. Che cosa avrebbe detto al bambino? Con la sola protezione del cappello e del cappotto, non c'era speranza che la donna sopravvivesse nella tormenta.

Non aveva lasciato tracce. Il vento aveva spazzato via le orme sulla neve. Era semplicemente svanita.

Non c'era più nessuno in soggiorno. Il bambino e Tas non erano dove li aveva lasciati. Nel camino erano rimaste solo braci arancioni e la stanza era gelida.

Vagò da un vano all'altro con crescente preoccupazione. Salì di sopra, sentì il freddo degli scalini di legno penetrare attraverso le calze. Il corridoio del secondo piano era al buio.

La porta della sua camera era chiusa e Wylie girò la maniglia, aprendola di uno spiraglio. Nella luce fioca della lampada sul comodino c'era il bambino, di spalle alla porta, con Tas sdraiato ai suoi piedi.

«Eccoti qui», esclamò e il piccolo si girò di scatto, spaventato. In mano stringeva la sua nove millimetri. Wylie trasalì. Lui la fissava raggelato, con gli occhi sgranati, e le puntava la pistola al petto.

«Mettila giù». Le parole le uscirono a strappi, come un pezzo di stoffa impigliato nel filo spinato.

Lui rimase a fissarla a bocca aperta.

«Mettila subito giù!», gli ordinò.

Tas cominciò ad abbaiare e il bambino lasciò cadere l'arma come se scottasse. Sbatté per terra e il cane scappò. Wylie chiuse gli occhi e si coprì le orecchie, sicura che sarebbe partito un colpo. Ma non avvenne, quindi si buttò sulla pistola e la coprì con il proprio corpo, sentendo il metallo pungerle l'addome.

Il ragazzo la guardava dall'alto, immobilizzato dalla paura, con Tas che continuava ad abbaiare furiosamente.

«Ma come ti è venuto in mente?», sbottò Wylie rialzandosi, con la pistola in mano. Con le dita tremanti, tolse i proiettili. «Non toccare mai più una pistola. Poteva partire un colpo e ferire Tas, me o te stesso. Lo capisci?».

Il bambino non rispose, non poteva rispondere. Aveva il fiato bloccato in gola e cercava affannosamente di respirare.

«Questa non è casa tua», sbraitò Wylie. «Potevi uccidere qualcuno. Non si fruga tra le cose degli altri». Andò verso l'armadio e spinse la pistola in fondo allo scaffale più alto. Quando si girò, vide che il bambino si era nascosto sotto il letto.

Wylie sentì calare tutta la tensione e le venne la nausea. Non si era mai preoccupata di mettere sotto chiave la pistola perché c'era solo lei in quella casa. Non aveva ospiti, nessuno andava a trovarla.

«Tas, zitto!», gridò e i latrati del cane si quietarono in bassi mugolii. L'animale la guardò con trepidazione.

Wylie si sedette sul bordo del letto e cercò di placare il cuore. Parlò solo quando seppe che la sua voce sarebbe stata pacata e tranquilla. «Non avrei dovuto sgridarti. Non volevo spaventarti». Non giunse nessuna risposta, solo il pianto silenzioso del bambino sotto il letto.

«Non è stata colpa tua. Avrei dovuto nascondere la pistola, quindi la colpa è solo mia. Vieni», disse.

Il bambino rimase sotto il letto. «Ho avuto paura», cercò di spiegare. «A te non è mai capitato? Di avere veramente paura?».

"Che domanda sciocca", pensò. Ovvio che gli era capitato. Era appena stato vittima di un tremendo incidente d'auto e aveva vagato da solo nella bufera. Per poco non era morto congelato. Conosceva benissimo la paura. Il terrore puro.

Wylie aspettò. Il respiro frenetico del bambino si calmò. Passarono i minuti. Sentì tirare piano una gamba dei pantaloni, con l'incertezza di un pesciolino che prova l'esca. Si piegò in avanti, la testa fra le gambe, per sbirciare sotto il letto. Il bambino la guardava con la faccia rigata di lacrime. «Vieni fuori, per favore?», chiese.

Il piccolo uscì da sotto il letto e si alzò in piedi. Anche se non parlava, Wylie sapeva a quali domande voleva risposta.

«Ho trovato il furgone», disse. «Non c'era nessun altro». Una spudorata bugia, ma perché farlo agitare ancora di più? Lui abbassò le spalle, visibilmente deluso. «C'era tua madre con te nel furgone? O qualcun altro?», chiese. «Una persona a cui volevi bene?». Il bambino non rispose.

Wylie gli prese le mani. Erano fredde e sembrava che le ossa potessero spezzarsi da un momento all'altro. Lui le ritrasse come se l'avesse ustionato.

«Appena smette di nevicare esco di nuovo a cercarla», promise Wylie. Si frugò nelle tasche e tirò fuori il pezzo di stoffa bianco e lurido che aveva trovato vicino ai rottami. «Ho trovato questo. È tuo?», chiese.

Al bambino si illuminarono gli occhi e sorrise prima di allungare una mano. Lei gli porse il panno e lui se lo premette su una guancia.

Perché la donna non aveva aspettato che tornasse a prenderla? Dove poteva essere andata? Sospettava che fosse coinvolta in qualche brutta faccenda e che fosse scappata. Esaminò febbrilmente le possibilità: fuggiva dalla legge o da un marito violento. Oppure, forse, era rimasta disorientata dall'incidente e si era allontanata senza meta nella bufera.

Scesero di nuovo al piano di sotto e Wylie mise un altro ciocco di legna nel camino. Il bambino aveva un modo buffo di girarsi da una parte e spiare quello che succedeva con la coda dell'occhio, come se cercasse di non farsi notare. Wylie raddrizzò la coperta sul divano, Tas ci saltò sopra, girò per tre volte su sé stesso e si accoccolò in un angolo. Stavolta non lo rimproverò.

Andò in cucina a prendere un bicchiere d'acqua per il suo piccolo ospite. Sicuramente aveva anche fame. Frugò negli armadietti e trovò una scatola di Cheerios, che svuotò in una ciotola. Portò i cereali e l'acqua in soggiorno e trovò il bambino rannicchiato accanto a Tas sul divano, con il pollice in bocca.

«Bevi un po' d'acqua», disse, porgendogli il bicchiere, ma lui serrò le labbra e si girò dall'altra parte. «Va bene», disse Wylie, posando il bicchiere e la ciotola di cereali sul tavolino basso. «Serviti pure quando vuoi».

Il bambino sembrava facesse fatica a restare sveglio e dopo un po' il suo respiro si sincronizzò con quello del cane; si erano addormentati entrambi.

Wylie controllò l'orologio. Com'era possibile che fosse solo mezzanotte?

Fuori la bufera infuriava. Il vento ululava rabbioso e la neve picchiava contro i vetri delle finestre. Continuò a guardar fuori, sperando di veder arrivare la donna, ma c'era solo un'inquieta massa bianca. Dopo un po', si arrese. Forse la donna aveva trovato aiuto sulla strada, anche se era improbabile, oppure era crollata sotto la furia degli elementi.

Wylie tornò al suo manoscritto e alla cartella piena di foto di scene del crimine e pensò di riempirsi un altro bicchiere di vino, ma poi si decise per un caffè. Cercò di leggere, ma continuava a guardare il corpicino raggomitolato sul sofà. Chi era? Sicuramente qualcuno lo stava cercando.

Ogni tanto controllava se fosse tornata la linea telefonica, ma trovava sempre lo stesso silenzio. Per la prima volta, dopo molto tempo, ebbe voglia di parlare con qualcuno.

Non con una persona a caso. Voleva parlare con suo figlio. Voleva scusarsi per essersene andata. Lui l'aveva delusa e lei era stanca dei litigi continui, del modo in cui Seth le metteva contro suo marito. E quando quella sera era uscito incazzato e non era tornato a casa, era stata una vera e propria tortura. Non sapeva dove fosse, con chi fosse, non sapeva se fosse vivo o morto.

Aveva imboccato una scappatoia invece di fare il suo dovere di genitore. Seth l'aveva ferita troppo. La odiava, voleva andare a vivere con suo padre. Così, con la scusa di dover finire il libro, era fuggita in quel posto triste e solitario. Aveva abbandonato suo figlio e chissà quanto ci avrebbe messo a riparare il loro rapporto.

In quel momento si sarebbe accontentata di parlare della scuola, dei suoi amici, ma era impossibile. E adesso doveva prendersi cura di un altro bambino difficile, ed era del tutto impreparata.

La bufera infuriava, le ombre si infittivano, diventando sempre più scure. Controllò l'orologio: l'una. Odiava quei momenti di quiete. Sembrava che tutto il mondo dormisse tranne lei. Ma quando la luce candida dell'alba avesse sbirciato dai bordi delle tende, si sarebbe rilassata. Avrebbe chiuso gli occhi e, solo per un istante, sarebbe stata come tutti gli altri.

Wylie fu svegliata dal cigolio delle assi del pavimento. Sbatté le palpebre, assonnata, e trovò il bambino seduto per terra accanto al camino, di spalle.

Qualcosa gli cadde dalle mani e scivolò a terra. Foto di gole squarciate, denti rotti, orbite vuote. "Oh, no", pensò Wylie. Aveva trovato le foto delle scene del crimine. Il bambino si alzò e scappò via dalla stanza. Wylie saltò su dal divano per seguirlo. Era appena riuscito ad arrivare in bagno quando ebbe un conato e un fiotto di bile, calda e amara, gli eruppe dalla bocca.

Vomitò finché non gli rimase niente nello stomaco.

«Non avresti dovuto vederle», disse Wylie dall'esterno del bagno buio. «Mi dispiace. Mi servono per lavoro. Sono una scrittrice».

Il bambino si infilò nello spazio angusto tra il muro e il gabinetto e si coprì la faccia con le mani.

Wylie indugiò sulla soglia per un momento e, quando capì che il bambino non intendeva uscire dal bagno, tornò in soggiorno.

Come poteva spiegargli a cosa servivano quelle immagini orrende? Non c'erano le parole adatte. Lui la credeva un mostro e ogni speranza di conquistare la sua fiducia ormai era perduta.

Quattordici

Agosto 2000

Dal suo nascondiglio nel campo, Josie represse l'istinto di scappare. Forse lui si era acquattato, in attesa, pronto a balzarle addosso non appena si fosse mossa. Così aspettò. Aspettò che accadesse qualcosa, che qualcuno venisse a cercarla, a salvarla. Sperava ancora di vedere sua madre o suo padre che si facevano strada fra gli steli, ma non apparvero.

Le nubi evaporarono e spuntò la luna, abbagliante. Josie misurò il tempo osservando il suo lento arco nel cielo. Soffocò la nausea, temendo che se avesse vomitato l'uomo l'avrebbe sentita e avrebbe scoperto dove si trovava. Ma non riuscì a trattenere le lacrime e fu scossa da silenziosi singulti finché non cominciarono a farle male la testa e i muscoli della bocca per lo sforzo di trattenere le urla.

Rabbrividì, malgrado il caldo di quella notte. La ferita al braccio aveva smesso di sanguinare, ma sentiva il pallettone nel tricipite.

Cercò di restare in piedi più a lungo possibile, ma cominciava a sentire le gambe rigide. Le zanzare banchettavano sulla sua pelle scoperta, le punture erano un migliaio di spilli. Alla fine si accovacciò, sedendosi sui calcagni, infilò le braccia nella maglietta e si cinse le ginocchia. Il dolore al braccio era un rullo di tamburo. Disperata, rimase lì come una grassa altica del mais in attesa dell'alba.

Ogni volta che sentiva frusciare il granturco, il suo cuore schizzava avanti e indietro fra il terrore e la speranza. Qualcuno doveva avere udito gli spari. Il suono viaggiava per chilometri in campagna. Di sicuro avevano riconosciuto i colpi di arma da fuoco e avevano chiamato la polizia. Quindi continuò a sperare che comparisse suo padre porgendole una mano per aiutarla ad alzarsi e la portasse a casa. Ma non venne. Non venne nessuno.

Passarono le ore. Le stelle sbiadirono e il cielo si spogliò degli abiti da notte e indossò i veli diafani dell'alba, rosa e color mandarino. Josie aveva la bocca secca e sentiva la lingua pesante per la sete. Ogni volta che si muoveva, una fitta le trapassava il braccio e lei piagnucolava per il dolore.

Si era rotta una caviglia, una volta, quando aveva dieci anni. Stava saltando insieme a Becky sul labirinto di balle di fieno nel campo, quando aveva sbagliato a calcolare la distanza ed era caduta sul terreno duro e secco.

Il dolore era stato intenso, ma niente in confronto a essere colpita da uno sparo. Quando non riuscì più a sopportare la vescica piena, sfilò le braccia dal bozzolo della maglietta e si alzò. Con una mano sola si abbassò i pantaloncini e si liberò, sperando che quel flusso interminabile di urina finisse presto.

Aveva così tanta sete che fu tentata di uscire dal campo per cercare un po' d'acqua, ma non riuscì ad abbandonare il nascondiglio. Così cercò di contare il tempo osservando il movimento delle ombre. Avrebbe voluto sdraiarsi e dormire un po', ma aveva troppa paura che lui la trovasse.

Un crepitio secco corse attraverso il campo e le spighe tremarono e ondeggiarono sopra di lei. Stava arrivando qualcuno. Il panico le serrò la gola. Non sarebbe mai riuscita a sfuggirgli: non aveva armi, niente per proteggersi. Si fece coraggio.

Invece, un grosso uccello nero le passò sopra la testa, si tuffò e risalì più volte. I merli dalle ali rosse, compatti come una nube di fumo, facevano la loro migrazione passando sopra i campi e radunandosi sugli steli.

Per suo padre erano una vera seccatura. Succedeva ogni anno; i merli dal piumaggio nero e lucido, con le macchie rosse o gialle sulle ali, piombavano giù per banchettare con il loro mais. Si aspettò di sentire gli scoppi assordanti dei cannoni scaccia uccelli. Ma non avvenne e nell'aria c'era solo lo sbattere d'ali e il chiacchiericcio dei merli.

Non poteva rimanere nascosta nel campo per sempre. Nessuno sarebbe venuto a salvarla. Doveva salvarsi da sola. Si alzò faticosamente e la nuvola di uccelli si levò con un gran fracasso. I muscoli delle gambe protestarono per il dolore, il braccio ferito pulsava ed era gonfio e caldo al tatto. Fu invasa da un'altra ondata di nausea e chiuse gli occhi, pensando alla pace del loro cortile all'alba.

La calmò il pensiero del grande granaio rosso e dei suoi genitori che bevevano il caffè al tavolo della cucina. L'alba spuntava alle spalle del fienile, quindi, se fosse andata nella direzione opposta al sole, sarebbe uscita dal campo nei pressi di casa.

Si fece strada lentamente nella fitta foresta verde, mentre i raggi intensi del sole mattutino le scottavano la testa. Ritrovò presto il sentiero percorso quella notte. Gli steli appiattiti raccontavano la sua fuga frenetica. Il cuore prese a martellarle nel petto.

Era vicinissima a casa. Avrebbe voluto mettersi a correre, aprire la porta d'ingresso e trovare i suoi genitori, Ethan e Becky seduti a tavola, spazientiti con lei perché li avrebbe fatti arrivare tardi alla fiera, ma aveva troppa paura. Così indugiò ai bordi del campo, sbirciando tra i fitti steli di mais.

A prima vista, sembrava tutto normale. La casa e il cortile

erano sempre gli stessi. Sul vialetto c'erano il furgone del padre e la macchina di sua madre. I colibrì golarubino svolazzavano sopra i luminosi fiori arancioni dell'albero della seta accanto alla casa. Il gallo segnavento di rame in cima al fienile girava alla brezza del mattino.

Ma Josie aveva ancora troppa paura di uscire all'aperto. La porta zanzariera sul retro oscillò sui cardini. Forse stavano ancora dormendo, pensò speranzosa, pur sapendo che era improbabile. Il recinto esterno delle capre era vuoto, e dal granaio venivano lamenti umani. Sapeva che erano solo i belati affamati delle capre, ma i loro disperati richiami le fecero venire la pelle d'oca. Suo padre non dimenticava mai di nutrire e mungere le capre.

Avrebbe voluto correre in casa e trovare la sua famiglia e Becky ad aspettarla, ma aveva le piante dei piedi massacrate dai sassi e dalla terra riarsa. Rabbrividiva a ogni passo.

Le galline nel pollaio chiocciarono al suo passaggio, assillandola perché desse loro da mangiare e da bere. "Ti prego", implorò in silenzio, "fa' che stiano solo dormendo".

Alzò gli occhi verso la casa. Ricordò i botti e i lampi di luce che aveva visto nella camera dei suoi genitori la sera prima. Niente si muoveva dietro le tende, ma erano un po' scostate, come se qualcuno stesse sbirciando fuori.

Era stato solo un brutto sogno, si disse Josie; aveva vagato nei campi da sonnambula. Più ci pensava, più le sembrava logico. Aveva avuto un terribile incubo.

Superati il granaio e il pollaio, le capre e le galline si erano zittite. Oltrepassò il vecchio capanno dove sua madre teneva gli attrezzi da giardino e il trampolino su cui lei e Becky avevano saltato con tanta gioia la sera prima. Sembrava passato un milione di anni.

Reclinò il capo, sperando di sentire il chiacchiericcio dei suoi genitori in cucina. Ma c'era un gran silenzio, interrotto solo dal rumore della zanzariera che il vento torrido continuava ad aprire e chiudere sbattendo.

La fermò prima che si richiudesse ed entrò in casa. Si sarebbe presa una ramanzina per averla lasciata aperta tutta la notte. Scorse gli stivali da lavoro di suo padre all'ingresso e fu assalita di nuovo dall'ansia.

La cucina era vuota. Si sentiva solo il ronzio del frigo. In soggiorno, un paio di scarpe sportive di Ethan giacevano sul pavimento e sul bracciolo del divano, aperto, c'era il libro che stava leggendo sua madre.

Josie andò davanti alle scale e guardò su.

«Mamma? Papà?», chiamò. Nessuna risposta. Non riuscì ad alzare la mano sinistra per posarla sulla ringhiera, così si avvicinò al muro e cominciò a salire sfiorando la parete con la spalla destra, per mantenere l'equilibrio.

Avrebbe dovuto voltarsi indietro e scendere di nuovo le scale, ma non riuscì a fermare la mano che spinse la porta della camera dei suoi genitori né le gambe che varcarono la soglia. La stanza era in penombra, la luce del sole era smorzata dalle tende pesanti che coprivano le finestre. Nell'aria c'era un odore strano, ma familiare. Ebbe un brivido di paura.

«Mamma, papà», sussurrò, scuotendo il letto. «È ora di alzarsi». Non giunse risposta. C'era troppo silenzio.

Spostò lo sguardo e vide uno spruzzo di sangue che macchiava il muro accanto al letto. Seguì lo schizzo scarlatto fino alla figura afflosciata in un angolo, gli occhi spalancati, un buco nel petto grande quanto un pugno. Non riuscì a strappare lo sguardo da quell'orrore. Somigliava vagamente a sua madre, ma com'era possibile? La smorfia contorta sulla sua faccia sembrava uscita da un film horror. La camicia da notte inzuppata di sangue era appiccicata alla pelle.

Il filo del telefono blu accanto al letto era strappato dal muro e ammucchiato accanto al corpo.

Josie fu invasa da uno strano torpore e nelle orecchie udì solo il battito forsennato del suo cuore. Uscì con passo malfermo.

«Papà?», gridò. «Papino?». Andò verso la sua stanza ma si fermò di colpo. Per terra, sulla soglia, c'era una mano semichiusa, come se non avesse più avuto le forze di formare un pugno. Josie non voleva vedere a cosa era attaccata la mano, ma lo sapeva. Era suo padre. Non voleva vedere cosa era diventato. Tuttavia, avanzò. Notò il luccichio dorato della fede nuziale.

Emise un sospiro tremulo e guardò dietro lo stipite della porta. Il volto di suo padre non c'era più, al suo posto una tela irriconoscibile di sangue, ossa e materia grigia. Un urlo le si bloccò in gola, lei si girò e, nella fretta di andarsene, calpestò con il piede scalzo la carne molle della mano di suo padre. Sfrecciò terrorizzata giù per le scale, toccando appena i gradini. Spalancò la porta d'ingresso, uscì alla luce spietata del giorno e cominciò a correre.

Alle sette e mezzo del mattino, Matthew Ellis stava andando alla fattoria di sua figlia e suo genero, a due chilometri da casa, su Meadow Rue. Poi avrebbe proseguito per il paese, dove doveva incontrarsi con dei vecchi amici per un caffè al negozio di mangimi.

Matthew la vide camminare a zig zag sulla strada da almeno un centinaio di metri. Nel tremolio del calore che si alzava dall'asfalto, in un primo momento pensò che fosse un cervo investito da un'auto.

Quando si avvicinò, capì che la figura pesta e insanguinata non era un animale, ma una persona, piegata in due per il dolore, incapace di seguire una linea retta.

Più tardi avrebbe detto agli investigatori che era stato «come imbattersi in uno zombie di un vecchio film horror.

Aveva gli occhi spenti e barcollava. Ho quasi avuto un infarto quando ho capito chi era».

Se Josie si era accorta del furgone in avvicinamento, non lo diede a vedere. Suo nonno accostò a un lato della strada e saltò giù.

«Josie?», chiese. «Che cosa è successo? Che cosa fai?». Lei continuò a camminare, come se non l'avesse nemmeno sentito. Non sapendo cosa fare, Matthew l'afferrò per le spalle e la costrinse a guardarlo.

«Josie», disse, fissandola negli occhi assenti e arrossati. «Che cosa è successo? Dove stai andando?»

«A casa tua», rispose la bambina con voce rauca. Era una strana risposta, perché casa sua era dall'altra parte. Aveva un braccio gonfio e incrostato di sangue secco e la pelle scoperta era piena di graffi. Scortò la nipote al furgone e l'aiutò a salire.

«Che cosa è successo, Sciò?», le chiese, usando il soprannome che le aveva dato da piccola quando lei lo seguiva dappertutto. "Sciò, mosca. Sciò", scherzava e la bambina rideva e gli ronzava dietro. «Che cosa è successo?», domandò allarmato. «C'è stato un incidente?»

«Ho pensato a un incidente», avrebbe detto in seguito al vicesceriffo. «Era l'unica cosa logica al momento. Sarebbero dovuti partire presto per la fiera dello Stato. Dovevano essere già in viaggio a quell'ora. Così ho riportato Josie a casa. Non avrei mai immaginato di trovare…».

Matthew parcheggiò dietro i due veicoli sul vialetto: il pick-up Chevy di suo genero e il minivan che guidava Lynne. Mancava solo il furgone di Ethan.

Guardò meglio la nipote. Una violenta irritazione le imporporava le guance, i capelli erano spettinati e pieni di nodi, gli occhi gonfi e iniettati di sangue, come se avesse pianto a lungo. Era scalza, sporca e sembrava che qualcuno le avesse frustato le gambe. Ma fu quando guardò più da vicino il braccio che gli si strinse la gola. Aveva già visto ferite come quella. «Josie, che cosa è successo al braccio?».

Sul sedile accanto, la bambina si sforzava di tenere gli occhi aperti e ostinatamente fissi per terra. Il braccio era gonfio e insanguinato. Dove i pallettoni erano penetrati nella carne c'erano dei buchini, come quelli di una palla da golf.

Malgrado il caldo, Josie cominciò a tremare.

«Dove sono tutti?», chiese Matthew.

Lei guardò dal finestrino, verso il secondo piano della casa.

«Lassù?», chiese il nonno, con voce piena di paura. Lei annuì. «Devo chiamare aiuto?».

Josie annuì di nuovo e si voltò dall'altra parte, posando il capo sul finestrino.

Matthew scese dal furgone. Il silenzio dell'aia era interrotto solo dal ticchettio insistente del motore in raffreddamento. «Resta qui», le disse, incamminandosi verso il retro.

Entrò e la porta zanzariera cigolò e si chiuse sbattendo alle sue spalle. Josie serrò forte gli occhi come per proteggere il nonno da quello che stava per vedere.

E anche se teneva le mani sulle orecchie, udì il suo grido strozzato, i passi pesanti sulle scale, lo schianto della porta sul retro spalancata. Udì gli ansiti del nonno che cercava di far entrare aria nei polmoni, poi i conati e lo scroscio di un liquido che cadeva a terra.

Le grida angosciate di Matthew riempirono l'aria e Josie si premette più forte le mani sulle orecchie per bloccare i suoni, ma non bastò.

Deb Cutter, che era nel suo cortile, a più di un chilometro di distanza in linea d'aria, avrebbe riferito di aver sentito le urla. Stava strappando le erbacce e, siccome le grida non cessavano, aveva alzato la testa, pensando che fosse una bestia ferita.

Aveva sperato che qualcuno mettesse fine alla sua sofferenza. Angosciata, aveva raccolto i panni e li aveva portati dentro.

Dopo un po' le urla di Matthew divennero un basso piagnucolio e infine si spensero. Josie sentì la porta zanzariera aprirsi di nuovo, con un cigolio. Il nonno era tornato dentro? Perché?, si chiese. Perché era rientrato?

Ma non rimase in casa a lungo. Josie sentì lo sportello aprirsi e richiudersi piano, mentre suo nonno si sistemava nel furgone. Azzardò uno sguardo. Era accasciato sul sedile con il capo chino e le mani rugose strette al volante. Rimasero seduti così a lungo, mentre la temperatura all'interno della cabina si alzava sempre di più.

In lontananza si udì un lamento debole e persistente. Sirene. Arrivavano i soccorsi.

«Sciò», gracchiò Matthew. «Che cosa è successo qui?». Alzò la testa e la fissò con gli occhi arrossati dal pianto.

«Penso che siano morti», bisbigliò lei. «Hai trovato Ethan e Becky?», chiese.

«No, solo...». Emise un respiro spezzato. Non riusciva a smettere di tremare.

«Ho lasciato la mano di Becky», disse infine Josie, come in trance. «Non volevo, mi dispiace tanto». Le sirene erano più forti.

«Vieni, usciamo da qui», disse Matthew e aprì lo sportello. Il frastuono delle sirene raggiunse il culmine e si fermò all'improvviso quando due volanti della polizia di Blake County entrarono nel vialetto e parcheggiarono. «Stai dietro di me, Sciò», disse il nonno e la bambina obbedì, tenendosi alla sua cintura mentre due agenti scendevano dalle auto con le pistole in mano. Matthew alzò le mani.

«Sono di sopra», disse, indicando la casa. «Gli hanno sparato».

Quindici

La bambina era seduta per terra mentre sua madre le faceva le trecce. «Quando ero piccola, avevo capelli come i tuoi», le disse. «Mia mamma mi faceva la treccia a spina di pesce, ma io non ho mai imparato».

La bambina amava le storie di quando sua madre era piccola, ma era raro che gliene raccontasse. I nonni erano morti e sua madre diventava triste parlando di loro, così, quando li menzionava, lei assaporava ogni parola.

Stava per chiedere cosa fosse una treccia a spina di pesce quando sua madre emise un gemito. «Cos'hai?», le chiese la bambina, girandosi. La madre si alzò e vacillò. Tra le gambe le sbocciò una macchia rossa e il sangue le colò dalle cosce.

«È il bambino», mormorò, barcollando verso il bagno.

«Sta arrivando?», chiese lei.

«È troppo presto», gemette sua madre abbassandosi i pantaloncini e chiudendo la porta.

La bambina rimase dall'altra parte della porta chiusa ad ascoltare i lamenti e le urla della madre. Erano così forti. Così strazianti. Guardò nervosamente la porta in cima alle scale, sperando che le grida non stessero disturbando suo padre. Si sarebbe arrabbiato molto.

«Shhh», disse. «Shhh». Ma i lamenti di sua madre continuarono, si alzavano e si abbassavano come le onde del mare. Si sedette sul pavimento, appoggiando le spalle alla porta,

e aspettò, pregando che arrivasse qualcuno ad aiutarla, ma anche che non fosse suo padre.

Si chiese se stesse morendo. Cosa avrebbe fatto senza sua madre? Chi si sarebbe preso cura di lei? Suo padre a malapena si accorgeva della sua esistenza. Era sua madre che le cantava le ninnananne, le faceva le trecce, le metteva lo smalto, la teneva stretta quando aveva gli incubi.

Si fece buio e sua madre era ancora chiusa in bagno. C'erano tante cose di cui aveva paura, ma il buio non era una di quelle. Le era proprio indifferente. C'erano tre tipi di buio. La mattina, c'era il buio orlato di grigio che gradualmente diventava blu e rosa: significava che molto probabilmente suo padre sarebbe andato presto al lavoro. Era sempre meglio quando lui non c'era, anche se sua madre diventava più ansiosa. Temeva che non tornasse e allora come avrebbero fatto? Non avevano soldi per il cibo e i vestiti. Sua madre si agitava, ma lei si sentiva più rilassata nelle lunghe ore della sua assenza.

C'era il buio del dopocena. Arrivava dopo che si era lavata la faccia e i denti. Si sedeva sul divano tra mamma e papà e guardava uno dei film che infilavano nella macchinetta sotto il televisore. Il buio del dopocena era fatto di viola brumoso e blu elettrico e le dava una sensazione di pace col mondo. Guardare insieme la tivù, a volte con una ciotola di popcorn, le diceva che la sua famiglia non era così diversa da quelle dei film.

Ma il buio del dopocena era anche il momento più instabile della giornata. Se suo padre era di cattivo umore o sua madre era triste, non c'era nessun posto in cui scappare. Doveva ascoltare tutte le parole rabbiose, i pianti, gli schiaffi e i pugni. In quei momenti, si rifugiava nel suo angolino preferito sotto la finestra e guardava i libri alla luce pallida che penetrava tra le persiane.

Il buio più nero giungeva nel cuore della notte. Era caldo e vellutato e aveva il suono del respiro di sua madre accanto a lei.

Non era del buio che bisognava aver paura, pensava la bambina, ma dei mostri che uscivano alla luce del sole.

Sedici

Oggi

Mentre aspettava che il bambino uscisse dal bagno, Wylie aprì la porta d'ingresso per far uscire il cane. La bufera aveva ripreso vigore, il freddo penetrava tra le pieghe dei vestiti. Stavolta, Tas rientrò subito.

Il bambino non poteva restare in bagno tutta la notte. Faceva troppo freddo. Wylie bussò alla porta. Non giunse risposta.

«Va tutto bene là dentro?», chiese. Ancora nessuna risposta. Girò la maniglia e aprì la porta. Il bambino era seduto con i pugni premuti sugli occhi.

Era ombroso come un cerbiatto spaventato e Wylie sapeva di dover scegliere con cura le parole. «So che hai paura. So che quelle foto erano angoscianti. Ho scritto dei libri sulle persone a cui hanno fatto del male. Ho cercato di raccontare le loro storie. Ma io non farei mai del male a nessuno. Mi capisci?».

Il bambino continuò a coprirsi gli occhi.

«Voglio aiutarti. Voglio ritrovare la tua famiglia, ma ho bisogno del tuo aiuto».

Gli fece cenno di avvicinarsi, ma lui rimase fermo dov'era.

Non poteva biasimarlo.

Anche se era notte fonda, dubitava che si sarebbe addormentato di nuovo dopo aver visto quelle foto. Andò in cucina e, un minuto dopo, sentì i passi del bambino dietro di lei. «Scommetto che hai fame», disse. «Ti preparo qualcosa?».

Lui non rispose. «Be', io ho fame». Aprì il frigorifero. «Vediamo, che cosa abbiamo qui? Che ne dici di uova e pancake?». Posò il cartone delle uova sul bancone e prese dall'armadietto la miscela per i pancake. «Cosa ti piacerebbe bere? Qui c'è del latte, il succo di frutta e l'acqua. E del caffè. Tu lo bevi il caffè? Scommetto che ti piace amaro».

Wylie si girò per vedere se la battuta gli aveva strappato un sorriso, ma la sua faccia rimase imperscrutabile e si grattò il capo con la piccola mano. «Come va la testa?», chiese. «Ti fa male?».

Il bambino sfiorò la ferita alla tempia, ma non parlò.

«Oh, i tuoi vestiti saranno asciutti», disse. «Torno subito». Corse a prendere i vestiti dall'asciugatrice e li mise su una sedia in cucina. «Puoi andare in bagno a vestirti. Quando torni troverai già i pancake pronti».

Il bambino afferrò i vestiti dalla sedia, come se si aspettasse di essere scacciato, e si affrettò a uscire dalla stanza. Wylie ruppe le uova in una ciotola e versò la miscela in una padella calda.

Girò i pancake e portò a tavola il burro, lo sciroppo d'acero e una ciotola d'uva.

«Ti piacciono i pancake?», chiese quando il bambino tornò in cucina.

Mise le frittelle su un piatto e glielo porse. «Siediti e comincia pure a mangiare. Io arrivo subito».

Preparò un altro piatto di pancake e la padella con le uova strapazzate. Si sedette di fronte al bambino al tavolo rotondo in rovere. «Su, mangia», lo esortò, «non devi aspettarmi». Lui la fissò perplesso.

«Vuoi che te li tagli io?», chiese, ma il piccolo si avvicinò il piatto e prese un pancake con le mani.

Lo osservò mentre vi versava sopra lo sciroppo e se lo portava dubbioso alle labbra, dando una leccatina. Decidendo che andava bene, mangiò il resto del pancake e anche quello che Wylie gli fece scivolare nel piatto. Mangiava senza pause, ingoiando quasi senza masticare.

«Rallenta», disse Wylie. «Ne puoi avere quanti ne vuoi».

Lui si chinò sul piatto e annusò le uova strapazzate, poi arricciò il naso.

«Non c'è problema», lo rassicurò lei. «Non devi mangiare tutto se non ti piace».

Il bambino lanciò un'occhiata desiderosa alla porta.

«Ricordi la bufera?», chiese Wylie. «Non è sicuro uscire adesso. Le strade sono in pessimo stato». Lui cambiò posizione sulla sedia, come se fosse pronto a scattare.

Wylie non voleva spaventarlo, ma non voleva nemmeno raccontargli bugie. «Ti prometto che farò del mio meglio per riportarti a casa», disse. «Non può nevicare per sempre». Il bambino sembrò pensarci su mentre qualche lacrima gli scivolava sulle guance.

«Non piangere», disse Wylie, preoccupata. «Ti va di fare un gioco?», chiese, sperando di distrarlo.

Il bambino la guardò sospettoso.

«Si chiama "Prima io, poi tu"», disse Wylie, alzandosi da tavola. Prese il suo piatto e lo portò al lavandino. «Prima mi fai una domanda tu e poi te ne faccio una io. Vuoi cominciare? Devi solo chiedermi, per esempio, quali sono le mie cose preferite, e io ti risponderò».

Sciacquò i piatti e li mise nella lavastoviglie. «E va bene. Allora comincio io», disse quando lui non rispose.

Alzò gli occhi al soffitto e si batté l'indice sul mento, come se stesse riflettendo. Voleva fargli una domanda semplice e non troppo personale. «Qual è il tuo colore preferito?», chiese. Nessuna risposta.

Provò un'altra tattica. «Allora, Wylie», disse con voce infantile. «Il mio colore preferito è il blu. Qual è il tuo?».

Tornò alla sua voce normale. «Che coincidenza! Anche il mio è il blu».

Guardò il bambino aspettandosi una reazione, ma lui continuò a fissarla inespressivo. Forse non conosceva la sua lingua o forse non poteva parlare per qualche motivo fisico. O era solo spaventato a morte.

Wylie sospirò. «Be', posso parlarti di me, almeno. Hai già conosciuto Tas. Hai un cane?». Fece una pausa, pur non aspettandosi una risposta, e poi sparò la domanda successiva.

«Il mio programma preferito è *Dateline.* Qual è il tuo?», chiese mentre gli riempiva il bicchiere di latte.

Il bambino prese un chicco d'uva dalla ciotola e lo mordicchiò sospettoso. Non aveva mai mangiato l'uva?

Lui non la guardava nemmeno.

Wylie alzò le mani. Lui trasalì per il movimento improvviso. «Vorrei che almeno mi dicessi come ti chiami. Solo questo, il tuo nome. Perché è così difficile?», chiese.

Il bambino ci rifletté e la guardò come se stesse per parlare, ma rimase con la bocca ben chiusa.

Altre domande preoccupanti affiorarono nella mente di Wylie. Sapeva di avergli dato ben poche ragioni per fidarsi di lei, ma l'aveva salvato dalla morte per congelamento. Cosa poteva essergli accaduto di così brutto da non riuscire nemmeno a dire il suo nome o quello dei genitori? Quali segreti nascondeva e perché?

Diciassette

Agosto 2000

«Sono Matthew Ellis», gridò il nonno con voce scossa.

«Abbiamo ricevuto una chiamata per una sparatoria», disse lo sceriffo Butler, abbassando l'arma con sospetto. Al suo fianco, il vice Levi Robbins, che era arrivato subito dopo.

«Ho chiamato io», rispose Matthew. La frase seguente fu incomprensibile e lo sceriffo dovette chiedergli di ripeterla. «Mia figlia e suo marito sono morti», ripeté Matthew, con la voce strozzata dalle lacrime. «C'è sangue dappertutto», gemette, lanciandogli uno sguardo disperato. «Dappertutto».

Josie, ancora dietro di lui, premette la faccia sulla sua schiena. «Hanno sparato anche a mia nipote», aggiunse il nonno, asciugandosi gli occhi con un fazzoletto preso dalla tasca posteriore.

«Abbiamo chiamato i rinforzi. Andiamo a dare un'occhiata», disse Butler. Josie rimase dietro il nonno.

«Va tutto bene, Sciò», disse lui, spostandosi per farla vedere ai poliziotti. «Sono qui per aiutarci».

Levi emise un fischio basso. Non sapeva come facesse quella bambina a stare ancora in piedi. Josie ondeggiò e il nonno l'afferrò per il braccio sano e la scortò verso il furgone, facendola sedere sul predellino.

«Non preoccuparti, tesoro, sta arrivando l'ambulanza», la rassicurò lo sceriffo. «Hai detto "hanno sparato a mia nipote". C'era più di una persona?».

Matthew si appoggiò al furgone per tenersi in equilibrio. «Non lo so. Non so chi è stato».

«Pensi che siano andati via?». Lo sceriffo perlustrò l'area con lo sguardo.

«Non ho visto nessun altro in casa», rispose Matthew. «Oddio, è orribile. È davvero orribile».

«Sei entrato?», chiese Butler.

Matthew annuì. «Ho trovato Lynne in camera da letto e William nella cameretta di Josie. Non so dove sia mio nipote». Arrivò una nuova ondata di lacrime.

«Dobbiamo essere certi che non ci sia nessuno in casa prima di mandare dentro i paramedici», spiegò lo sceriffo con aria di scuse. «Lo capisci, Matthew?»

«Non possono fare niente comunque», mormorò lui.

Josie gli tirò una manica. «Non dire così, nonno. Devono provarci», insisté. «Possono portarli in ospedale e farli guarire». Scoppiò a piangere, le lacrime disegnarono nuovi sentieri sulle guance sporche.

«Ci pensiamo noi adesso, piccola», disse lo sceriffo con voce rassicurante. «Ora, però, dovete allontanarvi», aggiunse, rivolto a Matthew. «Lasciateci lavorare». Dovevano esaminare la scena del crimine, poi circoscriverla. Per quanto ne sapevano, l'assassino poteva essere ancora dentro casa. E c'era la remota possibilità che una delle vittime o entrambe fossero ancora vive. Non potevano perdere secondi preziosi.

Il sole aveva già dissolto la nebbia mattutina. Con la mano sudata, Matthew scortò la nipote zoppicante al vecchio acero e si sedette con lei sotto la chioma verde ad aspettare. Lo sceriffo e Levi entrarono cautamente dalla porta sul retro, con le armi in pugno.

I momenti successivi passarono in una confusione nebulosa. Arrivarono altri agenti e Matthew ripeté ciò che sapeva.

I lamenti di un'ambulanza in arrivo riempirono l'aria e il nonno tornò dalla nipote sotto l'albero. La abbracciò, attento a non toccare la ferita, e lei gli nascose il viso nella spalla, inalando l'odore di tabacco misto al detersivo acre che usava per lavare gli abiti da lavoro.

«Adesso ti facciamo dare un'occhiata, Sciò, mentre cercano Ethan, va bene?», disse il nonno, asciugandole le lacrime sotto gli occhi con i pollici.

L'ambulanza imboccò la stradina e si fermò appena oltre il nastro della polizia. Scesero due paramedici, un uomo e una donna. Aprirono i portelli posteriori e osservarono la scena che avevano davanti, in attesa di indicazioni dagli agenti.

Matthew fece cenno di avvicinarsi. «Hanno sparato a mia nipote», disse ai paramedici, che presero subito una barella e corsero verso di loro. Aiutarono la bambina a salire e la portarono nell'ambulanza, per controllare le ferite.

«Non ripartite subito, vero?», chiese Matthew all'infermiera.

«Le diamo un'occhiata, ma a giudicare dall'aspetto del braccio dobbiamo portarla in ospedale ad Algona. Non possiamo aspettare molto, ma la informeremo prima di andare», disse, rivolgendogli un sorriso rassicurante.

«Torno presto, tesoro», disse Matthew, e Josie gli strinse la mano: non voleva che se ne andasse. «Non ti perderò di vista», promise. Josie, con riluttanza, gliela lasciò.

Trovando la porta aperta, lo sceriffo Butler si ripromise di domandare a Matthew Ellis se fosse entrato usando la chiave.

La casa era buia e silenziosa, e dava l'impressione di essere vuota. Butler e Levi cominciarono dal salotto, guardando dietro le tende pesanti e negli armadi, poi passarono a controllare il bagno al primo piano.

«Non c'è nessuno qui», dichiarò Levi, «ma c'è del sangue nel lavandino».

Lo sceriffo Butler si affacciò a guardare. La base e i lati del lavandino di porcellana erano coperti da una patina rosa. Annuì. Passarono alla sala da pranzo. Al centro della stanza c'era un grande tavolo di legno circondato da sei sedie. A centrotavola c'era una composizione di fiori secchi.

«Libera», annunciò Butler, asciugandosi il sudore dalla faccia. La stanza era più calda di un forno, anche se sopra la finestra c'era un condizionatore d'aria. Era strano che non fosse acceso, con quel caldo, soprattutto dato che le finestre erano ben chiuse.

Levi prese l'iniziativa ed entrò per primo in cucina. Non c'era nessuno neanche lì. Una caffettiera piena di liquido nero. Levi allungò una mano per toccare la caraffa di vetro: era fredda al tatto. Appese al pannello accanto alla porta sul retro c'erano due chiavi, probabilmente dei veicoli parcheggiati fuori.

«Vediamo di sotto?», domandò Levi, indicando la porta della cantina.

Butler controllò la serratura a chiavistello. Era chiusa. «Si apre solo dall'esterno», disse. «La controlliamo dopo essere andati di sopra. Matthew ha detto che le vittime sono lì».

Butler fece strada cominciando a salire le scale. Il caldo era soffocante. Gocce di sudore gli colarono negli occhi. Sentiva la puzza della paura emanare dalla pelle del vice. Levi aveva già visto parecchi cadaveri, vittime di incidenti automobilistici, due suicidi e il corpo di un uomo che era inciampato sul suo fucile e si era sparato mentre andava a caccia di tacchini, ma mai le vittime di un omicidio. Non aveva la più pallida idea di cosa l'aspettasse. Lo sceriffo ci era già passato, ma non per questo gli era diventato più facile entrare in una scena del crimine. Era un omicidio-suicidio? Un intruso si era introdotto in casa e aveva cominciato a sparare? Se era andata così, qual era il movente?

A metà delle scale c'era una curva cieca. Non sapevano chi o cosa ci fosse dietro l'angolo. Butler cercò di captare eventuali suoni sopra di loro, ma udì solo il proprio respiro. Dovevano stare attenti. Lo sceriffo fece segno al vice di fermarsi, trasse un respiro profondo e girò velocemente l'angolo con la pistola spianata. Non c'era nessuno. Fece una pausa per calmare il respiro e continuò a salire.

Quando Butler arrivò al pianerottolo del secondo piano, l'odore lo colpì come un pugno sul viso. Ruggine mista alla puzza di feci. L'intestino si rilassava subito dopo la morte.

«Oh, Gesù», mormorò Levi.

«Respira con la bocca», gli ordinò Butler procedendo nel corridoio. Aprì la prima porta. Un bagno. Spostò le tende della doccia. Nessuno. «Libera!», gridò voltandosi. Si stavano avvicinando.

Levi rimase di fronte alla porta della camera da letto chiusa. Aveva paura di toccare la maniglia. Se avesse cancellato le impronte digitali? Non voleva vedere cosa c'era dietro la porta. Si voltò a guardare lo sceriffo che gli fece segno di proseguire. Cercando di toccarla il meno possibile, girò la maniglia, diede una piccola spinta ed entrò con la pistola spianata. La puzza era soffocante e Levi resistette all'impulso di tapparsi il naso.

La luce del mattino filtrava dai bordi delle persiane. A un primo sguardo, sembrava una normale camera da letto. Un comò addossato al muro con varie foto di famiglia incorniciate, un letto sfatto, una pila di libri e qualche spicciolo sul comodino. Ma la carneficina accanto al letto saltava subito all'occhio. Una donna. Il corpo già in decomposizione per il caldo torrido della stanza.

Levi udì la voce dello sceriffo alle sue spalle. «Libera?», chiese.

Il vice non riuscì a rispondere subito. Si chinò, sollevò il copriletto con i bordi di pizzo e guardò sotto il letto. Si era quasi aspettato di trovare qualcuno. Ma non c'era nessuno. Controllò nell'armadio. Era vuoto.

«Libera», sussurrò, passandosi una mano tra i capelli sudati. «Prima vittima», disse mentre lo sceriffo entrava dietro di lui.

«Oddio», esclamò Butler. «Quella è Lynne Doyle. Sembra una fucilata al petto a distanza ravvicinata».

«Il signor Ellis ha detto che c'erano due cadaveri», disse Levi quando uscirono dalla stanza.

«Sì, stavolta mi copri tu», disse Butler. «Vado prima io. Ti senti bene?». Lo guardò preoccupato. Era pallido, aveva gli occhi sgranati.

«Sì, sto bene», rispose il vice.

Lo sceriffo fece strada e si fermò davanti alla seconda camera sulla sinistra. La porta era spalancata e la vittima giaceva faccia a terra sul parquet. Era un uomo, scalzo, in maglietta e mutande, ma al posto della faccia c'era un'enorme ferita aperta che lasciava esposte le ossa e la materia grigia.

«Porco diavolo», ansimò Levi. «È il marito?», chiese, con il cuore impazzito.

«Sembra di sì, ma dobbiamo confermarlo», rispose Butler.

Levi si guardò attorno. Era chiaramente la stanza di una ragazzina. Di quella che era seduta fuori, sotto l'acero. Al muro c'era il poster di un cavallo al galoppo su un prato giallo e un altro degli NSYNC. Il battiscopa era decorato con adesivi di baseball.

C'era un letto singolo coperto da una trapunta viola e pieno di peluche. O il letto era stato rifatto o la bambina non ci aveva dormito. C'era un cassettone bianco con un guantone da baseball e una boccettina di smalto per unghie. Sulla parete, una bacheca piena di medaglie. Accanto al letto c'erano due sacchi a pelo srotolati.

«Andiamo», disse Butler. «Abbiamo ancora una stanza da controllare».

L'ultima era la tipica cameretta di un adolescente, con mucchi di vestiti sporchi, lattine di gazzosa e riviste di motori. Puzzava di sudore, calzini e deodorante Axe. Non c'erano cadaveri.

Gli uomini tornarono nel corridoio, davanti al corpo con la faccia esplosa. «Che cosa ne pensi? Omicidio-suicidio?», domandò Levi. «Ha ucciso la moglie e poi si è sparato?»

«Non mi sembra un suicidio», rispose lo sceriffo. «Non ci sono armi».

«Giusto», disse Levi, annuendo. «Andiamo a parlare con la ragazzina e cerchiamo il fratello?»

«E l'altra ragazza», rispose torvo lo sceriffo.

«L'altra ragazza?», ripeté Levi. «Che cosa vuoi dire?»

«C'erano due sacchi a pelo per terra», spiegò Butler. «La borsa da palestra piena di vestiti. Un'amica è rimasta a dormire da lei». Lo sceriffo scosse la testa. «Che diamine le è successo?».

Nell'ambulanza, il paramedico Lowell Steubens stava cercando di distrarre Josie Doyle dalla frenetica attività alle loro spalle.

Alto e dinoccolato, con gli occhi castani da cucciolo e un bel sorriso che metteva a loro agio i pazienti, il trentanovenne Lowell era andato alle elementari con Lynne Doyle e la ricordava come una bambina timida e tranquilla, ma si erano scambiati solo qualche parola di sfuggita. Anche se era una piccola comunità, frequentavano giri diversi.

«Sembri infreddolita», osservò Lowell. «Adesso ti diamo un'occhiata e poi ti procuriamo una coperta». Josie non rispose. Chiuse gli occhi, ma continuò a sentire le chiacchiere degli agenti, il brusio delle ricetrasmittenti. Suoni così estranei alla fattoria.

Il retro dell'ambulanza aveva l'odore degli ospedali. Di alcol e disinfettante.

Josie trasalì allo schiocco dei guanti in lattice.

La donna le sistemò con gentilezza le ciocche dietro le orecchie.

«Mi chiamo Erin», disse. «Lui è il mio amico Lowell. Adesso ti visitiamo, poi, quando lo sceriffo Butler ci dirà che possiamo andarcene, ti porteremo in ospedale, così i dottori ti daranno un'occhiata al braccio. Mi dai l'altro, così ti misuriamo la pressione?», chiese.

Josie sollevò il braccio sinistro affinché la donna potesse avvolgerle il manicotto dell'apparecchio intorno al bicipite. Fece una smorfia quando la stretta intorno al braccio aumentò e poi si allentò. «Ti ho fatto male?», chiese Erin. «Scusami».

«No», disse Josie con voce spenta. «Non fa male. Ma è una sensazione strana».

Ci fu un po' di trambusto accanto alla casa. Josie cercò di alzarsi a sedere per vedere cosa succedeva. Lowell la fece ridistendere sulla barella.

«Puoi dirmi cosa ti è successo al braccio?», chiese. Dal tricipite mancava un pezzetto di carne e i pallettoni erano penetrati nel muscolo.

«Stavamo giocando sul trampolino e abbiamo sentito degli spari. Siamo andate a vedere cosa succedeva, ma qualcuno ci ha inseguite e siamo scappate. Io sono riuscita a nascondermi nel campo di mais, ma Becky non ce l'ha fatta. Allora lui mi ha sparato. Becky sta bene? L'avete trovata?».

Lowell ed Erin si scambiarono un'occhiata. «Presto verrà un agente a parlare con te», mormorò Erin. «Vado a vedere cosa succede».

«Sai dov'è mio fratello?», domandò Josie a Lowell. «Non sono riuscita a trovare né lui né Becky».

«Cerca di non pensarci adesso», rispose lui, cercando di calmarla. «Il braccio lo guarderà meglio il dottore in ospedale, va bene?». Le sorrise incoraggiante.

«Potrebbe bruciare un pochino», aggiunse, massaggiandole le piante dei piedi con un liquido freddo. «È alcol», spiegò. «Per pulire le ferite». Josie fece una smorfia. «Non sono profonde. Le disinfettiamo un po' e ti portiamo in ospedale, dove ti cureranno dei veri dottori».

«Non posso restare con mio nonno?», chiese lei. «Il braccio non mi fa così male».

«Scusa, piccola», disse Lowell. «Dobbiamo portarti in ospedale, ordini del dottore».

«Non ci voglio andare», protestò Josie e cercò di scendere.

«Ehi, calma», disse lui, afferrandola per la vita. «Resta qui. Non vuoi mettermi nei guai, vero?».

Matthew, vedendo il trambusto, si avvicinò all'ambulanza. «Suvvia, Sciò», disse. «Stai ferma lì. Vogliono solo aiutarti».

La bambina tornò a sedersi con riluttanza. «Tu vieni con me, vero?», gli chiese.

Invece di rispondere, Matthew le prese la mano. «Ascolta», disse. «La polizia vorrà parlare con te per qualche minuto prima che ti portino in ospedale. Pensi di farcela, Josie? È molto importante. Dobbiamo fare tutto il possibile per aiutarli a cercare tuo fratello e la tua amica».

Ma Josie voleva solo dimenticare. Dimenticare il sangue e i corpi distrutti dei suoi genitori, il terrore dell'inseguimento nel campo, ma le immagini erano impresse a fuoco nel suo cervello. Non sarebbe mai riuscita a dimenticare, ma voleva rendersi utile. Avrebbe trattenuto ogni dettaglio per riferirlo alla polizia, così avrebbero acciuffato il colpevole e Becky e Ethan sarebbero tornati a casa.

A Burden, la madre di Becky, Margo Allen, aveva appena cominciato il turno al supermercato e si stava infilando il grembiule verde sopra la testa, dietro il registratore di cassa, quando si presentò il primo cliente della giornata. «Come stai, Bonnie?», chiese Margo quando Bonnie Mitchell posò la spesa sul nastro.

«Oh, bene», rispose la donna. «Hai sentito cosa è successo oggi?». Si avvicinò con un bisbiglio cospiratore.

«No, cosa?», domandò Margo, porgendole lo scontrino.

«Un gran putiferio vicino all'albero di noci amare. C'era un sacco di polizia. Per questo ho sentito l'ambulanza un po' di tempo fa».

«L'albero di noci?», ripeté Margo. «Vuoi dire Meadow Rue?». Sentì una fitta di preoccupazione, ma la scacciò. I Doyle abitavano a Meadow Rue. Ma dovevano essere già partiti da qualche ora per la fiera di Des Moines. Se fosse successo qualcosa, le avrebbero già telefonato.

«Scommetto che è il solito laboratorio di metanfetamine», disse Bonnie, scuotendo la testa.

Margo le porse i sacchetti della spesa e le augurò buona giornata. Quante case c'erano su Meadow Rue? Ripassò mentalmente la strada. Almeno quattro, forse di più. Probabilmente l'incidente non aveva niente a che fare con i Doyle.

Margo diede un'occhiata in negozio. C'erano pochi clienti. «Ehi, Tommy», disse al ragazzo che stava mettendo le pannocchie appena raccolte su un espositore. «Puoi tenere d'occhio l'ingresso per un minuto?».

Andò nella stanza del personale e prese la borsa dall'armadietto in cui la teneva durante il turno di lavoro.

Dentro c'era l'agendina rossa con i numeri importanti. Prese il telefono e compose il numero dei Doyle. Continuò a suonare a lungo. Riattaccò. Naturale che non rispondesse nessuno. Controllò l'orologio. Erano appena passate le nove. Giocherellò con una ciocca di capelli sfuggita al mollettone.

Il proprietario del negozio, Leonard Shaffer, non le avrebbe detto niente se si fosse assentata un attimo. Tommy poteva sostituirla per un po'. Suo marito, quasi ex marito, si corresse, l'avrebbe rimproverata di essere troppo ansiosa e iperprotettiva. Becky cresceva così in fretta, ma era ancora una bambina. Il dubbio continuava a tormentarla. È successo qualcosa. È successo qualcosa. Margo guardò di nuovo l'orologio. Sarebbe andata e tornata in meno di quaranta minuti. Che male c'era? Solo una capatina alla fattoria dei Doyle e sarebbe tornata subito.

Senza curarsi della folla di forze dell'ordine e paramedici che si era raccolta fuori dalla casa, Levi uscì di corsa e, con le mani sulle ginocchia, prese profonde boccate di aria fresca, cercando di pulirsi il naso e la gola dall'odore di sangue e morte. Subito dopo uscì lo sceriffo, torvo in viso e madido di sudore.

«Sceriffo?». Un giovane agente si fece avanti, con un'espressione di attesa.

«Mettete i sigilli alla proprietà», ordinò Butler. «Nessuno può entrare o uscire senza il mio permesso». L'agente annuì e corse a passare la voce e a recuperare il nastro giallo dalla sua macchina.

«Levi», disse Butler. Il vice si raddrizzò sperando di non vomitare. «Signore?».

Butler lanciò un'occhiata a Matthew Ellis che, sotto il grande acero, li osservava in preda a un'attesa febbrile, con il cappello in mano. Scosse lievemente il capo e Matthew si incupì.

«Fai una chiamata alla polizia di Stato», disse al vice. «Chiedi di mandare un po' di agenti, il prima possibile». Si tamponò la fronte sudata con la manica. «E fai portare i cani da ricerca. Abbiamo due cadaveri e due ragazzi scomparsi, ci servirà tutto l'aiuto possibile».

Diciotto

Oggi

Dopo mangiato, Wylie e il bambino tornarono in soggiorno e si sedettero davanti al caminetto. Wylie non riusciva a smettere di guardarlo. Lo sfogo intorno alla bocca sembrava meno evidente. Era ancora rosso, ma non infiammato. Lo osservò più da vicino. C'era qualcosa di lucido e argentato. Gli sfiorò la faccia e cercò di grattarlo via. Stranamente, il bambino non si ritrasse. Le dita gli rimasero attaccate alla pelle per un istante.

Wylie gli staccò il piccolo frammento argentato dal labbro superiore e lo arrotolò tra le dita. Era gommoso e appiccicoso. Nastro adesivo? Assurdo.

«Ti hanno tappato la bocca con del nastro?», chiese.

Il bambino la guardò sbattendo le palpebre. Non era scioccato dalla domanda, né appariva indignato. Si limitò ad annuire.

«Chi?», domandò Wylie, mentre un'emozione indefinita le stringeva la gola. Orrore, ansia, tristezza. Tutte e tre insieme, probabilmente. «Tuo padre?», chiese. «Tua madre?».

Prima che il bambino potesse rispondere, ci fu uno schianto fragoroso. E poi un altro e un altro ancora. Wylie saltò in piedi, sbattendo uno stinco contro la cassapanca di cedro.

«Dannazione», borbottò, mentre dall'esterno continuava ad arrivare un rumore di vetri rotti. Le finestre erano appannate e Wylie strofinò le dita sul vetro per schiarirlo. Da lì non riuscì a individuare la fonte del rumore. Stava ancora nevicando, il vento vorticava e la visibilità era scarsissima.

Si udì un altro violento schianto. Tas uggiolò.

«Gli alberi», disse Wylie. «I rami si stanno spezzando sotto il peso del ghiaccio e della neve. Prima gli alberi, poi i cavi elettrici».

Il bambino la guardò con aria interrogativa.

«Significa che tra poco saremo al buio e farà molto freddo», spiegò Wylie, andando al ripostiglio. Aprì la porta, cercò la torcia sull'ultimo scaffale e la mise sulla cassapanca. Poi aprì il cassetto del tavolino accanto al divano e trovò un'altra torcia, più piccola.

«Tieni», disse, porgendola al bambino. «Spingi questo bottone per accenderla. Prova tu». Il bambino spinse l'interruttore nero verso l'alto e apparve il raggio di luce. «Adesso spegnila. Accendila solo se va via la luce». Lui riportò il bottone su off. «Resta qui», ordinò Wylie. «Vado a prendere le altre».

Corse da una stanza all'altra, raccogliendo torce. Quando era arrivata alla fattoria, ne aveva disseminate parecchie per tutta la casa, in previsione di una situazione del genere. Non le erano mai servite fino a quel momento e il pensiero di piombare nella totale oscurità la inquietava, anche se si sarebbe trovata in un posto familiare. Sperò che non andasse via la luce.

Portò tutte le torce in soggiorno e le lasciò sul divano, accanto al bambino. «Vado di sopra a prenderne altre; torno subito».

Notando la sua insicurezza, si fermò. Non voleva spaventarlo ancora di più. Il buio era una sua fobia, non doveva contagiarlo.

«Solo qualche altra e poi vado a prendere delle batterie»,

spiegò. Afferrò una delle torce dal mucchio e corse di sopra. Forse era meglio preoccuparsi di prendere altra legna per il camino. Razionalmente, sapeva che il buio non era davvero pericoloso, ma il freddo sì. Dopo aver sistemato le torce, sarebbe andata a prendere altra legna dal granaio.

Si diresse nella stanza che usava come ufficio. Era lì che passava gran parte del tempo, quindi vi aveva lasciato le lampade da tempesta. Potevano durare almeno centoquaranta ore con un solo set di batterie.

Fuori continuavano gli scoppi di rami rotti. Wylie osservò con una certa soggezione un ramo incrostato di ghiaccio che si tese verso la finestra, ondeggiando, poi si scheggiò come uno stuzzicadenti e si schiantò al suolo. Aprì il primo cassetto e raccolse diverse confezioni di pile. D'un tratto un lampo arancione brillò nella bufera.

Si chinò sulla scrivania, premendo la faccia sul vetro per vedere meglio. Il vento sospingeva le nubi gonfie di neve sui campi. Un altro lampo arancione. Erano i fanali di una macchina o di un mezzo di soccorso? Non si capiva.

Accese la lampada sulla scrivania sperando di vedere meglio. La luce fuori scomparve e, per un attimo, Wylie pensò di essersela immaginata, ma poi l'aria diventò immobile, come se la bufera stesse facendo un profondo respiro. La neve si divise e una sfera di luce arancione illuminò il cielo sopra la stradina.

Era il furgone inghiottito dalle fiamme.

Forse un cavo elettrico ci era caduto sopra, incendiando il serbatoio del carburante. Sì, doveva essere andata così.

Non c'era altro da fare che lasciarlo bruciare.

La bufera soffiò più forte, oscurando la strada e avvilupando il fuoco in spirali bianche.

Un altro lampo arancione squarciò il buio. Wylie sentì il crepitio delle fiamme sopra l'ululato del vento. Pensò che qualsiasi documento in grado di denunciare l'identità del proprietario del furgone era andato letteralmente in fumo. Avrebbe dovuto fermarsi a controllare il vano portaoggetti, prima, quando l'aveva trovato.

Le luci della casa tremolarono. Trattenne il fiato, ma rimasero accese. Le servivano altre torce, altre batterie.

Non poteva fare più niente per il furgone. Doveva preoccuparsi delle cose che poteva controllare. Come tenere al caldo sé stessa e il bambino ed evitare di restare al buio.

Si staccò dalla finestra e tornò alle scale, cercando di non far cadere la lanterna e le batterie. Appena mise il piede sul primo gradino, la casa piombò nell'oscurità.

Si immobilizzò. Sentì formicolare le mani, il cuore a mille. Un'ondata di nausea la fece vacillare e le caddero le batterie. Rotolarono giù dalle scale, scomparendo nell'abisso nero sotto di lei. Razionalmente sapeva che non c'era niente da temere, ma non riusciva a pensare. Gocce di sudore freddo le spuntarono sulla fronte e un ronzio basso le riempì le orecchie.

Si sedette sul primo scalino tremando. Non riusciva a riprendere fiato; l'aria non le entrava nei polmoni. Era bloccata da qualcosa che era rimasto dormiente per anni. Una creatura scura e viscida che le si era piazzata in gola.

Wylie si premette le mani sul collo, come per liberarsi dalla sua stretta gelida. La notte l'aveva colta impreparata e le sembrò di soffocare.

Aveva imparato a controllare la luce e il buio. Non poteva più scappare. Serrò le palpebre.

Una raffica di colpi di tosse, aspri e acuti come i versi delle foche, dispersero le api ronzanti nella sua testa e Wylie aprì gli occhi. «Ehi?», chiamò. «Tutto bene?», chiese, cercando di mantenere un tono tranquillo.

Un fascio di luce rimbalzò tra le pareti, gettando un bagliore spettrale sulle scale. Il capogiro cessò e il mondo tornò al suo posto. C'era luce. Sarebbe andato tutto bene.

«Arrivo», disse, aspettando che il respiro si calmasse prima di alzarsi. Le tornarono le sensazioni, percepì il liscio corrimano di legno sotto le dita. Sentiva le gambe pesanti, ma grazie al bagliore della torcia, riuscì a scendere lentamente le scale.

Notando l'espressione preoccupata del bambino, mormorò: «Sto bene. È solo che non mi piace tanto il buio».

Lui tese un braccio e accese la lanterna che aveva in mano: la stanza fu inondata da una luce morbida. Tas si stiracchiò davanti al camino, come se non fosse successo nulla. Wylie sentì sciogliersi il nodo cupo che aveva in gola.

Posò la lanterna sulla cassapanca. «Potrebbero volerci un po' di giorni prima di riavere la corrente, ma ce la caveremo. Abbiamo un sacco di torce, cibo e legna», disse con scarsa convinzione. Lanciò un'occhiata a quel che restava della catasta di legna accanto al camino e si perse d'animo. Serviva altra legna per il fuoco, ma in casa non ce n'era più. Toccava uscire e andarla a prendere nel granaio. Era l'ultima cosa che voleva fare, ma che scelta aveva? Ne avevano bisogno per scaldarsi. «Ci serve altra legna. Vuoi aiutarmi?».

Il bambino si guardò le scarpe.

«Avrò le braccia piene, quindi magari puoi aprire e chiudere la porta per me. Ma prima devi coprirti bene. La casa si raffredderà presto, soprattutto quando apriremo la porta. D'accordo?».

Il bambino annuì. Wylie gli rivolse un sorriso di gratitudine.

Fu tentata di accendere tutte le torce, ma sarebbe stato uno spreco di batterie. Doveva farsi bastare la lanterna. Lei e il bambino, con una torcia a testa, andarono all'ingresso. Per prima cosa Wylie controllò le luci esterne, sperando che il cortile si illuminasse. Ma non accadde nulla.

Trovò una vecchia felpa e la fece indossare al bambino. Gli arrivava sotto le ginocchia e dovette arrotolargli parecchio le maniche, ma almeno assolveva allo scopo. Frugò in una cesta piena di sciarpe e altri accessori, trovò un cappello di maglia e glielo calcò sopra le orecchie.

«Ecco qua», disse, facendo un passo indietro per ammirare il lavoro. «Tieni le mani dentro le maniche e sei a posto».

Si coprì a sua volta e uscì per recuperare la slitta che aveva lasciato davanti ai gradini d'ingresso. L'avrebbe usata per trasportare la legna.

«Ehi, tutto bene?», chiamò un uomo dalla stradina. «Ho visto l'incendio da casa mia e ho preso la motoslitta per vedere cosa stava succedendo».

Si fermò a metà del vialetto e si tolse il casco. Attraverso il velo di neve, Wylie lo riconobbe: era uno dei vicini, Randy Cutter. Dalle sue ricerche per il libro, sapeva che Randy e Deb avevano divorziato e lui si era trasferito in una casa non molto lontano.

«Viene da un furgone uscito di strada», disse lui senza fiato. I capelli sale e pepe gli sfuggivano da sotto il berretto di lana e i fiocchi di neve gli restavano aggrappati alle ciglia. «Ci sono feriti? Sembra un brutto incidente».

«Sì», rispose Wylie. «È pazzesco. Ho trovato un bambino. È molto scosso, ma sta bene. È la donna che era nel furgone con lui a preoccuparmi. È scomparsa».

«Che cosa vuol dire "scomparsa"?», chiese Randy.

«Dopo aver trovato il bambino sono andata a vedere se riuscivo a capire da dove fosse arrivato», spiegò Wylie. «Ho trovato i rottami e una donna. Era rimasta intrappolata nel filo spinato e non sapevo come farla uscire. Così sono andata a prendere degli attrezzi e, quando sono tornata, lei era sparita».

«Sparita?», ripeté Randy. «Accidenti. Ma dove sarà andata?»

«Bella domanda», disse Wylie. «Non ha senso. Sembrava piuttosto malconcia. Non penso che sia arrivata molto lontano, ma non sono riuscita a trovarla. È una tormenta pazzesca».

«Eh già», concordò Randy. «Vi offrirei un passaggio sulla mia motoslitta per aspettare insieme che finisca, ma sta peggiorando sempre di più. Forse è meglio che restiate dove siete».

«Penso che lei abbia ragione. Ce la caveremo qui», lo rassicurò. «Abbiamo legna, cibo e acqua. Noi siamo a posto, ma mi preoccupa la donna. Non potrebbe andare a cercarla?»

«Sì, certo», rispose Randy. «Non sopporto il pensiero di una persona bloccata fuori in questa bufera. Faccio un giro e vedo se la trovo. Magari domani ripasso a controllare, così ci aggiorniamo, sperando che la tormenta sia finita».

«Ottimo, grazie», disse Wylie, riluttante a lasciarlo andar via. «Stia attento», aggiunse, quando Randy si girò e cominciò a risalire la stradina.

Una volta rientrata, Wylie si scosse la neve di dosso e trascinò la slitta verso l'ingresso. Si chiese se dire al bambino della visita di Randy, ma pensò che accennare alla donna ferita nell'incidente lo avrebbe turbato. Meglio aspettare e vedere se il vicino riusciva a trovarla.

Arrivata alla porta, si rese conto che se avesse portato una torcia non avrebbe avuto le mani libere per trascinare la slitta carica di legna.

Piano B. In macchina aveva una lampada frontale. L'avrebbe recuperata una volta arrivata al granaio, così avrebbe avuto le mani libere.

«Okay», disse, infilandosi i guanti. «Tu e Tas aspettate qui e quando torno, gira la maniglia e fammi entrare».

Il bambino annuì e Wylie aprì la porta. L'aria gelida li travolse come un'esplosione. Wylie uscì e chinò la testa contro il vento. Nell'aria c'era odore di benzina. L'incendio del furgone.

Il fascio di luce della torcia arrivava solo a un paio di metri davanti a lei. La neve fresca aveva coperto il ghiaccio e le arrivava quasi al ginocchio, ma le dava un po' di attrito, permettendole di muoversi a un passo più spedito.

Quando giunse al granaio, strattonò la porta. Si aprì solo di pochi centimetri, perché la base era bloccata dalla neve. La spazzò con lo stivale, cercando di sgomberare la strada, poi infilò un fianco nell'apertura e spinse la porta quel tanto che bastava a entrare.

Anche se il bestiame lì alloggiato non c'era più, erano rimaste le vecchie attrezzature da fattoria: una forca per balle di fieno, un erpice strigliatore, una pala gommata e molte altre.

Andò subito alla sua Bronco e frugò nel cruscotto finché non trovò la lampada frontale. Premette il pulsante di accensione e apparve un fascio luminoso. Se la sistemò sopra il cappello di lana e guardò la catasta di legna in un angolo.

Sarebbero serviti diversi viaggi per portare dentro abbastanza legna per resistere alla tormenta. Wylie impilò i ceppi sulla slitta e li coprì con un telo d'incerata.

Udì un rumore dall'alto. Un suono secco, come un fruscio. Non era sola. «Chi è là?», chiamò dubbiosa. Forse la donna si era rifugiata nel granaio.

Aveva sentimenti contrastanti verso di lei. I resti del nastro adesivo sulla faccia del bambino la turbavano. L'aveva rapito lei? Possibile che fosse sua madre?

Wylie salì sulla scaletta traballante del fienile e sbirciò dal bordo del piano soppalcato. La luce della lampada riempì lo spazio. C'era solo paglia, con qualche ragnatela congelata tra le travi di legno. Salì l'ultimo piolo della scala e mise le ginocchia sul pavimento del soppalco.

Si sollevarono nuvole di polvere mentre frugava nella paglia. Da un angolino, due occhietti dorati la fissarono e corsero via. Un procione in cerca di un rifugio per l'inverno.

Wylie perlustrò brevemente il piano soppalcato. La donna non c'era. Si avvicinò alla porta chiusa a chiave del fienile, un tempo usata per trasportare le balle di fieno, e guardò dalla finestrella sudicia accanto a essa. Da lassù, se non fosse stato per la bufera, avrebbe potuto vedere per chilometri la campagna intorno. La neve aveva spento le fiamme, perciò l'unica fonte di luce e di visibilità era la sua lampada frontale.

Attraverso il pesante drappo di neve, Wylie scorse l'alone di luce della torcia del bambino dentro casa. La stava aspettando.

Per un attimo, il vento si placò, la neve divenne solo una lieve pioggia di fiocchi scintillanti e il fascio della torcia colpì una figura scura emersa dalle ombre del vecchio capanno da giardino. Avanzava barcollando verso la casa. Verso il bambino.

Di sicuro era la donna del furgone. Aveva trovato rifugio nel vecchio capanno per gli attrezzi. Ma perché non si era presentata alla porta? Le aveva detto che il bambino era al sicuro, che era lì per aiutarla. Non riusciva a togliersi dalla testa il pensiero che quella donna non avesse buone intenzioni.

Scese di corsa la scaletta e spinse la porta del granaio che, per un attimo, non si mosse. "Mi hanno chiusa dentro", fu il suo primo pensiero, in preda al panico. Diede una spallata alla porta, che gemendo si aprì di qualche centimetro. Nel breve tempo che era stata dentro, la neve, raccolta dal vento, aveva bloccato l'uscita.

Spinse finché non si aprì abbastanza per farla passare. La

neve turbinava e il vento le sferzava il viso con violenza, facendola lacrimare. Socchiudendo gli occhi, scorse la figura che continuava ad avanzare verso la casa.

Represse l'impulso di correre verso di lei, perché avevano ancora bisogno di legna per il fuoco. Sicuramente la donna doveva scaldarsi dopo le ore passate nella neve e poi nel capanno. Aprì il più possibile la porta, rientrò nel granaio e tirò fuori la slitta carica di legna.

Gli stivali affondavano nella neve a ogni passo, era come trascinarsi nel fango, ma stava guadagnando terreno sulla donna. Era proprio lei, l'aveva riconosciuta grazie alla luce della lampada frontale. Aveva il cappello che le aveva prestato e indossava il suo cappotto.

«Ehi», gridò Wylie, ma la donna non si fermò, continuò ad avanzare faticosamente.

Quando si avvicinarono alla casa, il volto del bambino apparve alla finestra, una luna pallida nella notte, e poi scomparve. Appena si placò il vento, riapparve. Con le mani premute sul vetro, lo sguardo spaurito. L'estranea era quasi alla porta, mentre lei aveva ancora trenta metri da fare.

Lasciò la corda dello slittino e cominciò a correre verso la casa. «Ehi», gridò. «Chiudi a chiave!». Ma il bambino rimase alla finestra, come ipnotizzato.

Si aprì la porta sul retro e la donna entrò. Nel ruggito del vento, a Wylie sembrò di sentire Tas che abbaiava furiosamente.

Si alzò il vento, portando con sé una nuvola di neve turbinante che oscurò tutta la casa. Nemmeno la luce della lampada riuscì a fendere la tormenta. Wylie continuò a camminare.

Quando arrivò alla porta, afferrò la maniglia e girò. Ma non si aprì. Era chiusa a chiave. Batté un pugno sulla porta.

«Ehi», gridò. «Apri!». Premette la faccia sulla finestra, illuminando l'ingresso.

Tas abbaiava e saltellava agitato intorno alla donna, che gli sferrò un calcio. Il cane emise un guaito di dolore e scappò.

La donna era di spalle, ma Wylie vide chiaramente la faccia del bambino. Era bagnata di lacrime e spaventata. Ma fu l'oggetto che penzolava dalla mano della donna a farla sussultare. Un lungo e liscio manico di legno che terminava con un cuneo triangolare di acciaio, luccicante alla luce della lampada: un'ascia.

La donna, con l'arma in mano, trascinò il bambino verso il buio della casa.

Diciannove

Quando finalmente sua madre uscì dal bagno, mormorò: «È morto», e si diresse verso il letto, stordita, lasciando una scia di orme rosse.

La bambina corse nel bagno. Il pavimento era coperto di asciugamani inzuppati di sangue. Capì. La sua sorellina era morta e giaceva sotto uno di quei panni. Ebbe un conato e chiuse subito la porta.

Il caldo nel seminterrato stava diventando insopportabile. L'aria era pesante e umida e i raggi implacabili del sole uccidevano l'erba che cercava di crescere sotto la finestra. Erano rimasti solo ciuffi flosci e marroni. Ogni tanto, un uccello con il luminoso petto giallo e le ali nere, atterrava sul davanzale e prendeva un perfetto filo d'erba morto per il suo nido. La bambina e l'uccello si fissavano attraverso il vetro. Lui era sempre il primo a distogliere lo sguardo. Aveva tante cose da fare, posti dove andare.

Sua madre pianse, poi si addormentò. La bambina aveva bisogno di andare in bagno, ma non osava aprire la porta. Tentò di distrarsi con i libri, cercando l'uccello giallo dalla finestra, guardando la televisione, ma non riusciva più a trattenerla.

Aprì la porta nella speranza che, per miracolo, gli asciugamani insanguinati fossero scomparsi. Ovviamente erano ancora lì. Andò verso la tazza in punta di piedi, cercando di evitare le macchie rosse appiccicose.

Suo padre sarebbe tornato a momenti e che cosa avrebbe

fatto vedendo quel disastro? Si sarebbe arrabbiato. Avrebbe imprecato, urlato e poi picchiato sua madre, che giaceva nel letto, troppo debole per muoversi, troppo triste per bere o mangiare. Non avrebbe retto stavolta.

La bambina trovò un sacco nero della spazzatura e cominciò a riempirlo con gli asciugamani luridi «Non ci pensare», si disse.

Pulì le macchie di sangue con i tovaglioli di carta e li mise nel sacco, già pieno fino a scoppiare. «Non ci pensare», ripeteva. Quando finì, i resti del bambino erano spariti e lei salì sul letto accanto alla madre e si addormentò.

Suo padre arrivò con il solito frullato. Vide la busta della spazzatura in mezzo alla stanza. «Che cosa è successo?», chiese.

«È morto», rispose sua madre da sotto le coperte.

«Te la caverai?», chiese suo padre, ma lei non rispose. «Meglio così», concluse, sedendosi sul bordo del letto e posandole una mano sul fianco. Lei si girò dall'altra parte.

«Hai pulito tu?», chiese alla bambina.

Lei annuì.

Suo padre fece un fischio, come se fosse colpito. Andò al sacco nero, sbirciò dentro, vi gettò il frullato che aveva portato per sua madre e lo portò via dalla stanza.

Venti

Agosto 2000

Nel cortile della casa dei Doyle, gironzolavano ancora una mezza dozzina di agenti, nell'attesa che lo sceriffo Butler dicesse loro cosa fare. Dopo quel mese tranquillo e senza crimini, non era una sorpresa quel ritorno in grande stile. Si era aspettato più un furto con scasso o l'esplosione di un laboratorio di metanfetamine o magari una rissa tra ubriachi, ma non questo. William e Lynne Doyle erano brave persone. Non davano mai problemi. Certo, il figlio adolescente si era messo un po' nei guai, ma niente di serio.

L'unico testimone era una dodicenne con una ferita da arma da fuoco. Dovevano portarla in ospedale, ma prima voleva parlarle. A quanto pareva c'era un'altra ragazzina ospite a casa loro e doveva scoprire chi era.

«Cristo», borbottò tra sé. Due morti e due scomparsi. Era essenziale interrogare subito la testimone.

Si diresse verso l'ambulanza, dove due paramedici si stavano occupando della ragazzina. Matthew Ellis li guardava ansioso da poco lontano. «Ha ancora i brividi», disse. «Potete procurarle un'altra coperta?».

La donna le mise un'altra coperta sulle spalle. «Ce la fai a resistere, tesoro?», le chiese. Josie annuì, serrando la bocca, come per evitare di battere i denti.

«Ciao, Josie. Sono lo sceriffo Butler», disse, affacciandosi nell'ambulanza. «Erin e Lowell ti stanno trattando bene?», chiese e le sfiorò una caviglia. Josie si ritrasse come se l'avesse scottata. «Ehi, scusa», disse Butler, tirando via la mano. «Ti fa molto male?»

«Sì», ammise lei.

«Le abbiamo dato qualcosa per il dolore», disse Lowell, spostandosi in fondo all'ambulanza.

«Voglio solo farti qualche domanda», disse Butler, rivolgendole un sorriso. «Scusa se andrò subito al sodo, ma dobbiamo portarti al più presto in ospedale. Hai visto chi ha ucciso i tuoi genitori?».

Josie guardò il nonno, che annuì. «No», rispose con una vocina. «Eravamo fuori. Io e Becky. Abbiamo sentito gli spari, ma non abbiamo visto chi è stato».

«Come fa Becky di cognome?», domandò lo sceriffo.

«Allen», rispose Josie. «Becky Allen».

«Sua madre lavora al supermercato Shaffer», intervenne Matthew e Butler disse, rivolto a un agente: «Vai a cercare i genitori della ragazza e informali dell'accaduto. Non perderti nei dettagli», lo avvertì. «Di' che c'è stato un incidente dai Doyle e che stiamo cercando Becky. Non farti sfuggire altro, intesi?». L'agente annuì e corse via.

«Okay, stai facendo un ottimo lavoro, Josie», disse. «Hai visto chi ti ha sparato?».

La bambina scosse la testa. «Era troppo buio. Ho visto una persona venire verso di noi. Aveva un fucile. Ci ha inseguite».

«Era la stessa che ha sparato ai tuoi genitori?»

«Penso di sì», rispose Josie.

«Era giovane? O un adulto?», chiese lo sceriffo.

Josie apparve dubbiosa. «Penso che fosse un uomo, ma non ne sono sicura», disse con voce roca, chiudendo gli occhi. «Non ho visto quanti anni avesse».

«D'accordo, Josie». Lo sceriffo Butler sospirò. Avrebbe dovuto interrogarla prima che le dessero gli antidolorifici. «Hai visto o sentito qualcosa di strano ieri sera?»

«Un furgone. C'era un furgone», disse Josie con voce assonnata.

«Ieri sera? Hai visto un furgone nella tua proprietà?», chiese Butler. Era qualcosa.

«No», rispose Josie. «Sulla strada. L'ho visto sulla strada, prima. Due volte. Era bianco».

Lo sceriffo sospirò. I furgoni bianchi erano piuttosto comuni a Burden County. Non era un'informazione molto utile.

Si avvicinò Levi Robbins. «Stanno arrivando i rinforzi della polizia di Stato. Hanno detto che potrebbe volerci un po' per far arrivare i cani».

Lo sceriffo annuì e si rivolse di nuovo a Josie. «È successo qualcos'altro di insolito, di recente? Non so, hai visto un estraneo aggirarsi qua intorno?».

Josie si massaggiò la testa, come se le facesse male a furia di pensare. «Non proprio. Abbiamo visto Cutter dopo mangiato».

«Cutter?», chiese Levi, stupito.

«Brock Cutter. È l'amico di mio fratello», disse Josie.

«Hai visto qualcun altro?», domandò lo sceriffo.

«I miei nonni quando siamo andati a portare una torta a casa loro, poi io e Becky siamo uscite a cercare Roscoe. Ci siamo fermate in quella fattoria, quella piena di rottami e spazzatura».

Lo sceriffo Butler sapeva di cosa stava parlando. June Henley e suo figlio Jackson vivevano a circa tre chilometri di distanza a Oxeye Road. Si diceva che June fosse molto malata, che avesse un cancro.

Jackson gestiva una sorta di negozio dell'usato, vendendo parti di veicoli, ferraglie e pezzi da collezione del mondo agricolo. Era un veterano della guerra del Golfo con il disturbo da stress postraumatico e problemi di alcolismo. Gli avevano tolto la patente e lui aveva cominciato a girare in quad sulle strade secondarie. Era un tipo strano, certo, ma non era un violento.

Si appuntò i nomi sul taccuino.

«Un'ultima domanda», disse. «Becky Allen. Quando l'hai vista l'ultima volta?».

Josie chiuse gli occhi cercando di ricordare. Avevano sentito gli spari. Qualcuno l'aveva chiamata per nome. Chi era? Ethan? Suo padre? No, non le sembrava. Si erano prese per mano e si erano messe a correre. Altri spari. Becky era caduta e lei aveva continuato a correre.

La sua faccia si bagnò di lacrime. «Non lo so», disse piangendo e guardando il nonno. «Mi dispiace».

«Ehi, tranquilla», intervenne Lowell. «Penso che per ora basti così». Le passò una mano sulla fronte. «Dopo ci sarà tutto il tempo per le domande. Dobbiamo far vedere quel braccio a un dottore. Non vogliamo che si infetti. Può raggiungerci qualcuno all'ospedale?»

«Mia moglie. Oddio, devo chiamare mia moglie». Matthew si coprì gli occhi. Un pianto silenzioso e senza lacrime gli scosse le spalle.

«Perché non vai tu con Josie?», suggerì lo sceriffo. «Passo io più tardi e potremo parlare di più».

Matthew scosse la testa e si passò una mano tremante sui baffi grigi. «Non posso andarmene», insisté. «Almeno finché non avremo trovato Ethan e la ragazza e non avremo portato fuori mia figlia».

Lo sceriffo Butler gettò un'occhiata alla bambina. Aveva gli occhi chiusi. «La porteranno fuori quando arriverà il medico legale della contea e avranno esaminato la scena del crimine».

Dal granaio uscirono due agenti, seguiti dai lamenti nervosi delle capre, che avevano bisogno di essere munte e alimentate. «Nel granaio non c'è nessuno», gridò uno degli agenti.

«Sappiamo quanti veicoli dovrebbero esserci?», chiese Butler.

«Due», rispose Matthew. «L'auto di Lynne e il pick-up di William». Guardò il cortile. «Tre, anzi. Anche Ethan ha un furgone. Un vecchio Datsun. Non c'è».

Due adolescenti scomparsi con un furgone. Genitori morti, sorella ferita. Butler prese Levi da parte, dove nessuno potesse sentirli. Aveva un'espressione torva. «Dirama un'allerta per il furgone di Ethan Doyle».

All'ambulanza, Matthew baciò la nipote sulla fronte. «Fai la brava. Obbedisci ai dottori», disse con voce roca, asciugandosi gli occhi. «Tua nonna arriverà presto».

«Ehi», gridò qualcuno dal margine del campo. «Abbiamo trovato qualcosa!».

Tutti gli occhi si volsero verso il campo di mais. Matthew non sapeva se sperare o avere paura. Forse entrambe le cose.

Prima che potessero muoversi, sentirono una voce affannata alle loro spalle. «Che cosa è successo?». Matthew si fece da parte e apparve una donna.

«Signora, non può stare qui», disse lo sceriffo Butler.

«Avete visto mia figlia? Becky Allen?», chiese Margo, afferrandolo per il braccio.

«Lei è la madre di Becky?», balbettò lo sceriffo. «Venga qui un attimo e parliamo».

«Sceriffo, deve venire subito», ripeté l'agente. «Abbiamo trovato qualcosa». Butler era incerto sul da farsi. Voleva scoprire cosa avessero trovato nel campo, ma non poteva abbandonare la madre della ragazza scomparsa.

«Dov'è? Ho sentito che è successo qualcosa». Margo si guardò attorno, frastornata. Smarrita. «Dov'è mia figlia?».

Josie si alzò sui gomiti, la coperta scivolò sul pavimento dell'ambulanza. Nessuno parlò.

Margo li guardò a uno a uno. Un nodo gelido le si formò nel petto, si diffuse in tutto il corpo. «Vi prego», implorò con un soffio di voce, «dovete dirmi che cosa è successo».

Posò lo sguardo su Josie. Vide il suo braccio insanguinato. «Oh, mio Dio», gemette. «Che cosa è successo? Dov'è Becky?».

Lo sceriffo le sfiorò il gomito, ma lei lo scacciò. Josie la fissò a occhi sgranati. «Dov'è Becky!», urlò.

«Non lo so, non lo so», piagnucolò la bambina.

«Josie, dov'è tua madre?», chiese Margo. Si guardò attorno come se si aspettasse di vedere Lynne Doyle materializzarsi all'improvviso. «Dimmi dov'è. Ho bisogno di parlarle subito».

«Venga con me, signora», disse Butler, cercando di prenderla di nuovo per un braccio.

«No», esclamò Margo, appoggiandosi all'ambulanza. «Josie, dov'è tua madre?».

Lo stridio delle gomme sul ghiaino fece girare tutti. Un SUV nero con la scritta bianca "Medicina legale Blake County" si materializzò in fondo alla stradina.

«Oddio». Margo vacillò e sarebbe stramazzata a terra se lo sceriffo non l'avesse presa. «No, no, no, no», ripeté, come un mantra.

«Non sappiamo ancora cosa sia successo», mormorò lo sceriffo e la fece allontanare dall'ambulanza, mentre i paramedici chiudevano il portellone.

«Cerca di non pensarci, Josie», disse Lowell per tranquillizzarla. «Si prenderanno cura di lei. Andrà tutto bene. Adesso ti mettiamo una flebo per idratarti. Sentirai una piccola puntura, okay?». Josie chiuse gli occhi e Lowell le inserì l'ago nel braccio. Il lamento della sirena si mescolò alle grida di Margo Allen, mentre la portavano via dalla strada.

Il viaggio verso l'ospedale di Algona durò trenta minuti e Josie conosceva quel tragitto a memoria. Conosceva ogni curva, svolta, buca e affossamento della strada. Ma farlo a bordo di un'ambulanza era diverso che nel furgone di suo padre o nella monovolume della madre. Aveva perso l'orientamento e continuava a chiedere dove stavano andando.

«All'ospedale», rispondeva Lowell. «I dottori ti daranno una controllata».

«Porteranno anche la mia mamma e il mio papà?», domandò Josie. Se li portavano in ospedale, i dottori avrebbero potuto guarire anche loro. Era il loro mestiere. Rimettere in piedi le persone. Cercò di scacciare le immagini spezzate e cruente dei suoi genitori che continuavano a lampeggiare dietro le palpebre.

«Faranno tutto il possibile per aiutarli», la rassicurò Lowell.

«Mia nonna verrà in ospedale?». Josie cercò i caldi occhi castani del paramedico. «Pensi che troveranno Ethan e Becky?»

«Shhh», fece lui. «Non preoccuparti di queste cose adesso. Tua nonna ci raggiungerà presto. Te lo prometto. Sei al sicuro, adesso».

Josie si lasciò cullare dalle sue parole e pensò al cielo notturno pieno di astri dorati, a lei e Becky che saltavano cercando di afferrarli.

E in men che non si dica erano arrivati in ospedale. Aprirono il portellone dell'ambulanza e sollevarono la sua barella. Josie vide uno spicchio di cielo blu e udì Lowell che diceva: «Ferita d'arma da fuoco al braccio destro. Tagli e contusioni ai piedi e alle braccia. Pressione del sangue e battito cardiaco sotto la norma. Possibile shock».

«È la bambina della fattoria vicino a Burden?», chiese una donna con un camice giallo.

«Sì», rispose Lowell, dando una stretta alla mano di Josie. «Sua nonna dovrebbe arrivare a momenti».

«Dobbiamo aspettare altri feriti?», domandò la donna.

Nel corridoio che stavano percorrendo faceva freddo e c'era un forte odore di disinfettante.

Josie lanciò a Lowell un'occhiata fiduciosa, sentendo nel petto una scintilla di speranza.

«Non ne sono sicuro», rispose lui.

«Sono la dottoressa Lopez», disse la donna, chinandosi su di lei. «Mi prenderò cura di te. Puoi dirmi cosa è successo?»

«Mi hanno sparato», rispose Josie. Guardò di nuovo Lowell. «Puoi restare con me?», chiese mentre la portavano in sala visite.

«Temo di no, Josie», si scusò lui. «Devo tornare al lavoro, ma più tardi passo a vedere come stai. Va bene?». Josie annuì e il paramedico scomparve dalla stanza.

La dottoressa e le infermiere presero il suo posto. «Hai dei pallettoni nel braccio, ma sei stata fortunata», disse la dottoressa Lopez toccando piano la ferita con i guanti.

Lei non si sentiva fortunata.

«Non è grave, grazie al cielo. Non mi sembra ci siano danni ai tendini o alle ossa, ma faremo una radiografia e ti estrarremo i piombini», aggiunse.

La portarono in sala raggi e poi di nuovo in sala visite. La dottoressa Lopez pulì la ferita con una soluzione salina, descrivendole accuratamente quel che stava facendo. «Ora dobbiamo addormentare il braccio, poi ripuliremo la ferita, ti metteremo qualche punto e sarai come nuova». Quando

Josie la guardò nervosamente, sorrise. «Significa solo che ti toglierò i pallettoni dal braccio. Non preoccuparti, non sentirai niente».

Aveva ragione, non sentì nulla, eccetto la puntura dell'anestetico locale, ma continuò a tenere la testa girata e gli occhi ben chiusi, per non vedere cosa stava succedendo. In seguito la dottoressa le esaminò i tagli sui piedi e i graffi sulle braccia. «Sono ferite superficiali. Niente di cui preoccuparsi, ma ti faranno male per un po'. Tienile pulite e ti daremo una crema antibiotica da spalmarci sopra».

Josie si addormentò e quando riaprì gli occhi era in un'altra stanza con sua nonna seduta in un angolo. I lunghi capelli grigi erano raccolti in una coda di cavallo. Indossava i jeans che teneva sempre in casa e una maglietta a maniche corte e stava torcendo nervosamente la cinghia della grande borsa di pelle posata in grembo.

«Nonna», sussurrò Josie.

«Josie», disse Caroline Ellis, saltando in piedi. «Come stai?». Le tremò la voce.

Josie pensò a come rispondere. Non stava realmente male. Sentiva la lingua gonfia e pesante in bocca e voleva un bicchiere d'acqua. Cercò di mettersi a sedere, ma sentì una fitta di dolore al braccio destro.

«Mamma, papà?», piagnucolò. Sua nonna stava accanto al letto, il volto contratto dal dolore.

«Mi dispiace, amore», disse. «Mi dispiace tantissimo».

Josie gemette e cercò di girarsi dall'altra parte e rannicchiarsi in posizione fetale, ma muoversi era troppo doloroso. Così rimase supina e pianse. Le lacrime le rotolavano dalle guance e aveva il naso e la gola pieni di muco. «Perché?», chiese, con la voce gonfia di pianto.

«Non lo so, amore. La polizia vorrà parlare con te, chiederti cosa ricordi. So che è spaventoso», aggiunse in fretta, vedendo la paura sulla sua faccia. «Ma devono farti delle domande. Pensi di farcela?»

«Ma ho già risposto», protestò Josie.

«Temo che dovrai farlo parecchie volte, Josie», disse Caroline, prendendole una mano.

Potevano pure farle le stesse domande un milione di volte, ma non sarebbe cambiato niente. Non aveva visto niente. Non aveva visto abbastanza bene. E già gli eventi della sera prima cominciavano a dissolversi in una nebbia confusa, ma qualche dettaglio restava chiaro: i colpi di un fucile, la figura che andava verso di loro, al buio, Becky che cadeva e restava indietro.

«Ethan? Becky?», chiese.

Sua nonna scosse la testa e, per un attimo, Josie pensò volesse dire che erano morti anche loro. Inspirò di colpo col naso e l'aria le rimase bloccata in gola, dissolvendosi in un accesso di tosse.

Josie alzò la mano per coprirsi la bocca e sentì tirare l'ago della flebo nella pelle delicata dell'incavo del braccio, così lo posò di nuovo sul letto.

Sua nonna si attivò subito. Prese un bicchiere d'acqua e le mise la cannuccia tra le labbra. Josie bevve un sorso.

«Non hanno ancora trovato Ethan e Becky», spiegò Caroline. «Tuo nonno pensa che si siano nascosti nel campo come te. Li stanno cercando».

L'acqua fresca placò il fuoco che aveva in gola. «Posso aiutarli?», chiese. «Posso dare una mano nelle ricerche?»

«Non ora», rispose la nonna, dispiaciuta. «Il tuo compito adesso è riposarti e rispondere alle domande della polizia. È la cosa più importante che puoi fare». Caroline si prese il labbro inferiore tra i denti ed emise un sospiro tremulo. «Hai idea di chi potrebbe essere stato?», le chiese.

Josie sentì di nuovo le lacrime agli occhi. «Penso...»,

esordì con un bisbiglio a malapena udibile, «all'inizio pensavo che fosse stato Ethan».

Vedendo l'orrore sul volto di sua nonna, si rimangiò subito quanto aveva appena detto. «Ma so che non è stato lui. Non ci avrebbe mai fatto del male».

«No, certo che no», disse sua nonna, stringendole una mano. «È un bravo ragazzo», mormorò come per cercare di convincere sé stessa. «È un bravo ragazzo».

Ventuno

Suo padre le prometteva sempre che un giorno le avrebbe portato un cucciolo, ma non succedeva mai. Lui ne faceva tante, di promesse. «Un giorno andremo al mare. Passeggeremo sulla spiaggia e raccoglieremo conchiglie e vetri levigati». La bambina ne aveva parlato per giorni. Disegnava paesaggi costieri e leggeva i volumi sull'Oceano Pacifico e sulle creature marine dell'Enciclopedia mondiale.

«Lo sapevi che la balenottera azzurra è l'animale più grande del mondo, ma ha una gola più piccola della mia mano?», diceva, alzando il pugno come dimostrazione.

«Sta mentendo, lo sai», rispondeva sua madre, sfogliando una rivista. «Lo fa sempre. Non succederà mai».

Quando ci pensava, la bambina sapeva che sua madre aveva ragione. Suo padre raccontava sempre bugie. Due anni prima, aveva promesso di portarle a Disney World, ma quando lei tirava fuori l'argomento, trovava scuse. «Credi che crescano sotto l'albero i soldi?», sbraitava. «Non me lo chiedere più».

E l'anno prima, aveva cominciato a parlare di un viaggio a Wisconsin Dells, che aveva un hotel con un parco acquatico. Sembrava che stavolta ci sarebbero andati sul serio, ma poi era tornato a casa e aveva detto: «Scusa, devo lavorare».

Eppure, la bambina sperava ancora che le portasse un cane. O anche un gatto. Cominciò ad aspettare in piedi sulla sedia davanti alla finestra, per sentire lo stridio delle gomme del suo furgone. Ogni volta che entrava, gli fissava le tasche della giacca, sperando di vedere del movimento. Succedeva a volte alla televisione: il papà tornava a casa con un cucciolo nella tasca. Ma non c'era mai un cane.

Alla fine si era arresa, ma un giorno suo padre tornò a casa con una grande scatola di cartone. La bambina sentì una gioia immensa. Finalmente, pensò. Lui posò lo scatolone sul tavolo e lei corse a vedere.

«Ti ho portato un regalo», disse.

«Posso aprirlo?», chiese lei e lui annuì. Anche sua madre era incuriosita e si avvicinò a vedere cosa avesse portato.

La bambina sollevò un lembo della scatola e si aspettò di veder spuntare un musetto peloso. Invece un odore di muffa le riempì le narici. Sollevò un altro lembo. Dentro c'erano dei libri. Dozzine di libri. Vecchi, a giudicare dall'odore e dalle copertine sgualcite.

La bambina alzò lo sguardo verso il padre e fece del suo meglio per nascondere la delusione. Le piacevano i libri, ma non c'era un cucciolo nella scatola e quei volumi erano rovinati e pieni di orecchie.

«Che c'è?», sbottò suo padre. «Non ti piacciono? Mi sono dovuto impuntare per fermarmi a prenderli per te e non mi ringrazi nemmeno?».

La bambina tirò su col naso e si strofinò gli occhi. «Grazie», disse, trattenendo le lacrime e infilando una mano nella scatola. Tirò fuori un libro con una macchia color caffè sulla copertina.

«Ma chi me lo fa fare», disse suo padre, facendoglielo cadere di mano con un colpo. La bambina si ficcò le dita in bocca per calmare il bruciore. «Stronzetta ingrata», borbottò lui, spingendo lo scatolone giù dal tavolo. I libri si sparsero a terra e lei guardò suo padre che saliva le scale infuriato e usciva chiudendo a chiave.

Più tardi, dopo che se ne fu andato, sua madre la prese in braccio. «Visto?», disse, accarezzandole i capelli. «Te l'avevo detto che mente sempre. È meglio non farsi illusioni».

Ventidue

Oggi

«Fammi entrare», gridò Wylie tempestando la porta di pugni. La donna con l'ascia aveva portato via il bambino. La casa era completamente al buio, tutte le torce erano spente e il fuoco si era estinto da solo o per mano della donna. Tas aveva smesso di abbaiare e gli unici rumori erano il suo respiro irregolare e l'ululato del vento che penetrava i vestiti come un coltello.

Non poteva rimanere là fuori, ma non aveva armi. Rifletté sul da farsi. Poteva tornare al granaio e cercare qualcosa con cui proteggersi.

Ma sapeva di non avere tempo. Doveva entrare subito, salvare il bambino. Girò la testa, si schermò la faccia e diede una gomitata sul vetro, creando una sottile ragnatela di crepe, ma la finestra resse. Pur sapendo che nemmeno il ruggito della bufera poteva mascherare il suono dei vetri rotti, Wylie sferrò un altro colpo e stavolta la finestra andò in frantumi. Trattenendo il fiato, infilò una mano nel buco e aprì la serratura.

Spinse la porta ed entrò nel piccolo ingresso, aspettandosi di essere aggredita con l'ascia, ma non c'era nessuno. Né la pazza, né il bambino. Nemmeno Tas.

Andò in cucina, chiudendosi la porta alle spalle. Frugò nei cassetti alla ricerca di un'arma finché trovò un coltello da macellaio sepolto sotto un mucchio di posate. La lama era lunga quasi venti centimetri, ma smussata da anni di utilizzo. Andava bene lo stesso.

Anche se era stata fuori poco tempo, la temperatura in casa si era abbassata in modo vertiginoso. Usando la lampada frontale per farsi luce, Wylie attraversò la cucina, un passetto alla volta. Aveva un grande vantaggio sull'intrusa: conosceva la casa. Aveva ben chiara la disposizione delle stanze, conosceva i suoi recessi più profondi e gli angoli nascosti. Era a metà della cucina quando se ne accorse. Un cambiamento così impercettibile che per poco non le era sfuggito: la porta della cantina. Era aperta di uno spiraglio da cui si poteva a malapena far passare un foglio di carta.

La cantina? Strano. Piena di vecchi mobili e scatoloni, offriva molti nascondigli, ma perché l'intrusa avrebbe dovuto portarci il bambino? Rabbrividì al pensiero. Chiuse la porta con delicatezza e tirò la serratura, imprigionando chiunque fosse lì dall'altra parte.

Se la donna e il bambino erano in cantina, almeno poteva trattenerli lì finché non si fosse organizzata.

Sentendo le gambe molli, attraversò il corridoio, la sala da pranzo vuota, il salotto e si fermò. Il fuoco si era spento, restava solo il bagliore arancione delle braci. Wylie esaminò lentamente la stanza ed ebbe un colpo al cuore quando la torcia illuminò il divano. La donna era lì seduta, con l'ascia in mano.

Osando appena respirare, Wylie avanzò lentamente, con gli occhi fissi sull'arma. «Che cosa vuoi?», chiese, con il coltello pronto.

Lei non rispose e Wylie alzò lo sguardo sul suo viso.

Era proprio la donna dell'incidente. Indossava il suo cappotto, un lato della faccia era grottescamente gonfio e l'altro annerito dal sangue secco. La fissava con disprezzo. Wylie tenne il coltello alzato e inquadrò l'intrusa con il raggio stretto della torcia. Erano le due del mattino. Era sopravvissuta per tutto quel tempo nella tormenta? Impossibile.

«Stai indietro», l'avvertì la donna, agitando l'ascia verso di lei.

«Cristo», esclamò Wylie, facendo un passo indietro. «Che cavolo fai?». Le venne un moto di rabbia. Quella donna l'aveva chiusa fuori di casa, l'avrebbe tranquillamente lasciata morire di freddo e ora la stava minacciando con un'ascia. E lei aveva solo cercato di aiutarla. Ma che cosa le passava per la testa?

E dov'erano Tas e il bambino? La paura le strinse lo stomaco.

Udì un grugnito alle sue spalle. Si girò lentamente, temendo quello che stava per vedere. Con il visetto pallido ma determinato, il bambino stava per colpirla alla testa con l'attizzatoio. Riuscì a schivare il colpo e lui cadde a terra, trascinato giù dall'attrezzo.

«Ehi», strillò Wylie. «Cosa fai?». Il bambino la guardò con aria di sfida. Lei si chinò e gli tolse l'attizzatoio dalle mani.

La donna cercò di alzarsi dal divano, ma Wylie la spinse e afferrò l'ascia. Lei lanciò un grido di dolore e il bambino si alzò e le saltò in grembo.

La prima reazione di Wylie fu di cacciarla di casa, ma il piccolo era terrorizzato. Non dalla donna, da lei.

«Non voglio farti del male», disse esasperata. «Non voglio fare del male a nessuno».

La donna la fissò con odio e il bambino nascose la faccia contro il suo petto.

«Oh, Gesù», mormorò Wylie. «Guardami. Guardami», gli disse in tono perentorio. Lui la sbirciò con circospezione. «Vedi, li sto mettendo via». Si diresse verso la libreria e, alzandosi in punta di piedi, mise le armi sullo scaffale più alto.

Tornò da loro e mostrò le mani libere. Non si fidava della donna, ma era sicura di poterla sopraffare se avesse tentato di aggredirla di nuovo.

«Vedo che cerchi di proteggerla. È la tua mamma, vero?». Il bambino la fissò per un lungo momento, poi annuì con un cenno a malapena percepibile.

«Shhh», sibilò la donna. «Non parlare».

«Chiudi il becco tu», scattò Wylie. «Non so chi diavolo sei e perché mi hai aggredita con un'ascia, ma sei ferita e ti serve aiuto. Sono disposta a dartelo, ma se continui a fare la stronza, ti sbatto fuori in mezzo alla neve».

Poi si rivolse al bambino: «Vuoi che aiuti tua madre?». Stavolta non aspettò la risposta.

«Prima di tutto bisogna riscaldarla. Qui dentro si gela. Aiutami a coprirla con altre coperte».

Wylie fece un passo verso il divano e il bambino si alzò e cercò di fermarla. Lei chiuse gli occhi e contò a mente fino a dieci. Quando li riaprì, si sforzò di tenere un tono calmo e controllato. «Finora non mi sono presa cura di te?», chiese. «Ti ho portato dentro, ti ho tenuto al caldo, ti ho dato da mangiare. Farò lo stesso con tua madre, promesso».

Negli occhi del bambino balenò un lampo di incertezza.

Wylie prese una torcia dal tavolino, la accese e gliela porse, sperando che non decidesse di usarla come un'arma contro di lei. Lui gliela strappò dalle mani e se la strinse al petto.

«Coprila bene con quelle», lo istruì Wylie, indicando il mucchio di coperte che era scivolato a terra. «Vado a prendere altre trapunte. Dobbiamo riscaldarla il più possibile».

Aspettò che il bambino rimboccasse le coperte intorno alla madre. Lei non protestò, ma continuò a fissarla sospettosa con l'occhio sano.

Wylie non sapeva quanto fossero gravi le sue ferite. Potevano solo tenerla al caldo, sperare che la tormenta passasse presto e arrivassero i soccorsi. «Dov'è Tas?», chiese, ricordandosi improvvisamente del cane.

Il bambino indicò la cucina. Wylie corse alla porta della cantina, aprì la serratura e lo chiamò nel buio. «Tas, vieni qui! Va tutto bene, puoi tornare su». Il cane salì le scale con circospezione, poi andò direttamente alla sua cuccia e si sdraiò. «Non le farà niente», disse rassicurante al bambino. «Promesso».

Wylie corse su in camera da letto. Non conosceva quella donna. Non si fidava di lei. Frugò nel ripiano alto dell'armadio finché non trovò la pistola, la caricò e se la mise in tasca.

In corridoio, aprì l'armadietto della biancheria, dov'erano riposte pile di trapunte polverose e leggermente odorose di muffa. Ne prese una bracciata e tornò in salotto, dove le posò sulla donna, finché non rimase visibile solo la sua faccia livida e tumefatta. Il bambino si accoccolò accanto a lei.

«Chi sei?», le chiese Wylie. «Dove cercavi di andare?». La donna rimase in un ostinato silenzio.

«Senti, siamo bloccati qui finché non finirà la tormenta. Almeno puoi dirmi chi sei e che cosa ci facevi là fuori».

«Ce ne andremo il prima possibile», rispose brusca la donna.

«E come pensi di riuscirci?», ribatté Wylie. «Il tuo furgone è distrutto, le strade sono impraticabili, sei ferita».

«Ci arrangeremo», tagliò corto lei.

«Be', quando ripristineranno la linea telefonica chiameremo i soccorsi. Verranno ad aiutarti appena possibile».

«No, la polizia no», implorò la donna e per la prima volta Wylie scorse la vera paura sul suo viso. «Se chiami, ce ne andiamo. Ce ne andiamo subito». La donna spinse le coperte da parte e cercò di alzarsi, ma era troppo debole.

Wylie scosse la testa, frustrata. «Lascia perdere. Tanto adesso non possiamo chiamare nessuno. Sarà un problema che affronteremo dopo».

Non potevano fare altro che aspettare. Ma non si fidava affatto di quella donna. C'erano troppe domande senza risposta. Gettò nel fuoco gli ultimi pezzi di legna e si sedette per terra, di fronte al divano dove erano accoccolati la donna e il bambino. Li tenne d'occhio, con le mani in tasca, stringendo la pistola carica.

Ventitré

Agosto 2000

Tre ore dopo la richiesta di assistenza da parte dello sceriffo di Blake County, l'agente Camila Santos accelerò sulla stradina sterrata, ma dovette frenare di scatto in cima a una collina dove cresceva un albero in mezzo alla strada.

«Ma che cavolo», esclamò, mentre il compagno, l'agente John Randolph, si teneva al cruscotto. La berlina nera sbandò e si fermò.

I due agenti della divisione investigativa dello Iowa fissarono l'enorme noce. «Per la miseria», esclamò Randolph. «Una roba così non si vede tutti i giorni».

Santos avvicinò la berlina al tronco grigioverde di quei diciotto metri di albero. «Dovrebbero mettere un cartello», disse.

Oltrepassarono un torrente e, dopo una curva, si trovarono davanti la fattoria. A prima vista, somigliava alle decine di altre case coloniche bianche che avevano visto nel tragitto da Des Moines alla campagna di Burden County, ma il trambusto li rassicurò di essere nel posto giusto.

Santos oltrepassò lentamente gli altri veicoli parcheggiati e la piccola squadra di ricerca che camminava tra l'erba alta dei fossati lungo la strada. Gli uomini, torvi in viso, si fermarono per guardarli passare. «Spero che non abbiano messo sottosopra la scena del crimine», si preoccupò Randolph.

«Doppio omicidio, due ragazzi scomparsi, saranno tutti nel panico», disse Santos, parcheggiando dietro una Bonneville arrugginita. «Mi hanno assicurato che lo sceriffo ha tutto sotto controllo».

«Perché ti fermi qui?», chiese Randolph, che non aveva nessuna voglia di camminare fino alla scena del crimine con quella temperatura.

«Voglio fare un giro d'ispezione», rispose Santos, scrutando l'area nel caldo abbagliante.

Gli unici edifici in vista erano quelli della proprietà dei Doyle: una casa, un silo, un ampio granaio con la vernice rossa scrostata, qualche altro fabbricato. Circondati da tutti i lati dai campi di granturco maturo. Distanti, isolati.

Santos, forte e massiccia come una ginnasta, era nelle forze dell'ordine da vent'anni e si era unita alla divisione investigativa dello Iowa nel 1995, dopo essersi trasferita a Des Moines da Kansas City. Aveva fatto velocemente carriera ed era a capo delle indagini in molti casi di alto profilo che includevano omicidi e persone scomparse. Lì c'erano entrambi.

Randolph era più giovane, indossava una giacca elegante e una cravatta a strisce rosse e blu. Le scarpe lucidate a specchio non sarebbero durate su quelle strade polverose.

Era così alto che Santos doveva allungare il collo per guardarlo. Ma lei aveva qualcosa di imperioso nel portamento, nella piega della bocca, nel modo in cui sporgeva il mento, che indicava chiaramente chi fosse al comando.

Ogni scena del crimine aveva un ritmo tutto suo che, quando era gestita con efficienza, proseguiva intenso e regolare. Tutti, dal vice all'investigatore, dall'ispettore allo specialista forense e al coroner, conoscevano il loro ruolo.

Quella scena, comprendente la casa, gli edifici annessi e i campi di mais, era stata messa in sicurezza e perlustrata dalle forze dell'ordine. Era un punto cruciale. Ma era importante anche l'area fuori dal perimetro.

Di solito, le squadre di ricerca di volontari non si attivavano così in fretta, dando tempo agli agenti di farsi un'idea dell'accaduto senza dover gestire i cittadini benintenzionati, che erano pur sempre una distrazione.

Invece lì si erano organizzati subito, notò Santos, pur riconoscendo che in situazioni del genere il loro contributo era prezioso, perché l'area era molto vasta e le risorse limitate. Inoltre, la gente del posto aveva dimestichezza con la zona, ne conosceva tutti i meandri e gli anfratti che un estraneo non avrebbe notato.

Consapevole degli sguardi curiosi che seguivano il loro cammino verso il casolare, Santos studiò le facce, il linguaggio del corpo. Non era insolito che il, o la, colpevole si intrufolasse nelle indagini sperando di giocare d'anticipo.

Capannelli di uomini in tuta da lavoro e stivali polverosi li guardavano scuotendo la testa. Donne in maglietta e pantaloncini indossavano gli occhiali da sole per nascondere le lacrime. Nessuno aveva un'aria sospetta, ma ciò non significava che il colpevole non fosse lì a spiarli.

Santos rivolse l'attenzione alla fattoria. Era vecchia, le serviva una riverniciata. Il caldo già soffocava i fiori viola e bianchi che pendevano molli dai cesti appesi alle travi del portico. Dal granaio giungeva un suono spettrale.

Anche se nulla nell'aspetto esteriore della casa lasciava trapelare che vi fosse successo qualcosa di terribile, Santos percepiva un senso di terrore emergere dalla terra, tremolare nell'aria bollente.

Qualcuno stava distribuendo ritratti dei due adolescenti scomparsi. L'agente Santos prese un volantino e lo esaminò. Ethan Doyle era venuto bene in quella foto. Un sorriso vivace, occhi azzurri con una luce maliziosa ma gentile.

Santos passò a esaminare la foto di Becky Allen. Una bella ragazza. Mentre la maggior parte delle coetanee aveva un'aria goffa e lineamenti non ancora ben definiti, lei trasmetteva un senso di maturità e sicurezza.

«Salve», disse la donna che distribuiva i volantini. «Grazie per essere venuti. Potete firmare qui per partecipare...».

«Siamo della polizia di stato», rispose Santos.

«Oh». La donna esitò. «Stavo dicendo agli agenti qui che l'altra sera ho visto uno strano furgone parcheggiato sulla strada sterrata, laggiù». Si girò e indicò un punto alle spalle del campo di granturco.

«Con chi ho il piacere di parlare?», chiese l'agente Santos.

«Abby Morris. Abito qui vicino». Si voltò e indicò verso nord.

«Sono il vice Robbins. Ho preso la sua deposizione», disse Levi, con una pacca sul rigonfiamento della tasca in cui teneva un piccolo taccuino.

«Fatecene avere una copia», disse Santos. «Sto cercando lo sceriffo Butler»,

Levi annuì. «C'è da camminare un po'».

«Meno male che ho messo le scarpe sportive», rispose Santos. Levi le rivolse un sorriso incerto, non sapendo se l'avesse offesa. Vedendo che non sorrideva, tornò serio. «Da questa parte», disse e si incamminò verso il retro della casa. «Un vice l'ha trovato a una decina di metri nel campo».

«Qualcuno l'ha toccato?», chiese Santos.

«Hanno detto di no. Sono entrato nel campo appena mi hanno chiamato e ho fatto allontanare tutti».

«Bene», disse Santos. Il granaio rosso torreggiava sulla proprietà. Ne potevano entrare almeno tre di case come la sua in quell'edificio cadente. Era una ragazza di città, cresciuta a Kansas City, e trasferitasi a Des Moines aveva scelto un'abitazione in pieno centro, ma sapeva che la campagna non era esente da violenza e morte. C'era solo meno asfalto e più terra.

Quando si avvicinarono al campo di granturco, Santos sentì accelerare il battito. Era stata in case di spacciatori e vicoli bui, ma quando entrarono nel campo, gli alti steli di mais la sovrastarono. I pennacchi appuntiti solleticavano il cielo. Nell'arco di due passi, il campo l'aveva completamente inghiottita. Provò un moto di apprensione.

Man mano che avanzavano tra le spighe, Santos immaginò il terrore che doveva aver provato Josie Doyle mentre si nascondeva dall'assassino. Da qualunque parte ti voltassi, destra o sinistra, c'era una spiga identica davanti a te.

Santos alzò la testa e strizzò gli occhi. Il cielo era immenso e senza fine, come il campo. Gli insetti passavano ronzando, l'odore dolce del mais le riempiva le narici.

D'un tratto, al mormorio del vento tra le spighe si sovrapposero dei colpi di tosse. Dopo qualche passo apparve l'uniforme cachi dello sceriffo Butler.

«Sceriffo», lo salutò l'agente Santos. Butler si girò verso di lei e poi si fece da parte per mostrarle ciò che avevano trovato i volontari.

Un fucile mimetico poggiato a un grosso stelo di mais, con la canna puntata verso l'alto. «Sembra che l'abbiano messo qui di proposito», osservò il vice.

L'agente Santos si accovacciò ed esaminò il calcio dell'arma, appoggiato sul suolo arido. «Forse. Ci sono impronte?»

«No. La terra è troppo dura e compatta», rispose lo sceriffo. «Ma ci sono parecchie spighe pestate. Quadra con quello che ha raccontato Josie sull'inseguimento nel campo».

L'agente Santos sollevò un pezzetto di terra e lo strofinò tra le dita. «Perché avrebbe abbandonato l'arma?»

«Voleva sbarazzarsene?», suggerì Levi. «Forse ha cercato di nasconderla in tutta fretta».

«Ma di *chi* stiamo parlando?», chiese Butler. «Un estraneo? Allora dove sono Ethan Doyle e Becky Allen? Se l'assassino li ha presi con sé, non aveva bisogno del fucile per controllarli? Lo stesso se sospettiamo di Ethan. Gli serviva l'arma per far obbedire la ragazza».

L'agente Santos si rialzò. «Dobbiamo organizzarci. Capire cosa sappiamo e cosa no. Ci serve un centro di comando. Quanto è lontano da qui l'ufficio dello sceriffo?».

Lo sceriffo Butler scosse la testa. «È a una cinquantina di chilometri. Troppo lontano. Il dipartimento ha un posto di comando remoto, ma è già in uso per un deragliamento dall'altra parte della contea. Stavo pensando, che ne dite della vecchia chiesa sulla Highway 11? È a pochi chilometri da qui».

«Va bene», disse Santos. «Dobbiamo parlare con la sopravvissuta e con i genitori della ragazza scomparsa».

«Josie Doyle ci ha già dato alcune informazioni», rispose Butler. «Ha parlato di uno strano furgone che si aggirava qua attorno dalla mattinata di ieri».

«È venuto fuori qualche nome?», domandò Randolph.

«Niente che sembri troppo sospetto. Solo alcune persone che le ragazzine hanno incontrato ieri», spiegò lo sceriffo. «Brock Cutter, un ragazzo del posto. E gli Henley. Vivono su Oxeye Road, a circa tre chilometri da qui».

«Okay», disse Santos. «L'agente Randolph può aiutare ad allestire il centro di comando. Sceriffo, mandi qualcuno a parlare con gli Henley e con quel ragazzo, Cutter. Io vado dagli Allen. Appena i medici danno il codice verde per Josie Doyle, dobbiamo interrogarla in modo più approfondito. Ci vediamo alla chiesa diciamo…», guardò l'orologio, «… alle quattro».

Assentirono tutti.

«Imbusta il fucile e mettilo tra le prove prima di andare a interrogare Brock Cutter», disse Butler a Levi, consegnandogli la fotocamera del dipartimento.

«Sissignore», rispose Levi mentre lo sceriffo e gli agenti sparivano tra le spighe.

Il vice rimase indietro, scattò diverse foto del fucile e tracciò un diagramma della sua posizione sul taccuino. Si infilò i guanti e raccolse l'arma con cautela. Aprì la culatta, esponendo la canna. La camera di scoppio era vuota. Non era carico.

Forse Brock Cutter aveva assistito a quello che era successo. Levi ricordò l'odore acre di sudore che emanava il ragazzo quando l'aveva fermato. Era solo il caldo? Forse era paura. E l'aveva lasciato andare senza pensarci.

Sentì un moto di rabbia. Quello stronzetto gli aveva mentito. Forse sapeva qualcosa che avrebbe potuto risolvere subito il caso. Tenendo l'arma a distanza, attento a non rovinare possibili impronte digitali, cominciò a tornare verso la fattoria. Doveva trovare Brock Cutter.

L'agente Santos voleva vedere i corpi. «Possiamo entrare?», chiese al vice di guardia alla porta sul retro della fattoria.

Lui annuì e porse loro dei copriscarpe di polietilene. La prima cosa che Santos notò quando passò dall'ingresso alla cucina fu il calore opprimente. Le finestre erano ben chiuse, i ventilatori fermi e l'aria condizionata spenta.

«Ci saranno almeno quaranta gradi qua dentro», disse Randolph, allentandosi la cravatta.

«Dobbiamo ricordarci di chiedere a Josie Doyle se le finestre erano chiuse ieri sera», disse Santos passando al salotto. «Dal caldo che ha fatto questa settimana, mi sembra strano non avessero acceso l'aria condizionata o tenuto almeno le finestre aperte».

«Forse l'assassino ha cercato di alterare la scena», suggerì Randolph. «Ha chiuso le finestre e spento l'aria condizionata per far decomporre più velocemente i corpi. Così sarebbe stato più difficile per il coroner determinare il momento della morte».

«Può darsi», disse Santos. «Ma non mi sembra ci sia stata un'effrazione. Dobbiamo scoprire se i Doyle tenevano le porte chiuse a chiave di notte». Continuarono l'ispezione. Sembrava una casa normale e ben tenuta.

«Sappiamo quante armi tenevano in casa?», domandò Santos a un vice che era con loro.

«A detta di Matthew Ellis, il nonno, i Doyle hanno diverse armi in casa», rispose lui. «Come molte altre famiglie qui. Tre o quattro, pare».

«Che tipo di armi sono?», domandò l'agente Randolph.

Il vice controllò il taccuino. «Ha parlato di un fucile a pompa per la caccia al cervo, un calibro 20 e una pistola ad aria compressa. Probabilmente anche un fucile calibro 12».

«Scoprite se il calibro 20 trovato nel campo apparteneva ai Doyle», disse Santos.

Salirono lentamente le scale, attenti a non toccare nulla. Randolph notò le macchie di sangue sul muro. «Potrebbe averle lasciate una delle vittime o lo stesso assassino. Oppure vengono dal braccio ferito di Josie Doyle quando è venuta a cercare la sua famiglia».

Santos e Randolph entrarono nella stanza da letto principale. Posarono gli occhi su Lynne Doyle. La ferita al petto era enorme. «A bruciapelo», commentò Randolph.

Santos sentiva la faccia madida di sudore, ma resistette all'impulso di pulirsi con la giacca. Lì dentro faceva ancora più caldo che di sotto. «C'è il riscaldamento acceso?», domandò, chinandosi verso uno sfiato nel pavimento. L'aria calda le soffiò tra le dita. «Avevi ragione», disse a Randolph. «Quel figlio di puttana ha acceso il riscaldamento».

Si spostarono in camera di Josie, dove William Doyle

giaceva sulla soglia. «Trovato niente di interessante?», domandò Santos a un tecnico della scientifica.

«Abbiamo rilevato le impronte», rispose lui. «Ce ne sono di diverse persone. Tantissime fibre, ma ci vorrà un po' per capire se contengono informazioni interessanti».

Non era molto. «Nient'altro?», chiese Randolph.

«Stavo lasciando il meglio alla fine», rispose il tecnico con un sorriso. «Abbiamo trovato due tipi diversi di bossoli. Due bossoli di un fucile calibro 20 e uno di una 9 millimetri, che abbiamo quasi rischiato di non vedere».

Santos esaminò dall'alto il cadavere di William Doyle, riflettendo sull'informazione, mentre Randolph andò a guardare la camera di Ethan. Due armi. Significava che c'erano due intrusi? Toccava aspettare il rapporto del medico legale per sapere quanti colpi avessero in corpo i Doyle e da quali armi fossero stati sparati.

La casa non era stata svaligiata. Non sembrava che alle vittime fossero stati sottratti oggetti di valore, quindi il movente non era la rapina.

«Ehi», la chiamò Randolph, interrompendo i suoi pensieri. Le porse una cornice dorata con una foto di Ethan Doyle accanto al nonno. Il ragazzo reggeva orgogliosamente un fucile mimetico.

Dovevano aspettare la conferma della scientifica, ma sembrava molto probabile che il fucile trovato nel campo di granturco appartenesse a Ethan Doyle. Ma lui dov'era? E che ne era stato di Becky Allen?

Ventiquattro

Oggi

Wylie teneva una torcia puntata sulla donna, che stava sonnecchiando, sforzandosi di valutare le sue ferite. Un occhio era gonfio e completamente chiuso, la guancia violacea e tumefatta, color melanzana, un labbro spaccato. Il naso era fuori asse, aveva delle vesciche sulle orecchie. Congelamento. Non si sa come era riuscita a trascinarsi fino al capanno da giardino e poi in casa. Era un buon segno, ma senza un medico non ce l'avrebbe fatta.

Il buio e il freddo erano totali, ma il bambino non si separava dal fianco della madre. Si era accoccolato accanto a lei e ogni tanto le bisbigliava qualcosa all'orecchio. Quindi sapeva parlare, pensò Wylie. Aveva fatto di tutto per ottenere informazioni, tempestandolo di domande. *Come ti chiami? Come si chiama tua madre? State scappando?*

Wylie si puntò la torcia sul viso. «Guardami», gli ordinò. «Dico sul serio, guardami». Il bambino, con riluttanza, alzò gli occhi su di lei. «Ti ho fatto del male?». Lui non rispose. «Anche se mi hai puntato contro una pistola e mi hai aggredita con un attizzatoio, ho fatto qualcosa che indicava volessi farti del male?».

Dopo qualche istante, il bambino scosse la testa.

«Bene», disse Wylie. «E non toccherò nemmeno tua madre. Te lo prometto».

Lui rimase con la bocca cucita e, dopo un po', Wylie si arrese e andò in cucina. Si gelava. Coprì la finestra rotta con un pezzo di cartone fissato col nastro adesivo e raccolse la legna che era caduta fuori. Ne mise un po' nel camino finché le fiamme non raggiunsero un livello accettabile. Ma ci sarebbe voluto un po' prima che la stanza si scaldasse di nuovo. Tornò a sedersi di fronte al bambino.

Cercò di ignorare il fischio acuto e gli scoppiettii delle vecchie tubature congelate. Il vento continuava a ululare, sbatacchiando i vetri.

«Mi serve davvero il tuo aiuto», disse con dolcezza. «Devi dirmi chi sei, da dove vieni».

Restarono seduti in silenzio per un momento, ad ascoltare il respiro irregolare della donna e a guardare le deboli nuvolette bianche che apparivano e scomparivano dalle labbra tumefatte.

«Se state scappando da qualcuno, posso aiutarvi, posso proteggervi, ma devi parlare con me», lo implorò Wylie.

La donna aprì l'occhio sano. «Se vuoi parlare con qualcuno, parla con me», disse.

«Ottima idea», rispose Wylie. «Dimmi».

La donna rimase in silenzio.

«Va bene», disse lei alzando le mani, esasperata. «Speriamo che arrivino presto i soccorsi, così non sarete più un mio problema».

Sul volto della donna apparve una smorfia di paura. «Non ci serve aiuto».

«Non direi proprio», rispose Wylie.

«Tesoro», disse la donna al bambino. «Ho ancora freddo. Puoi andare a prendermi un'altra coperta?»

«Sai dove sono», disse Wylie e il bambino prese una torcia e corse su per le scale.

«Senti», disse la donna appena furono sole. «Aspetteremo

che finisca la tormenta e ci rimetteremo in viaggio. Ce ne andremo e basta. Non voglio altre domande. Hai capito?»

«Scusa». Wylie scosse la testa. «Con me non funziona così. Inoltre, l'unica persona di cui mi preme è quel piccoletto di sopra. Puoi scordarti che vi lasci andar via senza sapere dove intendi portarlo e se starà bene».

La donna la fissò con odio, poi lanciò un'occhiata alle scale. «L'uomo che ci sta inseguendo è disposto a tutto per riportarci indietro». Si mise a sedere più diritta e fece una smorfia cambiando posizione. «E io farò qualsiasi cosa, e intendo davvero qualsiasi cosa», aggiunse con voce bassa e minacciosa, «per far sì che non accada. Anche ucciderti».

Wylie sentì un brivido gelido di terrore e toccò la pistola nella tasca. Le credeva.

Il bambino scese le scale con le braccia cariche di coperte. «Tieni, mamma», disse con orgoglio. «Te ne ho portate due. Ti bastano?»

«Grazie, amore», rispose lei, fissando Wylie. «Due sono perfette».

Venticinque

Agosto 2000

Margo Allen era seduta in cucina, mentre l'ex marito, Kevin, camminava avanti e indietro senza darsi pace. Il vice che l'aveva accompagnata a casa le aveva suggerito di chiamare qualche vicino perché venisse a prendere i figli piccoli mentre aspettavano aggiornamenti. Margo si era rifiutata. Non aveva nessuna intenzione di perdere di vista i suoi figli. Toby, quattro anni, era seduto sulle sue ginocchia e giocherellava con la croce d'argento della sua collana, mentre Addie, dieci, era intenta a giocare con un videogame.

Quando aveva visto il medico legale parcheggiare nel vialetto dei Doyle, Margo era quasi svenuta. Non aveva mai avuto tanta paura in tutta la sua vita. Era come se qualcuno le avesse stretto la gola impedendole di respirare. Lo sceriffo non aveva detto chi era morto, solo che non era Becky. Le aveva fatto un sacco di promesse e poi l'aveva scaricata a un vice, che non le era stato di nessun aiuto.

Quando lo aveva implorato di portarla da Becky, aveva ammesso che non sapevano dove fosse, ma si stavano tutti dando da fare per trovarla. A quel punto Margo aveva perso la testa e aveva cercato di entrare nella fattoria dei Doyle. C'erano voluti tre agenti per tenerla ferma. Non voleva fare una scenata; voleva solo vedere con i suoi occhi se Becky non era lì.

Un vice l'aveva riportata a casa, mentre un altro agente li seguiva con la sua macchina. Quando erano arrivati alla casetta grigia in Laurel Street, avevano trovato il marito seduto a tavola, in cucina. La babysitter era stata congedata.

«Perché non ci hanno fatto sapere nulla?», aveva chiesto Kevin. Anche lui aveva gli occhi rossi di pianto. Qualcuno era morto, Josie era stata portata di corsa in ospedale e Becky era scomparsa.

«Sono desolato, signor Allen, ma lo sceriffo vi contatterà presto. C'è qualcun altro che volete avvisare? Un famigliare, un amico?».

Margo scosse la testa. Sapeva che avrebbe dovuto chiamare i suoi genitori, ma vivevano a Omaha e non voleva farli mettere in viaggio: erano quattro ore di macchina. Non era pronta. Sperava che Becky entrasse da un momento all'altro, accaldata e dispiaciuta per averli fatti preoccupare. A quel punto avrebbe telefonato a sua madre per lamentarsi di come Becky fosse diventata una di quelle adolescenti terribili.

Si sentì bussare alla porta e Margo si alzò di scatto, ma tornò subito a sedersi. Becky non avrebbe bussato. Rimase in cucina, mentre il vice Dahl andava ad aprire. Uscì e tornò parecchi minuti dopo con una donna che Margo non conosceva. Si presentò come l'agente Camilla Santos della Divisione investigativa dello Iowa.

«L'avete trovata?», chiese Kevin Allen.

«Purtroppo no», rispose l'agente Santos, guardando il bambino che Margo teneva in braccio. Continuava ad accarezzare il viso della madre, per asciugarle le lacrime. L'altra bambina era tutta presa da un videogioco, anche se gettava sguardi furtivi agli adulti nella stanza.

«Signora», disse con gentilezza la poliziotta. «In queste situazioni è fondamentale avere qualcuno che vi aiuti. C'è un famigliare o un amico che possiamo chiamare?». Forse perché era una donna, o per la sua autorevolezza di agente, ma stavolta Margo le diede ascolto.

Annuì e scrisse un numero di telefono e un nome su un foglietto di carta. L'agente Santos lo passò al vice. «Addie», disse Margo. «Porta tuo fratello in camera da letto e accendi la tivù».

«Va bene, mamma», rispose la bambina con una voce sottile. Scese dalla sedia e prese il fratellino per mano, uscendo con lui dalla stanza.

«Oh, mio Dio». Margo cominciò a dondolarsi. «Oh, mio Dio». L'agente Santos rimase a guardare in silenzio quando Kevin andò dietro di lei e le posò le mani sulle spalle, ma lei lo scacciò. Poi si schiarì la gola. «Può spiegarmi cosa succede? Il vice non ci ha detto nulla».

L'agente si sedette di fronte a loro. «Dunque, vi dirò quello che sappiamo. William e Lynne Doyle sono stati assassinati stanotte. Hanno sparato anche alla figlia, Josie. Quando sono arrivate le forze dell'ordine, Ethan Doyle e vostra figlia non c'erano».

Margo si torse le mani, conficcando le unghie nella carne e lasciando dei segni a forma di mezzaluna.

L'agente Santos continuò. «Stando a quello che ci ha detto, Josie ha perso di vista Becky. Stiamo agendo in base a due possibilità. La prima è che Becky sia scappata e si stia nascondendo da qualche parte, la seconda è che l'assassino l'abbia portata con sé».

Kevin, dietro di lei, aveva ripreso a camminare avanti e indietro. Avrebbe voluto gridargli di stare fermo, di smetterla di muoversi una volta tanto. Invece si morse l'interno delle guance finché non sentì il sapore del sangue.

«Abbiamo diramato un'allerta per un furgone scomparso dalla scena del crimine, e mandato a tutti i media le foto che ci avete fornito di vostra figlia. Continueremo a perlustrare i dintorni e domani porteremo anche i cani da ricerca».

«I cani da ricerca?». Kevin si fermò di colpo. «Ma li usano per trovare i cadaveri. Pensate che Becky sia morta?», chiese con voce tremante.

«Taci, Kevin», mormorò Margo.

Lui ricominciò a camminare avanti e indietro nella stretta cucina. «Quei cani servono a questo. A trovare i cadaveri. C'è qualcosa che non ci state dicendo? Pensate che sia morta?»

«Zitto, Kevin», ripeté Margo, sbattendo le mani sul tavolo. Il rumore riempì la stanza. Una fitta le si irradiò dal palmo fino al polso. Era un sollievo che il dolore che le albergava nel petto si fosse trasferito alle mani. Le sbatté ancora e ancora. *Tum, tum, tum.*

Voleva che quello stupido tavolo in compensato si spaccasse in mille pezzi, ma reggeva. *Tum, tum, tum.* Chiuse le mani a pugno e ci riprovò. Sentì cedere un ossicino del mignolo, ma continuò a picchiare. Kevin finalmente smise di camminare e rimase fermo, raggelato, a fissare la moglie come se fosse un'estranea. Addie corse dentro per vedere cosa stava succedendo, con gli occhi grandi di paura.

L'agente Santos coprì le mani della donna con le sue, bloccandole sul tavolo. Erano caldissime. «Lo so», mormorò. «Lo so».

Margo la guardò negli occhi e capì che era sincera. Erano gli occhi di chi aveva visto cose terribili. Ma c'era anche qualcos'altro: una scintilla di speranza. Si aggrappò a quella piccola luce e sostenne il suo sguardo. Sarebbe andato tutto bene. Doveva crederci.

Tornato all'ufficio dello sceriffo, il vice Levi Robbins mise il fucile tra le prove e diramò l'allerta per il vecchio furgone

Datsun di Ethan Doyle, ma c'era un'altra cosa che lo tormentava.

Brock Cutter e Ethan Doyle erano amici. Josie aveva detto che quel pomeriggio avevano visto Brock. Lui lo aveva fermato all'una di notte mentre arrivava dalla fattoria dei Doyle a fari spenti. Levi sapeva che avrebbe dovuto riferire l'episodio, ma aveva deciso di aspettare finché non avesse sentito la sua versione dei fatti. Sperava che non gli fosse sfuggito qualche dettaglio importante.

Si diresse verso la fattoria dei Cutter, ma per un colpo di fortuna vide il furgone di Brock parcheggiato alla stazione di servizio. Entrò e si fermò a una certa distanza. Il calore si alzava a ondate dall'asfalto e aveva putrefatto il contenuto del bidone della spazzatura, che puzzava in modo atroce. Levi si appoggiò al furgone e aspettò.

Il ragazzo uscì dalla stazione di servizio con un Gatorade sottobraccio, diretto al suo veicolo, ma restò di sasso quando lo vide. Da come lo sguardo saettava da destra a sinistra, Levi pensò che volesse darsela a gambe.

«Perché sei così nervoso?», gli chiese. «Voglio solo farti qualche domanda».

«Su cosa?», chiese Cutter sospettoso. Non aveva una bella cera. Appariva stanco e trasandato. Un po' lo capiva.

«Sugli omicidi alla fattoria dei Doyle», rispose Levi, osservandolo con attenzione.

Il ragazzo abbassò le spalle. «Sì, ho saputo. Davvero triste», disse. «Hanno già trovato Ethan e la ragazzina?»

«Quindi conosci Ethan Doyle?», chiese Levi.

«Be', certo», rispose lui, bevendo un sorso dalla bottiglia di Gatorade. «Andiamo a scuola insieme».

«Quand'è stata l'ultima volta che l'hai visto?», domandò Levi, massaggiandosi il collo. Quando ritrasse la mano era bagnata di sudore.

Cutter guardò in alto. «Mmm, parecchio tempo fa. Ci siamo messi nei pasticci all'inizio dell'estate per aver litigato...».

«Tra di voi?», lo interruppe Levi.

«No, io e lui insieme. Ci siamo imbattuti in un gruppo di cazzoni e c'è stata una rissa. Niente di che». Scosse la testa con rimpianto. «I nostri genitori ci hanno proibito di frequentarci». O stava mentendo lui o aveva mentito Josie Doyle. Ma non gli veniva in mente un solo motivo per cui la bambina avrebbe dovuto mentire sul fatto di aver visto Brock Cutter il giorno in cui erano stati assassinati i suoi genitori.

Decise di vedere fin dove si sarebbe spinto con quella bugia.

«Ma ti ho fermato nei pressi di casa sua ieri notte. Cosa stavi combinando?», gli chiese. «Sembrava avessi fretta».

«Gliel'ho detto, stavo tornando a casa ed ero in ritardo. Non volevo far arrabbiare mio padre», rispose Cutter sulla difensiva.

«Eri andato al cinema, giusto? Che film avevi visto?», domandò, mettendolo alla prova.

«*Scary Movie*», rispose il ragazzo. «Ci sono andato con mio cugino, Rick. Può chiamarlo».

Levi annuì. «Sì, lo farò. Allora, sai dove potrebbe essere finito Ethan?».

Cutter scosse la testa. «No. Come ho detto, non ci vediamo da parecchio. Ho saputo che era in punizione».

«Tirando a indovinare, dove diresti che è andato?», insisté Levi.

«Non lo so, gli piaceva pescare, forse al laghetto. Per un periodo è uscito con Kara Turner. Magari è da lei», rispose Cutter, finendo il Gatorade. «Non mi viene in mente altro».

«Okay», disse Levi, decidendo di lasciarlo stare per il momento. L'avrebbe chiamato alla stazione per un interrogatorio formale l'indomani e allora lo avrebbe torchiato per bene. Nel frattempo, decise di chiudere un occhio e di limitarsi a seguirlo. Magari lo avrebbe portato dritto da Ethan Doyle. «Se ti viene in mente qualcos'altro, chiamami, d'accordo?», disse con uno sguardo eloquente.

«Certamente», rispose Cutter, gettando la bottiglia vuota nella spazzatura. «Spero che lo troviate».

«Anch'io», disse Levi mentre il ragazzo si allontanava. "Sta mentendo", pensò. "Ma perché? Per proteggere Ethan Doyle o sé stesso?"

A cinquecento chilometri di distanza, non lontano da Leroy, in Nebraska, l'agente Philip Loeb era diretto a ovest sulla Interstate 80. Aveva ricevuto un'allerta per un furgone Datsun argentato del 1990 e, per la miseria, ne aveva proprio uno nello specchietto retrovisore. Riguardava una brutta faccenda nello Iowa. Due morti, due scomparsi.

Chiaramente doveva guardarlo meglio, leggere la targa. Magari era un falso allarme. Di solito lo era.

Loeb rallentò sperando che il furgone lo sorpassasse per poter dare un'occhiata dentro, ma non appena aveva ridotto la velocità aveva decelerato anche l'altro. Diversi veicoli lo avevano sorpassato, ma il furgone argentato era rimasto indietro. Interessante.

Loeb non riusciva a vedere bene gli occupanti da quella distanza, ma di sicuro erano in due. Il suo battito accelerò. Doveva stargli dietro. Chiamò la centrale segnalando la sua posizione, ma la volante più vicina era a una sessantina di chilometri. Loeb non voleva aspettare così tanto per l'arrivo dei rinforzi, ma sapeva anche che erano in gioco le vite di due adolescenti.

Rallentò di nuovo, ma il furgone fece altrettanto, permettendo che parecchi veicoli si mettessero tra di loro. Lo stava sicuramente evitando.

Appena accostò a un lato della strada per farsi sorpassare, il furgone accelerò. Quando gli passò davanti rombando, Loeb scorse la passeggera: una giovane donna che lo fissava terrorizzata.

Si rimise in moto e cominciò a seguire il furgone, che viaggiava in eccesso di velocità a centotrenta chilometri all'ora.

«Dannazione», borbottò Loeb. Accese la sirena e i lampeggianti, ma dovette aspettare che diversi veicoli si togliessero di mezzo prima di poter partire all'inseguimento. Accelerò, l'ago rosso del tachimetro oscillava intorno ai centoquaranta.

Le macchine davanti si scostarono subito per lasciarlo passare finché rimase solo un veicolo tra lui e il furgone. Il ragazzo alla guida dell'automobile non rallentò né si fece da parte.

Loeb si spostò sulla corsia di sinistra per sorpassarlo, ma a quel punto si accorse dell'errore. Il ragazzo sterzò di colpo a destra, imboccando l'uscita per un pelo.

Loeb non poteva seguirlo subito e guardò impotente l'uscita che stava superando a gran velocità. Imprecando sottovoce, rallentò e appena possibile fece inversione a U.

Ma quando imboccò la rampa di uscita, il furgone argentato era sparito.

L'agente Santos stava al centro della cameretta di Becky Allen e cercava di entrare nella testa di una tredicenne. La stanza era in disordine, con il letto sfatto e i vestiti gettati per terra. Attaccati ai pannelli di legno delle pareti c'erano poster di Christina Aguilera, Mandy Moore e dei Backstreet Boys.

Aveva guardato nei suoi cassetti, sotto il letto, nell'armadio, in tutti i posti ovvi, ma non aveva trovato niente di interessante. Uno zaino nuovo che aveva ancora la targhetta del prezzo stava in un angolo accanto a due buste di Walmart piene di articoli scolastici: quaderni, cartelline, raccoglitori, evidenziatori, penne e matite.

Da quel che vedeva, Becky amava la musica pop, leggeva libri della serie "Piccoli Brividi" e "Il club delle Babysitter" e, a giudicare dagli incarti accartocciati sotto il letto, aveva un debole per i lecca lecca alla mela caramellata. Niente suggeriva che Becky avesse una vita segreta. Eppure, era scomparsa con un sedicenne. La domanda era: l'aveva fatto volontariamente?

Santos si sedette sul bordo del letto e sollevò da terra una delle buste Walmart. Dentro c'erano quaderni di vari colori e un pacchetto di evidenziatori a punta fine già aperto. Tirò fuori i quaderni. Ne aprì uno e vide che Becky aveva scritto il suo nome sulla copertina interna con una grafia chiara e tondeggiante. Sfogliò le pagine vuote finché un lampo di colore attirò la sua attenzione.

Esaminò la pagina piena di scarabocchi di fiori, cuori, stelle e lettere a caso. Nel miscuglio di colori, notò una serie di lettere tracciate con inchiostro blu. BJA+ED. Becky Jean Allen. Ethan Doyle.

Forse Becky era fuggita volontariamente con Ethan. Amore giovane e ribelle? Un'altra coppia stile Bonnie e Clyde o Charles Starkweather e Caril Fugate? Amanti maledetti che si lasciavano dietro una scia di morti. Doveva fare altre domande a Margo e Kevin Allen.

Di malavoglia, tornò in cucina con il quaderno. Margo era china con i gomiti sul tavolo, la testa fra le mani, mentre Kevin parlava al telefono, la voce rotta dall'emozione.

Interruppe la chiamata e, asciugandosi gli occhi, disse: «Mia sorella. Le stavo raccontando quel che succede».

«Dobbiamo tenere le linee libere», lo rimproverò Margo. «Potrebbe chiamare Becky».

Kevin fece per ribattere, ma Santos lo interruppe alzando il quaderno di Becky. Lo aprì alla pagina degli scarabocchi e lo mise sul tavolo davanti a Margo. Kevin sbirciò da sopra le sue spalle.

«Cos'è?», chiese. «Sono solo disegnini».

L'agente indicò le iniziali. «BJA+ED. Becky e Ethan avevano una relazione?», chiese.

«Una relazione?», ripeté Margo indignata. «Non ha nemmeno tredici anni! Le tredicenni non hanno relazioni. Hanno delle cotte».

«Scusate, ma devo chiedervelo», ribatté Santos. «C'è qualche possibilità che Ethan Doyle ricambiasse? Che provasse gli stessi sentimenti per Becky?»

«Ethan Doyle quanto ha? Sedici anni?», chiese Kevin con disgusto. «Quale sedicenne vorrebbe uscire con una ragazzina che deve fare ancora la terza media?»

«No», disse Margo con voce tremante. «Un normale ragazzo di sedici anni no. Sta insinuando che Ethan Doyle abbia fatto una cosa del genere? Che abbia ucciso i suoi genitori e rapito Becky?»

«Non sto dicendo niente di tutto questo», mise in chiaro Santos. «Ma dobbiamo prendere in considerazione tutte le ipotesi. Tutte le possibilità. Devo sapere se siete a conoscenza di qualsiasi rapporto… o legame tra Becky e Ethan, a parte il fatto che il ragazzo fosse il fratello della sua migliore amica».

«No, non sappiamo niente», rispose subito Kevin, ma Santos guardava Margo. La sua espressione era cambiata.

«Signora Allen?», la sollecitò, ma prima che la donna potesse rispondere, entrò un vice e la prese da parte.

«Che c'è?», chiese Margo preoccupata. «Che succede?»

«Devo uscire un attimo», rispose Santos. «Torno subito».

«Che cosa è successo?», urlò Margo. «L'hanno trovata?

Oh, mio Dio. Vi prego, non ce la faccio più. Dovete dirmelo». Kevin si accovacciò accanto a lei e la abbracciò. Stavolta lei non lo scacciò.

«Vi prometto che appena avrò delle informazioni certe vi aggiornerò», disse Santos. «Molte soffiate che arrivano sono irrilevanti. È il nostro lavoro filtrarle. So che è dura, ma cercate di avere pazienza. Vi terrò informati, promesso».

Uscì seguita dal pianto irrefrenabile di Margo Allen e chiamò Randolph.

«Che succede?». Si guardò attorno per essere sicura che non la sentisse nessuno.

«Ho appena saputo che un furgone corrispondente alla descrizione del mezzo di Ethan Doyle è stato avvistato diretto a ovest sulla Interstate 80 in Nebraska», disse Randolph. «Aspetto ancora conferma».

«Bene», disse Santos. «Devo solo fare qualche altra domanda agli Allen e poi vado alla chiesa».

«Potrebbe essere lui», disse Randolph.

«Sì, potrebbe», mormorò Santos. «A presto». Individuare il furgone era un gran passo avanti, ma la vera svolta era scoprire chi c'era all'interno.

Nella migliore delle ipotesi, avrebbero salvato Ethan Doyle e Becky Allen e arrestato l'assassino. Pregò che nessuno dei due avesse a che fare con gli omicidi. Josie Doyle e le due famiglie avevano bisogno di un lieto fine. Ma sapeva che crimini così orrendi si lasciavano dietro ben più di una carneficina. A prescindere da chi avrebbero trovato nel furgone, i Doyle e gli Allen non sarebbero stati più gli stessi.

Ventisei

La bambina sbirciò fuori e vide gli alberi che oscillavano al vento, perdendo le foglie rosse, dorate e gialle dai rami. Rotolavano sull'erba, rincorrendosi fino a quietarsi in mucchi colorati davanti alla finestra.

Nella stanza si gelava e lei si sentiva irrequieta. Non c'era niente in televisione ed era stanca di disegnare. Guardò la scatola di libri accanto al letto. Non li aveva toccati dal giorno in cui li aveva portati suo padre. Era ancora arrabbiata che non le avesse regalato un cane come promesso. Ma si stava annoiando e persino una scatola di vecchi libri era meglio che guardar fuori dalla finestra.

La puzza di muffa si alzò di nuovo quando la aprì. Anche se non voleva ammetterlo, sentiva le farfalle nello stomaco. Amava i libri. Le piaceva fuggire nelle storie e nelle immagini e lì c'era un'intera scatola piena di libri che non aveva mai visto prima. Un po' del gelo che provava nei confronti di suo padre si sciolse.

«Abbiamo quasi finito le provviste», disse sua madre.

La bambina continuò a passare in rassegna i volumi. C'erano alcuni libri illustrati. Un disegno mostrava un uomo con un ombrello per coprirsi la testa dal cibo che cadeva dal cielo e un altro due ippopotami di nome George e Martha.

«Tutto qua», continuò suo madre. «Non ci è rimasto altro. Questo e un po' di burro d'arachidi».

La bambina alzò lo sguardo dal libro che mostrava un piccolo discolo con un pastello viola in mano. Sua madre soppesava un barattolo di zuppa e una confezione di cracker.

«Ne porterà altre», disse la bambina. Non era preoccupata. Suo padre tornava sempre con la spesa. Spesso erano cose che non le piacevano, ma non restavano mai digiune.

Per cena mangiarono la zuppa. Sua madre aprì il barattolo con l'apriscatole, la versò in una scodella di vetro e aggiunse l'acqua. Le lasciò persino premere il pulsante del microonde per riscaldarla. «Meglio tenere i cracker per dopo», suggerì.

Dopo cena, la bambina tornò alla sua scatola di libri.

La mattina dopo, per colazione, consumarono tre cracker a testa. A pranzo ne mangiarono altri due con il burro d'arachidi. E il padre ancora non si era fatto vivo.

«Forse stavolta non tornerà», disse la bambina e bevve un altro sorso d'acqua. Sua madre diceva che l'avrebbe aiutata a riempire lo stomaco.

«Tornerà», disse lei, ma la bambina avvertì la preoccupazione nella sua voce. «Non può lasciarci qui».

Per cena la bambina mangiò due cracker con il burro d'arachidi e sua madre solo uno. Il barattolo del burro era vuoto. Bevvero altra acqua. Quella notte la bambina ebbe difficoltà a dormire. Le brontolava lo stomaco e continuava a pensare ai due cracker rimasti. Cosa avrebbero fatto quando sarebbero finiti anche quelli? E se suo padre non fosse tornato? Sarebbero morte di fame.

Scese dal letto, attenta a non svegliare sua madre, e andò a controllare i cracker. Erano al loro posto. Avrebbe voluto scartarli e mangiarli subito, ma non sarebbe stato giusto. Tornò a letto e cercò di dormire.

La mattina dopo, sua madre le diede entrambi i cracker. «Non ho fame», disse. La bambina non le credette, ma li mangiò lo stesso mordicchiandoli piano, per farli durare il più a lungo possibile. Passò l'ora del pranzo e così quella di cena. Suo padre non tornò.

La bambina era sempre più irritabile. Lo stomaco le gorgogliava dandole la nausea. «Ho fame», si lamentava. «Quando torna papà?».

«Non c'è più niente da mangiare», scattò sua madre. «È finito tutto. Non ci è rimasto niente».

«Perché non esci a comprare qualcosa?», rispose la bambina. Sua madre si chiuse in uno strano silenzio.

Fuori. Così lo chiamavano. «Non andare fuori», diceva sua madre, «perché papà si arrabbierà, non è sicuro».

Suo padre diceva: «Ci sono persone cattive, fuori. Ti porteranno via e non rivedrai mai più tua madre».

Perciò non uscivano mai. Stavano sempre nel seminterrato con il pavimento e i muri di cemento.

Ma sua madre la stupì, perché salì le scale e si fermò davanti alla porta chiusa. Allungò una mano, incerta, e girò la maniglia. Era chiusa a chiave. Tornò giù e rimase ferma al centro della stanza.

«Che cosa fai?», chiese la bambina, ma lei la scacciò.

Rimase lì a lungo e poi le disse di andare a cercare una penna. «Una penna?», ripeté la bambina, confusa.

«Portami una penna», le ordinò. Lei corse a prendere la sua scatola per disegnare, trovò quello che cercava e gliela portò. Sua madre girò la penna fino ad allentare la parte esterna in plastica. La gettò sul tavolo ed esaminò quello che restava: la punta e il tubicino pieno di inchiostro.

Salì di nuovo le scale. La bambina la seguì. Sua madre si accovacciò davanti alla porta e cominciò a premere la punta della penna.

«Che cosa fai?», domandò la bambina, ma lei la zittì e continuò a lavorare. Passarono minuti che parvero eterni, ma

d'un tratto si sentì uno scatto sommesso e la porta si aprì. Era stato tutto molto facile e veloce.

Sua madre le disse di stare ferma, ma lei non le diede ascolto. Uscirono insieme nel grande Fuori.

La bambina si meravigliò. La cucina aveva un grande frigorifero, un forno, un microonde e c'era una lavastoviglie come quelle che vedeva in televisione. C'era un tavolo rotondo con quattro sedie e una lunga fila di armadietti sopra un bancone lucido.

La bambina guardò la madre per avere una spiegazione. Perché dovevano restare nel seminterrato dove mangiavano su un tavolino di plastica, senza i fornelli e con un frigorifero più piccolo di lei?

Ma sua madre non stava guardando la cucina. Cominciò a camminare come in trance, attraversò la cucina e la sala da pranzo, dove c'era un altro tavolo con le sedie. Passò a un'altra stanza. In questa c'erano ben due divani e una poltrona coordinata, un televisore e un orologio a colonna che arrivava quasi al soffitto. Tutte le finestre erano coperte da pesanti tendaggi.

Sua madre non si soffermò a guardare nemmeno queste meraviglie. Era concentrata su una grande porta sormontata da tre finestrelle quadrate. Dai vetri filtrava una luce intensa e si fermarono per un momento sotto i raggi del sole, sentendone il calore sulla pelle.

Sua madre afferrò la maniglia, ma la porta rifiutò di aprirsi. Armeggiò con la serratura di ottone e la girò verso destra. Provò di nuovo il pomello e stavolta la porta si aprì cigolando.

Era come guardare un libro illustrato. C'erano così tanti colori, odori e immagini che la bambina non aveva mai visto prima che per un momento rimase stordita. Senza pensare, uscì sui gradini di cemento. L'aria era fresca, ma faceva più caldo che nel seminterrato. Il cielo era azzurro e il sole color del miele. Gli alberi erano coperti di foglie colorate come gemme preziose e tutt'intorno c'erano campi dorati fin dove si spingeva lo sguardo. C'era un viottolo che portava dalla casa a una strada che andava chissà dove. Alle montagne, all'oceano, al deserto… da qualche parte, lontano da lì.

Il mondo fuori era più silenzioso di quanto avesse immaginato. C'era il soffice fruscio delle spighe di granturco mosse dal vento, il ronzio ovattato delle cavallette e i gorgheggi e i canti delle rondini. Si chinò a raccogliere un fiore giallo, ma la madre la strattonò per un braccio.

La riportò in casa e chiuse la porta, chiudendo la serratura. «Non possiamo uscire», disse. Sembrava spaventata e respirava con l'affanno.

Tenendosi per mano, tornarono in cucina, attraverso il salotto e la sala da pranzo. «Ho tanta fame», disse la bambina, che moriva dalla voglia di rubare una banana dal bancone. Sua madre aprì un armadietto pieno di barattoli di zuppa e fagioli e mais in scatola. Ne aprì un altro che conteneva confezioni di cereali, cracker e biscotti.

«Non possiamo prendere troppo», disse, esaminando le scelte. «Se si accorge che manca qualcosa, saprà che siamo salite». Esitò, poi scelse due barattoli di zuppa e un'arancia e una mela dal frigorifero.

«Andiamo», disse. «Potrebbe tornare a casa da un momento all'altro». La bambina girò la maniglia della porta del seminterrato, ma sua madre non la seguì. Si era fermata davanti al telefono affisso al muro della cucina. Con le mani tremanti, sollevò il ricevitore, se lo portò all'orecchio e cominciò a comporre un numero.

La bambina voleva chiederle chi stesse chiamando. Non avevano un telefono al piano di sotto e li aveva visti solo in tivù, ma sua madre sembrava sapere quel che stava facendo.

Dal telefono giunse un trillo basso, poi una voce di donna. «Pronto?», disse. «Pronto?».

Una tristezza profonda le segnò il viso e riattaccò, senza dire nulla. Con la loro piccola scorta di cibo, tornarono nel seminterrato e sua madre si fermò a chiudere la serratura. Scesero le scale, poi lei si sedette sull'ultimo gradino e cominciò a piangere. La bambina si accoccolò ai suoi piedi.

Quando sua madre smise di piangere, si asciugò gli occhi e disse: «Non raccontare niente a tuo padre, d'accordo? Sarà il nostro piccolo segreto».

Alla bambina piaceva l'idea di condividere un segreto con lei, perciò annuì e agganciarono i mignoli per suggellare la promessa. Ma due domande le rimasero sulla punta della lingua, inespresse. Perché non erano mai uscite prima? E cosa impediva loro di rifarlo?

Ventisette

Oggi

Quindi la donna e il bambino scappavano da un uomo violento. Era logico. Il fatto che avesse affrontato la tormenta, il bisogno disperato di nascondersi, la paranoia. «La polizia può aiutarvi», disse Wylie. «Quando smetterà di nevicare, andremo dallo sceriffo».

«No», disse la donna, cambiando dolorosamente posizione. «Non capisci. Verrà a prenderci. Tu non lo conosci».

Vero. Non sapeva cosa avesse passato quella donna, che razza di uomo avesse sposato. Il suo ex, con tutti i suoi difetti, non era un violento. Solo un coglione testardo ed egocentrico.

Ma facendo ricerca per i suoi romanzi, si era imbattuta nei partner più possessivi e violenti. No, non sapeva cosa avesse subito quella donna, ma poteva capire.

«Perché non mi dici come ti chiami? O come si chiama lui?», chiese. «Così quando finisce di nevicare possiamo andare alla polizia e vi proteggerà».

«Non posso». La donna scosse la testa. «Non posso dire niente. Almeno finché non saremo lontano da qui».

«Dovrai pur fidarti di qualcuno, prima o poi», disse Wylie esasperata. «Perché non ti fidi di me?»

La donna si alzò. «Vieni», disse al figlio. «Ce ne andiamo».

Wylie rise, ma poi vide che parlava sul serio. «Ma dove

pensi di andare?», le chiese incredula. «Il tuo furgone è bruciato, sei ferita e pensi di trascinare un bambino piccolo nella tormenta? Non se ne parla».

«Non sono un bambino», disse il figlio con una voce sottile ma risoluta.

«Che cosa hai detto?», domandò Wylie.

«Shhh», fece la donna, con aria di rimprovero. «Non parlare».

«Sono una bambina», precisò alzando il tono e passandosi una mano sulla testa rasata.

Wylie era allibita. «Come ti chiami?», le chiese. La piccola sembrò sul punto di rispondere, ma la madre la azzittì.

«Non dirglielo», la ammonì, cominciando a piangere.

«Scusa», disse la bambina, appoggiandosi a lei. «Scusami».

«Capisci adesso?», chiese la donna. «Pensi che taglierei i capelli di mia figlia così solo perché voglio lasciare mio marito? Pensi che sia una semplice lotta per l'affidamento che è sfuggita di mano?». Aveva alzato la voce. «Se ci trova, ci ammazza». Fece una pausa, cercando di prendere fiato. «O peggio. Ci riporta a casa». Si alzò le maniche della felpa. I polsi erano cosparsi di cicatrici e croste.

Wylie rimase senza parole. A giudicare dalle ferite, sembrava che lui l'avesse legata più volte con delle corde, delle fascette o un paio di manette.

Chiaramente quella donna e sua figlia erano disperate e terrorizzate. Stavano scappando per salvarsi la vita. Chi era lei per costringerla a entrare nei dettagli?

Lì erano al sicuro. Anche se il marito sembrava davvero una persona pericolosa, non pensava che avrebbe fatto irruzione nella casa di un'estranea per riprendersi la moglie e la figlia. Non poteva essere folle a tal punto.

Decise di darle un po' di spazio. Lasciarla riposare. E,

quando fosse passata la bufera, le avrebbe fatte salire sulla Bronco e le avrebbe portate dritte nell'ufficio dello sceriffo.

In quanto alla bambina, il suo comportamento di prima le sembrava molto più sensato. E finalmente si stava aprendo. Cominciava a fidarsi di lei. Forse, anche se sua madre si ostinava a tenere nascosti i nomi e la provenienza, sarebbe stata la bambina a raccontare la loro storia.

Ventotto

Agosto 2000

Lo sceriffo Butler parcheggiò davanti all'abitazione degli Henley ed esaminò il giardino invaso da erbacce e la fatiscente gradinata d'ingresso. La facciata grigia della casa era scrostata e piena di bolle e aveva bisogno di una riverniciata. Salendo i gradini malmessi approdò al portico, il legno marcio gemette sotto i suoi piedi e bussò. Non ci fu risposta.

Aveva incontrato June Henley solo un paio di volte nel corso degli anni. Sapeva che veniva da una famiglia di agricoltori, ma alla morte del marito lei aveva venduto i terreni, parecchi anni prima. La ricordava come una donna amichevole e cordiale e non lo rallegrava il pensiero di doverla interrogare solo perché Josie e Becky erano passate dalla sua proprietà il giorno prima, ma andava fatto.

La coppia aveva avuto un solo figlio, Jackson, che da ragazzo era stato un bravo giocatore di football, si era arruolato nell'esercito dopo il diploma e aveva fatto un po' di anni da militare. Aveva prestato servizio l'ultima volta nella guerra del Golfo del '90.

Quando era stato congedato, era tornato a casa e aveva iniziato la sua attività di recupero e rivendita di attrezzi usati. Era allora che erano cominciati anche i suoi guai con la legge, dovuti perlopiù all'ubriachezza con l'aggiunta di qualche reato minore. Gli sembrava che avesse anche qualcosa di più serio sulla fedina penale, ma non riusciva a ricordare cosa.

Butler bussò di nuovo alla porta. Ancora nessuna risposta. Aveva fretta. Ogni minuto che passava era tempo sprecato nella ricerca dei ragazzi scomparsi e dell'assassino dei Doyle. Interrogare June e Jackson Henley era importante, ma nell'attesa poteva fare qualcosa di più utile. Avrebbe mandato un vice più tardi.

Risalì a bordo del veicolo e ripercorse lentamente il vialetto fino allo slargo dove poteva girare. Oltrepassò file di veicoli scassati e attrezzi agricoli ammucchiati come carcasse. Era una vista inquietante, pensò aggirando una montagna di pneumatici neri che arrostiva al sole.

La casa tornò di nuovo in vista e Butler notò un furgone bianco parcheggiato davanti. Frenò e socchiuse gli occhi contro il sole per osservare un uomo alto e brizzolato che aiutava una donna anziana a salire i gradini del portico.

June e Jackson Henley.

Quando aprì la porta d'ingresso, Jackson si voltò e scorse l'auto dello sceriffo ferma nel vialetto. Sgranò gli occhi preoccupato.

«Ehi, Jackson», fece Butler con aria disinvolta. «Mi chiedevo se tu e tua madre non poteste darmi una mano».

L'uomo non rispose e lo squadrò sospettoso.

«Sicuramente avete saputo cosa è successo alla fattoria dei Doyle ieri notte. Stiamo cercando di ricostruire la sequenza temporale dei movimenti di Josie Doyle e Becky Allen, e sappiamo che si sono fermate qui. Mi sareste di grande aiuto se mi raccontaste della visita. A che ora sono arrivate e di cosa avete parlato?»

«Io non ho fatto niente», disse Jackson mordendosi nervosamente le labbra. «Cercavano un cane. Non l'hanno trovato e sono andate via».

«È quello che ha detto Josie», confermò Butler. Voleva informarlo che la bambina era al sicuro ed era in grado di parlare. «Che ne dici di accompagnarmi e farmi vedere dove hanno cercato il cane?»

«Non sono obbligato a lasciarti entrare nella mia proprietà», disse Jackson avvicinandosi. «Non sono tenuto a parlare con te».

«Be', Jackson», commentò lo sceriffo. «Non credo che questa sia la tua proprietà. Se non sbaglio appartiene a tua madre».

«Lascia in pace mia madre. È malata», sbottò lui, dando un'occhiata alla casa. «Non disturbarla con questa storia».

«Temo di non avere scelta», disse Butler, con voce piena di rimorso. «Abbiamo due morti e due adolescenti scomparsi. Devo parlare con chiunque abbia visto uno dei Doyle e Becky Allen ieri». Gli rivolse un sorriso cordiale. «Che ne pensi? Facciamo un giro e parliamone».

Butler vide l'indecisione sulla faccia di Jackson, una perplessità che aveva notato almeno un centinaio di volte nelle persone che fermava: tornare al furgone e darsela a gambe o aspettare per vedere cosa voleva?

Ma Jackson non fece nessuna delle due cose. Lasciò il furgone dov'era e scappò a piedi. Lo sceriffo lo guardò correre dietro la casa, sollevando un polverone grigio. E in un batter d'occhio, Jackson Henley passò da testimone a sospettato.

Lo sceriffo provò un brivido di eccitazione. La gente scappava quando era colpevole o spaventata. Butler passò davanti al furgone di Henley e parcheggiò. Prese la ricetrasmittente e chiamò in centrale. Tra i crepitii e le solite interferenze, chiese di mandare rinforzi e di controllare la fedina penale di Jackson.

Sapeva di non avere ancora il potere legale per fare una

perquisizione, quindi doveva ottenere il permesso in altro modo.

Scese dall'auto in massima allerta. C'erano troppe incognite. Perché Jackson era scappato via così, dove si nascondeva, a quali armi da fuoco aveva accesso.

Con la mano sulla fondina, salì di nuovo i gradini fatiscenti del portico e bussò. June Henley andò ad aprire, con il suo cappellino rosa di traverso. Butler fu sorpreso di quanto apparisse fragile. Sembrava sul punto di crollare da un momento all'altro.

June gli rivolse un'occhiata stanca. «Immagino sia qui per parlare delle due ragazzine», disse. «Prego, entri pure».

A cinquecento chilometri di distanza, l'agente di polizia Philip Loeb era ancora alla ricerca del furgone argentato. Aveva imboccato l'uscita per McCool Junction, un piccolo villaggio a circa otto chilometri dall'Interstate 80. Altri agenti si erano uniti alla ricerca ed erano rimasti sull'autostrada, nel caso il furgone si rifacesse vivo lì. Ma Loeb aveva la sensazione che si fosse nascosto nel paesino. Percorse lentamente le stradine sonnacchiose in cerca del furgone. Ma c'erano solo pick-up e questo complicava le cose. Passò davanti a una scuola, una banca e un ristorante drive-in.

Uscì da McCool Junction sulla Road 4, prese la superstrada ed entrò nel primo parcheggio. Ed eccolo lì. Il furgone argentato con i due passeggeri, seduti lì tranquilli. Loeb trasmise la sua posizione, sfoderò la pistola e scese con cautela dall'auto, usandola come copertura.

La targa era stata tolta e questo era un altro segnale d'allarme. Era quello giusto, se lo sentiva. «Mani sul volante», gridò. «Mani sul cruscotto!». Si aspettava che partisse sgommando, invece rimase dov'era.

Nel giro di pochi minuti, arrivarono altre pattuglie e tre

vice del dipartimento dello sceriffo di York County. Usando i veicoli come barricata, circondarono il furgone. Non aveva vie di fuga. Gli agenti scesero dalle auto con le armi in pugno.

«Apri subito», urlò Loeb all'autista. La portiera si spalancò. «Fammi vedere le mani, fammi vedere le mani!». Apparvero due mani tremanti. «Scendi lentamente dal veicolo», ordinò Loeb. Una scarpa sportiva e poi un'altra toccarono l'asfalto, e apparve un ragazzo.

Era alto e dinoccolato, con gli occhi sgranati e colmi di terrore.

«Mi scusi», balbettò. «Mi scusi».

«A terra», urlò un altro poliziotto e il ragazzo si sdraiò sull'asfalto, con le braccia tese. Gli agenti gli saltarono addosso, puntandogli la pistola alla testa e tirandogli i polsi dietro la schiena.

Loeb rivolse l'attenzione al passeggero. «Apri, mani in alto!». Una ragazza minuta scese dal furgone con le mani sopra la testa.

«Sei ferita?», domandò Loeb. «Ti ha fatto male?». La ragazza scosse la testa, piangendo.

«Becky Allen?», chiese l'agente. «Sei Becky Allen?».

Lei lo guardò confusa. «No. Mi chiamo Christina».

Lo sceriffo Butler si tolse il cappello entrando nel salotto di June Henley. La stanza era fresca e profumava di eucalipto, i pesanti tendaggi tenevano fuori il caldo opprimente. L'arredo era essenziale, tutto era pulito e ordinato. Un tavolino era pieno di bottigliette di pillole, ben allineate accanto a un bicchier d'acqua. In un angolo c'era il televisore che trasmetteva una telenovela. «Sissignora», disse. «Sono qui per le due ragazze».

June sistemò l'esile figura su una poltroncina imbottita e

rivestita con un tessuto a fiori sbiadito. Butler si sedette di fronte a lei, su un divanetto con la stessa tappezzeria.

«Mi hanno riferito che Josie Doyle e Becky Allen sono state qui ieri», disse, andando dritto al punto.

«È vero», rispose June. «Ho parlato con loro verso le sette. Cercavano un cane. Ho detto che potevano andare a cercarlo nella proprietà». Prese una bottiglietta di pillole dal tavolo e tentò di aprire il coperchio.

Lo sceriffo tese una mano e la donna gli porse la bottiglietta. «Quanto si sono trattenute qui?», chiese, girando il coperchio.

«Non molto», rispose June. «Grazie», disse quando Butler le restituì la bottiglietta aperta. «Venti minuti? Forse meno. Mi hanno salutata e se ne sono andate».

«Sa se suo figlio ha interagito con le ragazze?», domandò lo sceriffo.

June lasciò cadere due pillole nel palmo, se le mise in bocca e bevve un sorso dal bicchiere accanto a lei. «Non che io sappia», disse dopo aver deglutito. «Non me ne ha parlato».

«Le viene in mente qualche motivo per cui Jackson sia scappato quando mi ha visto?»

«Che cosa intende?», chiese June con diffidenza.

«Mi ha visto dopo averla accompagnata alla porta e se l'è data a gambe. Mi chiedo perché l'abbia fatto».

June fugò le sue preoccupazioni. «L'ultima volta che ha parlato con uno di voi è stato arrestato. Non posso biasimarlo di essere un po' diffidente».

All'improvviso lo sceriffo ricordò l'incidente di cui stava parlando. Circa sei mesi prima, Jackson era stato preso perché una donna di Burden aveva chiamato dicendo che un uomo era entrato in casa sua più sbronzo di una spugna e aveva cercato di mettersi sotto le coperte con lei.

Jackson aveva passato qualche notte in gattabuia ed era stato dichiarato colpevole di ubriachezza molesta e violazione di domicilio.

«Chi guidava il furgone con cui siete tornati a casa oggi?», chiese lo sceriffo.

June socchiuse gli occhi. «Io», dichiarò con fermezza. «Jackson mi accompagna alle sedute di chemioterapia, ma guido io».

Lo sceriffo annuì, ma aveva i suoi dubbi. Jackson aveva perso la patente perché beveva troppo, ma probabilmente guidava ancora quando ne aveva l'occasione.

«Le dispiace se do un'occhiata nella proprietà?», chiese. «Sa che non abbiamo tempo da perdere. Dobbiamo trovare quei ragazzi».

«Allora fareste meglio a non perdere tempo cercando qui», rispose bruscamente la donna. Si alzò dalla poltroncina. «Le ho detto che le ragazze cercavano un cane. Hanno guardato un po' in giro e se ne sono andate. Non sappiamo altro».

Quando June arrivò alla porta, era già senza fiato. Butler la seguì. «Signora Henley, lo sa che dobbiamo fare tutto il necessario per trovarli. Può riferire a Jackson che devo parlare con lui?».

June aprì la bocca per protestare, ma Butler alzò un dito. «Voglio solo parlare. So che suo figlio è nervoso in presenza delle forze dell'ordine e non ho nessun motivo di credere che sappia quello che è successo a Becky Allen dopo che ha lasciato la vostra proprietà. Ma le ragazze sono state qui e devo parlare con tutti quelli che sono entrati in contatto con loro. Lo capisce, vero?».

June premette le labbra sottili e annuì. «Gli riferirò che vuole parlare con lui, ma non potrà dirvi più di quanto non vi abbia già detto io».

Butler lasciò la frescura della casa e tornò nel caldo torrido e opprimente. Aveva commesso un errore mettendo June Henley sulla difensiva. Ma intendeva tornare, e se Jackson rifiutava di parlargli sarebbe venuto con un mandato di perquisizione. Forse così avrebbe ottenuto qualche risposta.

Ventinove

Alla fine il padre arrivò, anche se ci vollero altri tre giorni. Entrò con un cartoccio di pollo e una busta di plastica piena di confezioni di purè, mais, insalata di cavolo e salsa.

La bambina era affamata e l'odore di cibo le fece girare la testa. Guardò la madre per vedere se andava bene correre incontro a suo padre, ma la sua espressione era severa. Infuriata. Così rimase ferma. Sua madre si alzò tremando e gli si piantò davanti con le mani sui fianchi. «Ci hai abbandonate», disse. «Senza niente da mangiare. Siamo digiune da tre giorni».

«Be', adesso avete da mangiare». La ignorò e mise le buste sul tavolo.

Sua madre lo seguì. «Non puoi comportarti così», disse afferrandogli un braccio. «Non puoi lasciarci digiune». Suo padre si voltò e la guardò storto. Lei gli lasciò il braccio ma resse lo sguardo.

Il colpo arrivò senza avvertimento. Il pugno al plesso solare le strappò l'aria dai polmoni. Piegò le gambe e cadde in ginocchio, boccheggiando. La bambina fece per andare da lei, ma si fermò quando suo padre alzò un dito.

«Siediti», ordinò, indicando la sedia. La bambina obbedì. Sua madre rimase in ginocchio, ancora senza fiato. Suo padre prese due piatti da un armadietto e le posate da un cassetto. Sollevò il coperchio dai contenitori e cominciò a riempire i piatti. Pollo fritto croccante, mucchietti di patate e mais, densa salsa marrone.

«Mangia», ordinò e si sedette di fronte a lei.

La bambina lanciò un'occhiata a sua madre, che era raggomitolata per terra. «Non guardarla», disse suo padre con la bocca piena. «Mangia».

Lei prese un pezzo di pollo e diede un morso. Anche se era freddo, era delizioso. Si sentiva male perché mangiava davanti a sua madre, ma non riuscì a fermarsi. Il padre, di fronte a lei, si abbuffava con entusiasmo esagerato. «Buonissimo», disse, con la bocca piena di purè di patate. Dopo aver spolpato un osso di pollo, lo gettò per terra accanto a sua madre.

La bambina lo odiò, ma continuò a mangiare. Pulì il piatto, finendo persino l'insalata di cavolo, che aveva sempre trovato amara. Si sentiva piena, ma non riusciva a fermarsi. Mangiò due biscotti e non si lamentò quando suo padre glielo riempì di nuovo. Mentre lui non guardava, nascose qualche boccone in grembo, sotto il tavolo. Alla fine, posò la forchetta e un senso di vergogna, caldo e amaro, le riempì la gola. Aveva le dita unte di grasso e briciole oleose sulla maglietta.

Suo padre rise. «Buono, vero?».

Era la sola cosa che potesse fare per non vomitare. Sua madre era rannicchiata per terra, impaurita, debole per la fame, e lei aveva mangiato senza di lei. Si sentiva sleale, cattiva.

Suo padre si alzò da tavola e cominciò a sparecchiare. Invece di conservare gli avanzi nel piccolo frigorifero, li gettò sprezzante nella pattumiera.

«Come si dice, scricciolo?», le chiese.

«Grazie», rispose la bambina con un fil di voce.

Lui si fermò davanti a sua madre e la fissò con disgusto. Lei si preparò a ricevere altre botte. La bambina non osava muoversi per timore di far cadere il cibo che aveva nascosto in grembo. «Gratitudine», disse il padre, pronunciando lentamente ogni sillaba. «Ogni tanto mi farebbe piacere riceverne». Aspettò, ma sua madre rimase raggomitolata sul pavimento. Lui tirò indietro un piede come per darle un calcio e la bambina gemette. Ma la toccò semplicemente con la punta della scarpa. «Come si dice?», le chiese, come se parlasse a una bambina.

«Grazie», disse sua madre, ma non sembrava per niente grata. Quella parola aveva qualcosa di nuovo. Una vena d'acciaio del tutto inedita.

«Prego», disse il padre e la scavalcò. La bambina trattenne il fiato finché non lo vide salire le scale e uscire dalla porta.

Aspettò ancora qualche istante, poi raccolse i bocconi che aveva nascosto in grembo e li mise sul tavolo. Andò da sua madre. «Scusa», le bisbigliò nell'orecchio. «Non avrei dovuto mangiare senza di te».

Lei le sorrise. «Tranquilla. Sono contenta che tu abbia mangiato».

«Ti ho messo da parte qualcosa», disse la bambina. «Vuoi che te la porti?».

Sua madre scosse la testa, tenendo le braccia intorno alla pancia, come per proteggerla. «Penso che resterò sdraiata qui ancora qualche minuto», disse con voce tesa per il dolore. La bambina andò a prendere un cuscino dal letto e glielo mise sotto la testa.

Aveva lo stomaco in subbuglio. Sentiva nausea, ma non voleva vomitare. Non voleva mai più provare quella fame feroce. Andò alla pattumiera e cominciò a tirare fuori i contenitori di cibo. Con un cucchiaio raccolse gli avanzi su un piatto, anche se erano pochi.

Quando finì, c'era una magra porzione di pollo, purè, insalata di cavolo e biscotti. Portò il piatto alla madre e si sedette per terra accanto a lei. «Tieni, mamma, devi mangiare».

Lei scosse la testa. «No, finiscilo tu».

«Ho già mangiato», insisté la bambina. «Sono piena. Ti prego, mangia».

Con una smorfia di dolore, sua madre si tirò su dal pavimento di cemento e si sedette a gambe incrociate, con le spalle contro il muro freddo. La bambina le mise il piatto in mano. «Almeno un boccone», la esortò. Sua madre si portò la forchetta alle labbra e, con la faccia bagnata di lacrime, cominciò a mangiare.

Trenta

Agosto 2000

Alle quattro del pomeriggio, l'agente Santos si fermò nel parcheggio della chiesa di St. Mary. Molti posti insoliti erano stati adibiti a centro di comando nel corso degli anni, ma una chiesa era una novità.

Santos varcò il portone e, appena entrata, sentì il familiare profumo di chiesa della sua infanzia. L'odore boschivo e dolce di incenso e mirra permeava il tappeto rosso e le mura di pietra.

Invece di attraversare la navata, Santos prese la rampa che portava nel seminterrato. Nell'arco di un paio d'ore, Randolph era riuscito a mettere su una postazione di comando di tutto rispetto: computer, stampanti, telefoni, radio e mappe del luogo.

Lo sceriffo Butler e diversi vice erano seduti sulle sedie pieghevoli a un tavolo che era stato allestito davanti a una lavagna. L'agente Randolph era lì con un pennarello in mano a buttare giù appunti con la sua grafia curata.

«Che cosa abbiamo?», chiese Santos, prendendo una sedia. «Come è andato a finire l'avvistamento in Nebraska?»

«Un buco nell'acqua», rispose Randolph, scuotendo la testa. «Due adolescenti. Lui ruba il furgone dei genitori per portare la ragazza a Lincoln. È andato nel panico quando ha visto la polizia ed è scappato. Non ci sono stati altri avvistamenti», aggiunse.

«Va bene. Che altro abbiamo?», domandò Santos.

Un vice di nome Foster prese la parola. «Le verifiche su Kevin e Margo Allen non hanno dato nulla di sospetto. La madre era a casa con i due figli più piccoli durante gli omicidi e il padre era dalla sua nuova compagna. La donna ha confermato l'alibi».

«Nessuna contesa per l'affidamento dopo il divorzio?», domandò Randolph.

Foster scosse la testa.

«Entrambi sembrano sinceramente sconvolti», concordò Santos. «E si sono mostrati molto collaborativi. Che altro?»

«Abbiamo stilato una lista dei pregiudicati del posto e due vice li stanno cercando», rispose Randolph. «Abbiamo anche diversi agenti che stanno interrogando porta a porta i vicini dei Doyle per vedere se hanno sentito o visto qualcosa».

«E lei che mi dice, sceriffo?», chiese Santos.

Lo sceriffo descrisse il colloquio con June Henley e il curioso comportamento di Jackson. «Penso che valga la pena approfondire, ma Jackson Henley è solo un alcolizzato e ha qualche problema. Non credo possa diventare violento e, a quanto ne so, non aveva nessun conto in sospeso con i Doyle».

«Questo ci riporta ai due adolescenti scomparsi», disse Santos. «Che cosa sappiamo di Ethan Doyle? Che rapporto aveva con i genitori?»

«Non abbiamo mai ricevuto chiamate per violenza domestica da parte loro», rispose Butler. «Ma Ethan è stato fermato dalla polizia per una rissa con altri ragazzi».

«E c'è quella telefonata di Kurt Turner perché non lasciava in pace la figlia», aggiunse Foster.

«Sì, è vero», concordò Butler. «Era arrabbiato perché Ethan non stava lontano dalla figlia. Continuava a telefonarle e a presentarsi a casa loro. Abbiamo mandato un vice per avvisare il ragazzo di stare alla larga. Ma non è stata presentata nessuna accusa a suo carico».

Santos riferì quello che aveva trovato nella cameretta di Becky. «Forse è solo una cotta adolescenziale, ma Becky provava dei sentimenti per Ethan. E se fossero fuggiti insieme?»

«Josie Doyle non ha ancora detto nulla al riguardo», disse lo sceriffo Butler. «È ancora in ospedale per i controlli. Ma a quanto ci ha raccontato sulla scena del crimine, l'amica era spaventata quanto lei. Stavano scappando entrambe verso il campo di granturco quando si sono separate».

Sentirono dei passi e si voltarono a guardare il vice Levi Robbins che era appena entrato. «Scusate il ritardo», mormorò prendendo una sedia.

«Quindi forse Ethan Doyle aveva litigato con i genitori», suggerì Randolph. «Li ha uccisi, ha sparato alla sorella e poi ha assassinato anche la piccola Allen o l'ha portata con sé».

«È uno scenario spaventoso, ma sembra plausibile», commentò lo sceriffo. «Cosa hai scoperto sul giovane Cutter?», domandò al vice.

Levi scosse la testa. «Dobbiamo prenderlo e sottoporlo a un interrogatorio formale». Raccontò di averlo fermato non lontano dalla fattoria dei Doyle intorno all'una di notte.

«Ha detto di essere andato al cinema con suo cugino», disse. «Ho rintracciato il cugino e in un primo momento ha confermato la storia, ma quando l'ho incalzato per sapere i dettagli è crollato. Ha ammesso di non aver visto Brock la sera prima. Quel ragazzo ha mentito».

«Forse sta proteggendo il suo amico», suggerì lo sceriffo, strofinandosi stancamente gli occhi.

«Non voglio escludere altre piste», disse Santos, allontanando la sedia dal tavolo. «Ma sembra che Ethan Doyle sia in cima alla lista dei sospettati. Levi, tenga d'occhio Brock Cutter, vediamo se ci porta da qualche parte». Poi si rivolse allo sceriffo Butler. «Dobbiamo aggiornarci su Jackson Henley, ma nel frattempo vorrei parlare con Josie Doyle. Magari ha qualcosa di nuovo da aggiungere».

La porta si aprì ed entrò la dottoressa Lopez insieme allo sceriffo Butler e a due estranei.

«Josie», disse la dottoressa. «Come stai?»

«Meglio», rispose la bambina, guardando dubbiosa l'uomo e la donna che erano insieme allo sceriffo.

«Il braccio ti farà male per un po'. Ti daremo degli antidolorifici e dovrai tenere asciutta la ferita. Ma la buona notizia e che non devi passare la notte qui. Puoi andare a casa con tua nonna».

Josie guardò la nonna, stupefatta. Tornavano già a casa sua? Non era sicura di farcela. Pensò alla sua cameretta e a tutte le sue cose. Il suo walkman e i suoi amati CD. Le sue medaglie e la collezione di animaletti di vetro sul davanzale. Un'immagine di suo padre disteso per terra, senza più la faccia, le balenò dietro le palpebre. Guardò la nonna, affranta.

Caroline le diede delle pacche sulle mani, come se le avesse letto nel pensiero. «Vieni a casa nostra», disse.

Josie annuì. Ovvio che non sarebbe tornata a casa sua. I suoi genitori erano morti. Lei e Ethan non potevano vivere lì da soli. Erano orfani.

Lo sceriffo si schiarì la gola e si tolse il cappello marrone. Guardò la bambina da sopra il naso aquilino. «Josie, mi fa piacere vedere che stai meglio», disse. «Qui con me ci sono l'agente Santos e l'agente Randolph del dipartimento investigativo di Des Moines. Stanno indagando su... quello che è successo a casa tua ieri. Vorrebbero parlarti per qualche minuto».

Non le sembravano poliziotti. Non erano in divisa. La donna indossava pantaloni neri e una giacca.

Josie guardò la nonna, che annuì in segno di approvazione. «Va bene», disse, raddrizzandosi sul letto d'ospedale.

La dottoressa Lopez si congedò e l'agente Santos prese una sedia e si sedette accanto al letto, così vicino che Josie sentì l'odore dell'olio usato per pulire la pistola. Lo sceriffo Butler e l'altro agente rimasero a guardare, con le spalle al muro. Caroline non lasciò il capezzale della nipote.

«So che ne hai passate tante, Josie», disse con gentilezza l'agente Santos. «E non saremmo qui se non fosse importante. Voglio solo farti qualche domanda, va bene?».

Josie annuì.

«Parlami di tuo fratello», disse.

«Ethan?», chiese lei, sorpresa. «Sapete dov'è?»

«No, purtroppo no», rispose l'agente Santos, sistemandosi una ciocca dietro l'orecchio. «Per questo ci serve il tuo aiuto».

«E cosa posso fare?», chiese Josie, stupita. «Io non so dov'è. Forse si è spaventato e si è nascosto come ho fatto io. Nonna ha detto che lo stanno cercando nei campi».

«Sì, sì, è vero», confermò l'agente Santos. «Abbiamo mandato delle squadre di ricerca, ma vogliamo essere sicuri che non dimentichino di guardare nei posti più probabili. Dov'è che gli piaceva andare?»

«Non saprei». Josie fece spallucce. «Passa un sacco di tempo in camera sua».

«C'è qualche altro posto?», chiese l'agente Randolph dalla sua posizione accanto alla porta. «La casa di un amico? O di un'amica magari?»

«Ethan non ce l'ha la ragazza», replicò subito Josie, tralasciando Kara Turner. Non era andata a finire bene.

«Sappiamo di Kara», disse Santos e Josie arrossì per essere stata beccata a mentire. «Dove passa il tempo Ethan di solito?»

«Gli piace andare a pesca nel laghetto del nonno e al torrente», rispose Josie. «Ci va quasi tutti i giorni». L'agente Santos prese appunti sul quadernetto che aveva tirato fuori dalla tasca. «Da solo o con qualche amico?»

«Cutter», rispose Josie. «Esce con lui qualche volta».

«Ethan e Brock sono buoni amici?», domandò l'agente Santos.

«Più o meno», disse Josie. «Mamma e papà non vogliono che lo frequenti. È uno scavezzacollo».

«In che senso?», chiese la poliziotta.

Josie fece spallucce. «Marina la scuola e beve tanto», spiegò. «È anche un po' inquietante».

«Perché, cosa ti inquieta in lui?».

Josie si mordicchiò l'unghia del pollice. Come aveva guardato Becky, come l'aveva toccata. Ma era difficile esprimerlo a parole. «Continuava a infastidire la mia amica, voleva starle vicino. A lei non piaceva».

«Te l'ha detto lei?», chiese Santos.

«Non proprio. Ma l'ho capito», rispose Josie.

«Ho saputo che Becky aveva una cotta per Ethan», incalzò l'agente.

«No», rispose d'impulso Josie. «Non penso. Non me ne ha mai parlato».

«Stai andando benissimo, Josie», la rassicurò Santos. «Voglio solo farti qualche altra domanda. Ti viene in mente qualcuno che potesse avercela con i tuoi genitori? Qualcuno li ha minacciati?».

Il suo primo pensiero fu no. Tutti volevano bene a sua madre e suo padre. Non aveva mai sentito una parola ingiuriosa lasciare la bocca di sua madre, e suo padre faceva sorridere tutti con la sua gentile ironia. Lo sguardo diretto dell'agente Santos la metteva sulle spine.

Le veniva in mente solo una persona arrabbiata con i suoi genitori, ma non osò pronunciare il nome di Ethan.

«A mio papà non piace il padre di Brock Cutter», disse di punto in bianco.

«A causa dei pasticci in cui si sono messi Brock e Ethan?», chiese Santos.

Josie annuì. «E comunque non si stanno simpatici». Non sapeva come spiegarlo. Magari ci fosse stata sua madre. Lei avrebbe saputo cosa fare, l'avrebbe aiutata a trovare le parole giuste.

Percependo il suo disagio, la nonna intervenne. «Randy Cutter era in rotta con mia figlia e suo marito per un appezzamento», spiegò. «C'è stato un brutto litigio all'epoca. William aveva comprato un pezzo di terra che secondo Randy spettava a lui. Arrivarono alle mani, misero in mezzo persino gli avvocati. Quando diversi capi di bestiame furono trovati morti, William si convinse che ci fosse lo zampino di Randy Cutter. Ma non poté dimostrarlo. Negli ultimi anni si sono un po' rappacificati, ma da allora i rapporti non sono stati più gli stessi».

«Quindi c'entra la terra?», chiese Santos.

«Non abbiamo molti omicidi qui», intervenne lo sceriffo Butler. «Ma quando succede, di solito le cause sono due: infedeltà o conflitti sul possesso della terra».

"Interessante", pensò Santos. Il nome dei Cutter continuava a saltare fuori.

«Abbiamo trovato il fucile di tuo fratello nel campo di granturco stamattina, Josie», disse con voce bassa e grave. «Non lontano da dove hai detto di esserti nascosta». Josie abbassò gli occhi sul braccio ferito. «Sai perché sia finito lì?». Lei fece spallucce.

«Josie, lo so che è difficile», continuò Santos. «Ma c'è qualche possibilità che sia stato tuo fratello a uccidere i tuoi genitori e a inseguirti nel campo?»

«No», esclamò Josie, con gli occhi pieni di lacrime. «Non lo farebbe mai».

«Si fanno dei test per capire se un'arma ha sparato di recente. Cosa pensi che ci dirà questo test sul fucile di Ethan?»

«Non l'ha fatto apposta», gridò Josie. «Non stava prendendo di mira noi. Ha sparato in aria».

I due agenti si scambiarono uno sguardo. «Hai visto tuo fratello sparare con il suo fucile ieri?», domandò Randolph.

«Sì, ma non stava sparando a nessuno», insisté Josie. «Mi fa male il braccio», disse poi, guardando la nonna in cerca di aiuto.

«Basta per ora», dichiarò con fermezza Caroline. «La dottoressa ha detto che Josie può tornare a casa».

Santos e Randolph uscirono in corridoio, trovando lo sceriffo Butler ad aspettarli.

«I genitori morti, la sorella con una ferita da arma da fuoco e lui scomparso con il suo furgone e una tredicenne», ricapitolò Santos. «Non si mette bene per Ethan Doyle».

Lo sceriffo Butler scosse la testa. «Conosco la famiglia da molto tempo e che sembra così, ma mi è davvero difficile credere che il colpevole sia Ethan».

«Quanti omicidi ha detto che avete in un anno?», chiese l'agente Randolph. Non c'era rancore nella sua voce, ma Butler se ne accorgeva quando qualcuno lo sminuiva.

Con il tasso di omicidi più basso dello stato dello Iowa, avevano scarsa esperienza nella gestione di crimini gravi come quello della notte prima, ma il suo dipartimento aveva lavorato sodo e aveva fatto il suo dovere.

«Non molti, ma conosco bene i miei concittadini ed Ethan

Doyle non riesco a vederlo come un assassino», disse. Si strofinò gli occhi mentre si dirigevano verso l'uscita dell'ospedale. L'agente Randolph andò a prendere l'auto, mentre Santos rimase indietro.

«Tutto bene?», gli chiese, mentre aspettavano alla luce accecante del sole.

«Sì», rispose lo sceriffo. «Non è che da queste parti non accadano cose brutte, ma quando sono coinvolti dei ragazzini...».

«Capisco», disse Santos. «Se il colpevole è Ethan Doyle, questa comunità non sarà più la stessa».

La ricetrasmittente appesa alla cintola gracchiò. Lo sceriffo attivò il microfono. «Qui è Butler, che succede?». Dallo speaker uscì una voce ovattata, ma il messaggio era chiaro.

«Sceriffo», disse. «Ho appena ricevuto un rapporto dalla fattoria degli Allen. Margo Allen ha detto di aver ricevuto una telefonata da parte di un tizio che diceva di avere sua figlia».

Butler guardò Santos. «Mandiamo subito qualcuno, così vediamo di rintracciare il numero nel caso richiamino», disse. «E facciamo lo stesso con i nonni di Josie».

Butler inoltrò il messaggio, mentre Santos chiamava per avere altro supporto tecnico.

«Forse è solo un mitomane», disse Butler quando Randolph accostò davanti a loro.

«Sì, ma non possiamo rischiare», ribatté Santos. «Se non è l'assassino, almeno prenderemo quel coglione deviato che si diverte a fare giochetti con la famiglia».

Butler controllò l'orologio. «Ethan e Becky sono già scomparsi da diciotto ore».

«Li troveremo», disse Santos. «Spero solo che siano ancora vivi».

«Che facciamo adesso?», domandò Butler.

«Continuiamo a cercare, a fare domande, a seguire ogni indizio che si presenta», disse Santos. «E domani, portiamo i cani».

Il viaggio dall'ospedale alla casa dei nonni avvenne in silenzio. Le faceva male il braccio e le brontolava lo stomaco. Continuava a vedere immagini dei cadaveri dei genitori. Erano come delle istantanee, brevi ma vivide. In technicolor. Josie chiese alla nonna di accostare e lei si fermò subito a un lato della strada.

La bambina aprì lo sportello, camminò con cautela sullo sterrato fino ai bordi del fosso e rimase lì tenendosi il braccio ferito. Prese grandi boccate d'aria finché non le passò la nausea. I fiori di carota selvatica dondolavano le teste bianche e Josie ne colse uno prendendolo dallo stelo peloso, lo strofinò tra le dita e se lo portò al naso. Profumava come le carote che crescevano nel giardino di sua nonna.

Tornò alla macchina e la nonna frugò nella borsa finché non trovò una piccola caramella alla menta. Gliela porse e ne cercò un'altra. «Fa passare il mal di pancia», disse. Scartarono le caramelle rosse e bianche e se le misero in bocca. Il crepitio della carta e il suono del risucchio riempirono l'abitacolo. Pochi minuti dopo, Caroline ripartì. Aveva ragione: la caramella le aveva fatto bene, ma solo un poco.

Quando arrivarono a casa erano le otto di sera e il sole stava sprofondando all'orizzonte. Sorbetto all'arancia lo chiamava sua madre. A meno di due chilometri c'era casa sua, così vicina, eppure non avrebbe potuto mai più tornarci.

La notte arrivò in fretta e la casa dei nonni fu sommersa dal buio e dal silenzio. Caroline scese dalla macchina, le aprì lo sportello e la tese una mano. Josie la prese con gratitudine. Entrarono nel piccolo ingresso dalla porta sul retro.

Le scarpe e gli stivali del nonno erano allineati in una fila ordinata sopra un tappetino di gomma e la sua giacca da lavoro e il cardigan sformato che la nonna indossava nelle fresche sere d'estate erano appesi ai ganci di ottone.

Josie si sentì invadere dalla disperazione e cominciò a piangere. Singhiozzi violenti che le venivano dal profondo. Preoccupata, Caroline la fece sedere sulle sue ginocchia, anche se ormai era grandicella. Josie le premette il viso su una spalla e continuò a piangere. Rimasero sedute così a lungo, Caroline la cullava in grembo come faceva con Lynne quando era piccola.

Quando Josie smise di piangere, Caroline l'aiutò a salire le scale. «Oggi dormirai qui», disse, aprendo la porta. Era una stanzetta graziosa, dipinta di recente con un tenue color salvia, dotata di un letto matrimoniale e di un tavolino con la macchina da cucire della nonna.

Tende bianche e leggere incorniciavano la finestra e Caroline andò ad abbassare le tapparelle, ma Josie notò una strana macchina davanti alla casa.

«Chi è?», chiese.

«Solo un vice. Terrà d'occhio la casa stanotte», rispose la nonna, cominciando a cambiare le lenzuola. «È solo una precauzione, tesoro. Lo fanno a volte».

«Ma perché? Hanno paura che torni l'uomo cattivo? Perché dovrebbe venire qui?», domandò Josie, scostando le tende per dare un'altra occhiata.

Quando la nonna non rispose, si girò a guardarla. Vide la sua espressione e comprese. Il vice era lì per lei. Avevano paura che chi aveva ucciso i suoi genitori tornasse per assassinarla. «Non temere, sei al sicuro qui», disse Caroline.

Josie salì sul letto. Le lenzuola odoravano di candeggina ed erano fresche al tatto. Le davano una sensazione piacevole sui piedi doloranti.

La sua mente vagò per luoghi oscuri e solitari. I suoi genitori erano morti. Cosa pensavano? Erano felici che fosse al sicuro a casa dei nonni o la rimproveravano di non aver fatto di più per tentare di salvarli? Pensavano che sarebbe dovuta andare con Ethan e Becky?

Poi ebbe una sorta di rivelazione. I suoi genitori, da quel momento in avanti, per il resto della sua vita, avrebbero vegliato su di lei. Avrebbero conosciuto ogni sua mossa, ogni pensiero. Avrebbero saputo cosa le passava per la testa in ogni istante. Quindi sapevano che era grata dell'agente di guardia là fuori, nel buio. Che una vocina continuava a sussurrarle: "È stato Ethan". Che pensava fosse stato suo fratello ad assassinare loro e probabilmente anche Becky, solo perché l'avevano messo in punizione. Che sarebbe morta anche lei se non avesse corso più veloce dell'amica e non fosse riuscita ad arrivare al campo.

Josie aprì gli occhi. Ombre nere danzavano sul soffitto. Ascoltò gli scricchiolii e i gemiti della casa che si assestava per la notte, così poco familiari, mentre aspettava di addormentarsi. Ma il sonno non arrivò. Sentì cigolare la porta quando i nonni si affacciarono a vedere come stava. E più tardi, le sembrò di sentir piangere qualcuno, ma forse era il vento caldo che soffiava tra i campi.

Dopo un po', Josie scese dal letto e sbirciò dalla finestra. Il vice era ancora lì. Cos'era stato? Un lampo di luce? Un'ombra si era mossa?

Era al buio, pensò, che succedevano le cose brutte.

Accese la lampada accanto al letto e si rimise sotto le coperte. Finalmente arrivò il sonno, inquieto e pieno di incubi.

Trentuno

Agosto 2000

L'agente Santos bussò alla stanza di motel di Randolph poco prima dell'alba di sabato 14 agosto. Lei e il collega stavano al Burden Inn, un motel a un piano, tetro come suggeriva il nome. Almeno era pulito.

Lui andò ad aprire, pronto per la giornata, già in giacca e cravatta.

Santos entrò trovando un muro di aria calda. Quella stanza era un forno. «Merda», imprecò. «L'aria condizionata non funziona?»

«No», rispose Randolph, ma non era nemmeno sudato.

«Ho ricevuto un messaggio dal medico legale del laboratorio di stato. Spero che abbia qualche risultato per noi». Santos si sedette a una piccola scrivania e prese il telefono, mentre Randolph cercava di mettere in funzione il condizionatore.

«Sì, Camilla Santos. Vorrei parlare con la dottoressa Foster, per piacere», disse. «Mi ha chiamato prima».

Il condizionatore tremò, emise dei ronzii, ma dopo qualche tentativo, entrò in funzione. Un'aria moderatamente fresca le accarezzò la fronte. Santos si alzò udendo una voce dall'altra parte e Randolph la guardò mentre ascoltava e prendeva appunti.

«Ne è sicura?», domandò, posando la penna. «Ma per

quale motivo avrebbero dovuto farlo?». Commentò la risposta con una risatina. «No, penso sia per questo che ti pagano un sacco di soldi. Grazie per l'informazione. L'aggiungeremo alla lista di cose che non tornano in questo caso».

Santos riattaccò il telefono e guardò il collega, che aspettava con impazienza.

«I Doyle sono stati colpiti con più di un'arma», disse alzandosi.

«Abbiamo trovato due tipi di bossoli, perciò non è una sorpresa», osservò Randolph. «Quindi abbiamo due assassini e due armi».

«O un solo assassino e due armi», suggerì Santos. «È dove li hanno colpiti che è interessante», spiegò. «William Doyle è stato colpito alla gola con una nove millimetri e nello stesso identico punto con un fucile. Lo stesso hanno fatto a Lynne Doyle, solo che lei è stata colpita al petto».

«Forse per nascondere il tipo di arma usato», rifletté Randolph. «Sappiamo che Ethan Doyle aveva accesso a un fucile. Aveva anche una pistola?», chiese. «Chiunque sia, doveva pur sapere che alla fine avremmo scoperto quale tipo di armi aveva utilizzato. Sembra un po' troppo calcolato per un sedicenne».

«Sono d'accordo», disse Santos. «Ma è possibile. Se cerchiamo uno scenario alla Bonnie e Clyde, forse Ethan ha sparato ai Doyle insieme a Becky. Una specie di patto. Sono cose che accadono in queste situazioni».

«Può darsi, ma se non è andata così, perché?», chiese Randolph.

Santos ci rifletté per un minuto. «Se ho ucciso qualcuno con la mia nove millimetri potrebbe essermi utile far credere di avere usato un fucile. Fa buchi più grossi, fa più danni. Almeno potrei guadagnare un po' di tempo».

«Fucile batte pistola», commentò Randolph, andando alla porta.

«Sempre», concordò Santos.

Il lavoro agricolo non finiva con la morte. Matthew Ellis doveva prendersi cura degli animali della fattoria della figlia e del genero. Anche se erano riluttanti a portare Josie, lei insisté tanto che accettarono. Non pensava di entrare in casa, ma voleva andare a trovare le capre e vedere se Roscoe era tornato.

Anche se era mattina presto e il sole stava ancora sorgendo, il caldo sarebbe stato implacabile come il giorno prima. Si prevedeva che le temperature raggiungessero i quaranta gradi.

Fecero il breve tragitto per la fattoria senza incrociare altri veicoli. Non erano ancora arrivati i volontari per le squadre di ricerca e c'era solo un vice di guardia in cima alla stradina.

Quando Matthew rallentò per immettersi nel vialetto, il vice gli fece segno di andarsene. «Ehi», disse. «Non potete venire qui».

Caroline raddrizzò la schiena. «È la casa di mia figlia», disse dal finestrino aperto. «Voglio parlare con un suo superiore».

«Certamente», si scusò il vice. «Le faccio le mie condoglianze. Andate pure. Parcheggiate nel vialetto. Troverete un altro vice».

Matthew si fermò davanti alla casa e scesero tutti dal furgone. Josie guardò l'edificio. Una casa dovrebbe essere un porto sicuro, un luogo in cui sentirsi protetti. Dovrebbe offrire un riparo dagli elementi, un baluardo contro il male, invece la sua casa l'aveva tradita nel modo peggiore.

«Andiamo a occuparci del bestiame», disse Matthew. «Sei sicura di voler entrare in casa?», domandò alla moglie.

«Sì», rispose stoica Caroline. «Vado a prendere solo alcune cose per Josie».

Matthew e la nipote rimasero a guardarla mentre entrava con il vice.

Josie pensò che la nonna avrebbe dovuto attraversare le stanze, salire le scale, passare davanti alla camera in cui era morta sua figlia e calpestare la moquette insanguinata nella sua cameretta. Non immaginava dove trovasse le forze, sapendo cosa era successo. Lei di sicuro non avrebbe mai più rimesso piede in quella casa.

Dalle loro spalle giunse un rumore di passi. Si girarono e videro Margo Allen venire loro incontro.

Matthew ne fu sorpreso. Dopo quello che era successo il giorno prima, non si aspettava di vederla, ma la capiva. Lì aveva visto sua figlia per l'ultima volta. Quando l'aveva lasciata in quello che credeva un posto sicuro, era felice e stava bene. E ora non c'era più.

Le tese una mano, ma lei non gliela strinse.

Malgrado il caldo, Margo indossava una felpa troppo grande e i pantaloni lunghi. Aveva gli occhi gonfi e la faccia chiazzata di rosso per il pianto. Josie si chiese se lei avesse lo stesso aspetto. L'aspetto di chi, per una sola parola sbagliata, uno sguardo storto, potrebbe crollare in un milione di pezzi.

«Voglio solo parlare con Josie per un minuto», disse Margo con le labbra tremanti. «Va bene? Se parliamo solo per un minuto?»

«Non saprei», rispose Matthew esitante, guardandosi attorno come se si aspettasse che qualcuno gli suggerisse cosa fare.

«Voglio solo sapere cosa è successo», continuò Margo.

«La polizia non mi dice niente». Si rivolse a Josie e le prese le mani. La bambina avrebbe voluto liberarsi, ma la donna la teneva stretta. «Voglio solo sapere perché tu sei riuscita a scappare e Becky no».

Josie guardò il nonno. «Senta, signora Allen», cominciò lui.

Margo fissò intensamente la bambina. «No, no, va bene. Sono contenta che tu sia salva. Eri fuori, vero? Hanno detto che eri fuori, ma dov'era Becky? Era in casa?». Alzò la voce. «L'hai lasciata in casa con lui oppure è uscita anche lei? Non so perché non mi dicano nulla. Ma tu me lo dirai, vero? Mi racconterai cosa è successo».

«Mi dispiace per Becky», disse Matthew. «Stanno tutti facendo il possibile per trovarla».

«Non tutti!», strillò Margo. «Io no! Mi hanno detto di starmene a casa, meglio che stia buona e aspetti. Ma io ho bisogno di sapere cosa è successo».

Matthew si guardò attorno, sperando che qualcuno lo aiutasse a consolare quella povera donna, ma non c'era nessuno.

«Pensano che Becky avesse una cotta per Ethan», continuò Margo, stringendo ancora di più le mani di Josie. «Tu pensi che l'abbia presa lui?»

«No!», esclamò Josie. «Non lo farebbe mai», disse, cercando di liberare le mani.

«Ha solo tredici anni», disse Margo in tono lamentoso. «Perché tuo fratello dovrebbe essere interessato a una tredicenne? È ancora una bambina». La sua faccia era pallida e segnata dal dolore.

«Ehi, basta così», disse severamente il nonno. «Ethan non ha fatto niente. È scomparso anche lui. La lasci stare», aggiunse, separando le mani della nipote da quelle di Margo. Alla fine la donna mollò la presa, lasciandole dei segni a mezzaluna sulla pelle.

«Voglio solo sapere dov'è mia figlia!», strillò. «Ci arrivano delle telefonate», disse piangendo. «Lo sapete? C'è qualcuno che chiama affermando di essere Ethan e di avere Becky. Riuscite a immaginare come ci si sente? Ci riuscite?»

«Mio nipote non farebbe mai una cosa del genere», disse Matthew con la voce incrinata dall'emozione. «Sarà qualcun altro. Ora le chiedo di andarsene. Mi dispiace, ma non dovrebbe stare qui».

Alzando la voce avevano attratto l'attenzione del vicesceriffo e di Caroline, che uscirono di corsa dalla casa. «Signora», disse il vice. «Venga qui, dobbiamo parlare».

«Voglio sapere dov'è mia figlia», implorò Margo. «Vi prego». Cercò lo sguardo di Josie. «Ci tengono all'oscuro. Ti prego, Josie, Becky è la tua migliore amica, non vuoi aiutarla?».

Josie non riuscì a rispondere. Caroline tese le braccia come a formare una barriera tra lei e Margo. Il vice cercò di allontanare la donna con gentilezza.

Margo aggirò Caroline e le afferrò il polso del braccio ferito. Josie strillò di dolore. «È stato tuo fratello, vero?», sibilò tra i denti. «Perché? Perché ha preso la mia bambina?».

Intervenne il vice, costringendola a lasciarle il polso. «Basta. Le sta facendo male», ordinò in tono fermo e tranquillo.

«Voglio solo parlare un minuto con Josie. Per favore», disse Margo. «Ho bisogno che mi racconti cosa è successo».

Il vice di guardia in fondo alla strada corse verso di loro. «Signora, non può stare qui». Si mise tra Margo e la bambina, mentre l'altro vice la portava via. Poco dopo, Josie si ritrovò seduta sul sedile posteriore dell'auto della polizia parcheggiata accanto alla tenda.

«Stai tranquilla qui per un po'», le disse il vice, accendendo il motore e avviando l'aria condizionata, che fece uscire uno sbuffo tiepido dalle bocchette. «Non sa quello che dice. Vuole solo trovare sua figlia».

Josie sapeva che era vero. Anche lei voleva trovare Becky e suo fratello, malgrado i sospetti che continuavano a tormentarla.

Guardò i vice parlare con Margo e con sua nonna. Alzavano sempre di più la voce ed erano sempre più frustrati.

Alla fine, Margo alzò le mani di scatto e corse verso la macchina.

«Josie, dov'è Becky?», gridò, cercando di aprire lo sportello. Premette le mani sul finestrino. «Apri, Josie», ordinò. «Dov'è mia figlia!». Scandì ogni parola con un pugno sul finestrino, che tremò sotto i colpi. Josie si rannicchiò sul pavimento dell'auto e si coprì le orecchie con le braccia.

«Signora, si allontani dall'auto», disse il vice. Per un attimo ci fu silenzio, poi un grido atroce le mandò brividi di terrore lungo la spina dorsale.

"Voglio morire", pensò Josie mentre le grida di Margo Allen si attutivano. Ma se non poteva morire, quello era il suo posto, sul pavimento di un'auto della polizia, con la faccia premuta sul tappetino, ruvido per lo sporco lasciato dai criminali, dagli alcolizzati e dalle persone cattive.

Il vice Levi Robbins batté le mani con impazienza sul volante. Era agitato. Non riusciva a scrollarsi di dosso la sensazione che Brock Cutter sapesse molto più di quanto voleva fargli credere.

Era sempre più plausibile che fosse stato Ethan Doyle a uccidere i suoi genitori e portare con sé la ragazza. O forse aveva ucciso anche lei, aveva gettato via il corpo e si era dato alla fuga. Le prove contro di lui aumentavano: la tensione con la sua famiglia, le presunte molestie all'ex fidanzata, il fucile trovato nel campo. E per finire la famiglia Allen stava ricevendo chiamate da un tizio che diceva di essere Ethan Doyle.

E più crescevano le accuse contro Ethan, più aumentavano i suoi sospetti su Cutter. Era con Ethan Doyle il giorno degli omicidi, poco tempo dopo si trovava nei pressi della scena del crimine e cercava di pararsi il culo mentendo alle forze dell'ordine.

Non sperava più di tanto di trovarlo a casa. Di sicuro non aveva tanta voglia di parlare con la polizia dopo che era stato beccato a mentire sui suoi spostamenti la notte degli omicidi.

Levi era veramente stanco. Stufo marcio, diceva suo nonno. Se fosse stato furbo sarebbe tornato a casa per farsi qualche ora di sonno, ma ogni secondo che passava, le chance di trovare viva Becky si assottigliavano.

Nel tragitto verso la casa dei Cutter, oltrepassò tre blocchi stradali e un paio di cani da ricerca con gli addestratori. La polizia stava mettendo in campo tutte le risorse disponibili. Provò un caldo moto di entusiasmo. Era sulla pista giusta con Brock Cutter, se lo sentiva.

I Cutter vivevano a meno di due chilometri dalla fattoria dei Doyle e Levi sapeva che correva cattivo sangue tra le due famiglie. Lo avevano persino chiamato a dirimere alcune delle loro liti nel corso degli anni: un fusto di fertilizzante bucato, danni ai raccolti, qualche animale scomparso. Ma quegli interventi non avevano mai portato niente di buono, solo altro risentimento. Per questo l'aveva stupito che Brock e Ethan fossero amici. Ovviamente i genitori non approvavano.

Percorse il vialetto dei Cutter e parcheggiò davanti al ranch color ruggine circondato da trecento acri di mais e soia. In un campo lontano brucavano alcune mucche.

Deb Cutter era alla porta prima ancora che lui scendesse dalla macchina. «Salve», gridò. «Tutto bene?»

«Sì, tutto a posto, signora», rispose Levi con un tono tranquillo, disinvolto. «Ha saputo cosa è successo alla fattoria dei Doyle l'altra notte?»

«Certamente, lo sanno tutti», rispose Deb, torcendo uno straccio tra le mani. «Un altro vice è passato ieri. Gli ho detto di aver sentito gli spari».

«Che ora era?», domandò Levi.

«Mezzanotte circa o un po' più tardi», rispose la donna. «Non ho collegato finché non ho sentito le notizie. Terribile, una vera tragedia».

«Sì», concordò Levi. «Per questo sono qui. Mi hanno mandato a parlare con gli amici di Ethan Doyle. Magari possono dirci dov'è il ragazzo».

«Brock e Ethan non sono amici», disse acida Deb. «Abbiamo proibito loro di frequentarsi. Quando erano insieme succedeva sempre qualche casino».

«Capisco, signora, ma sa come sono fatti i ragazzi». Si avvicinò con aria cospiratoria. «A volte si rifiutano di fare quello che è meglio per loro».

Deb gli rivolse un sorrisetto, come se avesse capito perfettamente di cosa stava parlando. «Magari torni più tardi, quando mio marito è in casa», suggerì.

«Certo, ma il fatto è», disse Levi, passandosi una mano tra i capelli, «che il tempo sta per scadere. Più ci mettiamo a trovare i due ragazzi, meno è probabile che ci riusciamo. E come madre, penso che nei loro panni, se fosse scomparso suo figlio, apprezzerebbe qualsiasi genere di aiuto».

Deb ci rifletté su. «Brock non è in casa, ma posso farla chiamare quando lo vedo».

«C'è un posto dove potrei trovarlo adesso? Ci sarà utile qualsiasi informazione. Magari Brock non è nemmeno consapevole di averle». Levi le diede un po' di tempo per pensarci su, poi aggiunse: «Dopo due giorni, rischiamo di non trovarli vivi».

Deb Cutter scosse la testa come per allontanare il pensiero di quella tragedia. Non poteva immaginare di perdere suo figlio. Brock era uno scavezzacollo, ma tornava sempre a casa. E se un giorno non l'avesse fatto? Sarebbe stata angosciata, spaventata a morte. «Può provare alla fattoria del vecchio Richter. Randy sta mettendo su un box per maiali e Brock gli sta dando una mano».

«Grazie, signora Cutter», disse Levi, «e se le viene in mente qualcos'altro, non esiti a chiamarci».

«Certamente», disse Deb. «Farò tutto il possibile per aiutarvi».

Levi risalì in macchina e accese l'aria condizionata. La fattoria dei Richter era a pochi chilometri da lì, ma aveva la sensazione di essere su una falsa pista. Avrebbe parlato con Brock a costo di rincorrerlo per tutta Blake County.

La fattoria del vecchio Richter era esattamente come se l'aspettava. Cadente e desolata. I muri si stavano sgretolando e ciò che restava dei fabbricati annessi erano mucchi di tavole di legno. L'odore era ancora peggio. Una combinazione di residui fecali decomposti e urina di maiale creava una puzza solida che gli faceva lacrimare gli occhi.

Levi scese dalla macchina ed esaminò il paesaggio. Non c'erano veicoli parcheggiati nelle vicinanze e, oltre agli sbuffi e ai grugniti dei maiali chiusi nel recinto, il posto sembrava deserto.

Fece il giro della casa. La vernice grigia era sbiadita, imbiancata dal sole ed erosa dalle intemperie. Era inabitabile, le finestre e le porte coperte da tavole di compensato, le ferite rattoppate coi chiodi. Levi ricordò di aver sentito di un'asta dopo la morte di Leland Richter. Era deceduto pochi mesi prima, a ottantasei anni, e aveva insistito per rimanere a casa sua fino alla fine. A quanto pareva Randy Cutter si era aggiudicato la fattoria, anche se non sembrava un grande affare.

Un lampo di movimento attirò la sua attenzione e Levi osservò il lungo edificio di metallo che ospitava i maiali. Qualcosa o qualcuno si era mosso dietro l'angolo ed era sparito.

Maledizione, adesso gli toccava andare a controllare. I maiali gli davano i brividi. Potevano essere dei veri bastardi con i loro occhietti neri e piatti, i loro grugni curiosi. Mangiavano qualsiasi cosa, compresa la carne.

Si diresse verso il fabbricato e, quando svoltò l'angolo, trovò Brock Cutter seduto sul pianale del pick-up che beveva da una bottiglia in un sacchetto di carta marrone.

«Ehi, Brock», disse Levi. «Ti stavo cercando». Preso alla sprovvista, Cutter sobbalzò e gli cadde la bottiglia. Il suolo secco assorbì velocemente il liquido.

«Cristo, mi hai spaventato», disse scendendo dal pick-up.

«Ti ho spaventato, eh?», ripeté Levi avvicinandosi. «Ti dico chi è spaventato a morte in questo momento: Becky Allen».

«Non ne so niente», disse Cutter, dando un calcio a una zolla di terra.

«Ne sei sicuro, Brock?», chiese Levi, costringendolo a retrocedere. «Non c'era un telo d'incerata sul tuo pick-up l'ultima volta che ti ho visto? Quando è stato? Oh, già, la notte in cui hanno assassinato William e Lynne Doyle e che Ethan e Becky sono scomparsi».

«Io non c'ero. Non so cosa è successo», disse Cutter, alzando il viso con aria di sfida.

«Ma eri nei paraggi», osservò Levi, piantandogli un dito nel costato. «Ti ho fatto accostare, ricordi? Guidavi come un pazzo e sudavi come un maiale quando ti ho fermato».

Levi rise della propria battuta. «Mi hai raccontato una balla, non sei andato al cinema con tuo cugino. E avevi un telo sul pianale del pick-up. Perché l'hai tolto?»

«Perché sì», rispose lui. «E non sono affari tuoi. Posso fare quello che voglio. È il mio pick-up».

«Sembra bello pulito», osservò Levi, studiando il veicolo. «L'hai tirato a lucido di recente. Perché mai, Brock? Cercavi di sbarazzarti di qualche prova, magari?»

«No!», protestò Cutter. «Lo tengo sempre pulito. Mi piace così».

«E il telo?», insisté Levi.

«Mio padre mi ha chiesto di spostare un po' di quelle tavole», indicò un mucchio di legna. «La gente paga dei soldi per quella spazzatura. Ho dovuto togliere il telo per poterla caricare sul pianale».

«Cosa pensi che troveremmo se facessi controllare il furgone dalla scientifica?», chiese Levi.

«Niente! Non trovereste un ben niente», ribatté Cutter, rosso di rabbia e indignazione. Cercò di andarsene, schivandolo, ma Levi non lo mollò.

«Probabilmente hai ragione», sospirò. «Se volessi sbarazzarmi delle prove, le getterei ai maiali». Allungò una mano sopra la spalla del ragazzo e picchiò sulla parete del box. Spaventati dal rumore, i maiali cominciarono ad agitarsi, strillare e grugnire. «Diamo un'occhiata». Afferrò il ragazzo per un braccio e lo spinse verso la porta del box.

«Ehi, ehi», gridò Cutter. «Non puoi farmi questo. Levami le mani di dosso».

«Ho cercato di essere gentile con te, Brock. Correvi troppo, probabilmente eri ubriaco o drogato, ma ti ho concesso il beneficio del dubbio l'altra sera perché sono cresciuto con tuo cugino, che è una brava persona. Tu, invece, sei una merda.

Poi, quando ti ho incontrato la volta dopo, mi hai mentito e hai detto di non aver visto né Ethan né Josie e Becky il giorno degli omicidi. Ho scoperto che invece non solo li hai visti, ma hai messo le mani addosso a una ragazzina di tredici anni».

«Non ho mai…», cominciò Cutter, ma Levi gli diede una scrollata per zittirlo.

«Vuoi dire che Josie è una bugiarda, Brock?», gli chiese. Sapeva che stava esagerando, ma era troppo stanco e il tempo si stava esaurendo. C'erano i cani, i blocchi stradali e centinaia di persone in giro a cercare Ethan Doyle e Becky Allen, ma non avevano trovato niente.

Avrebbe scommesso il distintivo che Cutter sapeva qualcosa, probabilmente più di qualcosa. Quindi, nessuno dei due avrebbe lasciato quel letamaio dimenticato da Dio finché non avesse scoperto tutto quello che il ragazzo sapeva.

Levi spalancò la porta del box dei maiali e spinse dentro il ragazzo. La puzza era asfissiante e dovette deglutire per non vomitare. «I maiali mangiano tutto quello che gli metti davanti, ma scommetto che già lo sai, vero?»

«Lasciami andare, sei pazzo». Cutter cercò di divincolarsi, ma Levi lo tenne stretto.

«Allora, Brock, se hai delle informazioni su quello che è successo ai Doyle e su dove siano Ethan e Becky Allen, ti conviene dirmelo subito».

«Fottiti», gridò Cutter.

Levi gli fece lo sgambetto, facendolo cadere a terra, con le dita a pochi centimetri dai maiali che razzolavano ai bordi del recinto.

Cutter cercò di tirare indietro la mano, ma Levi gli schiacciò il polso con il tacco della scarpa, bloccandolo. Guardò i grugni carnosi e ruvidi annusare le dita del ragazzo, graffiargli le nocche con i canini aguzzi.

«Okay, okay!», strillò Cutter. «Ethan si era preso una cotta per Becky Allen. Le stava addosso quel giorno».

Levi tolse il piede dal polso del ragazzo e lo tirò su per il bavero della camicia.

«Non puoi trattarmi così», gridò lui con gli occhi sgranati. «Non puoi!».

«Che altro?», chiese Levi, ignorando le sue proteste.

«Ethan odiava i suoi genitori. Li detestava. Diceva che li voleva morti», disse Cutter, passandosi il braccio sotto il naso gocciolante.

«Quindi Ethan voleva morti i suoi genitori?», domandò Levi. «Te l'ha detto lui?».

Cutter annuì. «Non ce la faceva più a stare in quella casa. Non vedeva l'ora di sbarazzarsi di loro. Me l'ha detto lui».

«Faresti meglio a non raccontarmi balle, Brock», lo avvisò Levi, trascinandolo via dal box dei maiali.

«È la verità. Lo giuro», insisté il ragazzo.

«Quand'è stata l'ultima volta che hai visto Ethan, Josie e Becky?», chiese Levi.

«Non lo so, dopo cena. Verso le sei. Siamo andati a sparare».

«A sparare?», ripeté Levi. Era la prima volta che lo sentiva.

«Sì, ai bersagli. Niente di che. Abbiamo sparato due colpi e me ne sono tornato a casa».

«Ma giravi col furgone da quelle parti verso mezzanotte. Perché?», chiese Levi.

«Non lo so, mi annoiavo», rispose Cutter. Levi lo afferrò per il colletto e cominciò a trascinarlo di nuovo verso il box. «Va bene, va bene», disse il ragazzo, divincolandosi dalla sua stretta. «Dopo che il signor Doyle aveva costretto Ethan a tornare a casa a piedi per non avergli consegnato il fucile, mi sono visto con lui. Abbiamo fatto un giro e siamo andati a Burden, perché Ethan voleva parlare con la sua ragazza».

«Kara Turner?», chiese conferma Levi.

«Sì. Siamo passati da lei e suo padre si è incavolato. Poi abbiamo fatto un giretto e sparato altri due colpi, quindi l'ho lasciato in fondo alla stradina e me ne sono andato».

«Che ora era?», domandò Levi spostandosi all'ombra di un melo selvatico. I frutti caduti si spappolarono sotto i loro piedi, emettendo un odore che ricordava più i cavoli marci che le mele.

Cutter si morse le labbra. «Non lo so, credo le undici. Ma non sono sicuro».

«Ti ho fermato all'una, Brock», gli ricordò Levi. «Che cosa hai fatto per altre due ore?».

Il ragazzo abbassò le spalle. Sapeva di essere stato beccato. Levi incrociò le braccia e aspettò.

«Non mi andava ancora di tornare a casa, così ho fatto un altro giretto e mi sono fermato». Alzò un braccio e colse una mela selvatica dal ramo sopra di lui, poi se la rigirò tra le dita. «Ho fumato, ascoltato un po' di musica». Levi non gli domandò cosa avesse fumato.

«Dove ti sei fermato?», gli chiese, strappandogli la mela dalle mani.

«Non lo so, su una strada sterrata», disse lui. «Posso andare adesso?»

«No», rispose brusco il vicesceriffo. «Adesso dimmi cosa hai visto mentre eri fermo su quella strada. Che cosa hai visto che ti ha fatto scappare a fari spenti e a quella velocità?»

«Non ho visto niente, giuro», insisté Cutter. Levi lo fissò minaccioso. «Ho sentito gli spari, va bene», confessò con voce carica di emozione. «Parecchi. E ho pensato: "L'ha fatto, l'ha fatto veramente". Sono rimasto fermo lì, cercando di convincermi che mi sbagliavo, ma poi ho sentito altri spari, mi sono spaventato e sono fuggito. Non so nemmeno che strada ho preso, me la stavo facendo sotto, ed è stato allora che mi hai fermato».

«Va bene, bravo», disse Levi, dandogli una pacca sulla spalla. «Allora, non ti senti meglio ora che mi hai detto la verità?».

Cutter non sembrava tanto sollevato, ma annuì lo stesso. «E adesso?», chiese. «Posso andare?»

«Scusa», disse Levi, gettando la mela per terra. «Adesso devi raccontarmi da capo tutta la storia. Dall'inizio».

Josie sentì lo scatto della portiera che si apriva e sbirciò dal suo posto sul pavimento dell'auto: vide un vice e suo nonno. «Puoi uscire adesso. Se n'è andata».

Ma lei non voleva uscire. Il mondo fuori era troppo doloroso e difficile. Si girò dall'altra parte.

«Dai, Sciò», disse il nonno. «Sei troppo grande, non posso prenderti in braccio. Alzati e cammina».

Josie aveva sempre pensato a lui come a un uomo anziano, ma in quel momento le parve decrepito. La pelle era tirata sul cranio, un reticolo di vene bluastre gli segnava la fronte. Gli occhi erano orlati di rosso e le guance solcate da vene profonde.

Josie scese dalla macchina e si guardò attorno per controllare che non ci fosse la madre di Becky. «Lo sceriffo l'ha portata via», spiegò Matthew.

Lei sgranò gli occhi. «L'ha portata in prigione?», domandò incredula.

«No, no», rispose Matthew, cingendola con un braccio per condurla verso la casa. «L'ha portata in un posto tranquillo dove poter parlare. È sconvolta, Sciò. La sua bambina è scomparsa. Non essere troppo dura con lei».

«Ma pensa che Ethan abbia ucciso mamma e papà e abbia rapito Becky», strillò Josie, non riuscendo più a trattenere le lacrime.

«La gente non pensa razionalmente quando ha paura», spiegò Matthew. Josie si appoggiò a lui mentre camminavano. «E probabilmente sentirai dire un sacco di cose brutte su Ethan. Cercano qualcuno da incolpare e tuo fratello, al momento, è la persona giusta. Ma noi lo sappiamo, vero, che Ethan non farebbe del male a nessuno?»

«Sì», rispose Josie, tirando su col naso. Ma non era sicura di crederci. Aveva visto quell'espressione sul viso di Ethan dopo che aveva sparato quel colpo in aria. Aveva sentito la rabbia nella sua voce quando aveva litigato con suo padre. «Porteranno Ethan in prigione quando lo troveranno, vero?»

«Non sappiamo niente di certo», rispose il nonno. «Dobbiamo avere pazienza finché non si sistemeranno le cose. E qualunque cosa accada, ce la caveremo».

Josie voleva credergli.

Ignorando gli spasmi di dolore al braccio attraversò di corsa il cortile diretta al granaio, ansiosa di vedere le capre. Una volta dentro, alzò lo sguardo sulle travi rustiche che correvano lungo il soffitto come le costole di un grande animale benevolo e inalò l'odore della paglia fresca che il nonno aveva sparso nelle mangiatoie per le capre, vasche lunghe due metri e mezzo, larghe un metro, poste al centro dell'edificio.

Con la coda dell'occhio, vide che un uomo era appena entrato nel granaio. In un primo momento pensò che fosse suo nonno venuto a prenderla, ma era troppo alto e largo di spalle, e aveva un passo troppo sicuro per essere Matthew Ellis. Quando si avvicinò, Josie vide che era Randy Cutter, il padre di Brock.

Sembrava che lui non si fosse accorto di lei. C'era qualcosa di freddo e calcolato nella sua espressione. Qualcosa che la spinse a restare immobile, invisibile anche se era a casa sua.

Calcolò la distanza dal recinto alla porta del granaio. Non

era molta, ma con il braccio ferito non sarebbe riuscita a correre veloce. Non aveva nessun motivo per aver paura di Randy, ma sapeva che i suoi genitori non lo vedevano di buon occhio.

Pensò alla domanda dell'agente Santos sui nemici dei suoi genitori. Suo padre non era un fan di Randy Cutter e del suo vecchio, un tipaccio tronfio e impetuoso che aveva lentamente inglobato tutte le terre messe all'asta. "Non si fermerà finché non avrà un migliaio di acri", diceva.

Ma Randy Cutter non era riuscito a mettere le mani sul terreno che i suoi genitori avevano voluto comprare, anche se ci aveva provato con le buone e con le cattive.

La faida, se così si poteva chiamare, era durata anni e aveva influito sulle loro vite di tutti i giorni. C'erano state recinzioni danneggiate e telefonate allo sceriffo per sparizioni di bestiame. E poi c'era l'amicizia tra Ethan e Brock, il figlio di Randy, che non era piaciuta a nessuna delle due famiglie.

Randy stava al centro del granaio e girava lentamente su sé stesso, scrutando il posto. Non dovrebbe stare qui, pensò Josie. La gente non entra così a casa degli altri. Senza permesso. Continuò il suo lento giro, finché non la vide. Si guardarono negli occhi per un momento, poi lui abbassò lo sguardo, come se fosse imbarazzato per essere stato colto in fallo.

«Scusa», disse. «Non volevo spaventarti. Stavo cercando tuo nonno», disse, togliendosi il cappellino con il logo di un'azienda agricola e stropicciandolo tra le dita grosse.

«Josie», chiamò il nonno. «È ora di andare». Poi, vedendo Randy, la sua faccia cambiò e socchiuse gli occhi sospettoso. «Posso aiutarla?», chiese.

«No, no», si affrettò a dire lui. «Sono solo passato a vedere se posso fare qualcosa per dare una mano. Magari vi serve aiuto per il bestiame. Mi dispiace molto per quello che è successo. Accidenti», scosse la testa. «Non riesco nemmeno a immaginarlo».

Il nonno lo congedò e Josie gli rimase vicino mentre lavorava. Munse le capre mentre lei si occupava dell'acqua e del mangime. Le mosche le ronzavano intorno alla testa mentre versava il pellet nelle mangiatoie e aggiungeva altra paglia fresca.

Andò all'ultima e cominciò a rovesciare il pellet quando un olezzo putrido le penetrò nelle narici. Si coprì la faccia con la mano. Le capre avevano un odore forte, soprattutto i maschi, ma quello era diverso.

Era un fetore caratteristico. La morte di un animale non era un evento raro in una fattoria. Che fosse una capra, un pollo o un visitatore notturno come un opossum o un procione, gli animali morivano e la puzza era inconfondibile. Josie sapeva che non doveva lasciar mangiare le capre da un recipiente che conteneva una carcassa. Stava spostando con cura la paglia in cerca dell'animale quando lo vide. Il colore blu indaco di un paio di jeans. Si fermò. Era fuori luogo, una vista così insolita che ci mise un po' a capire cosa avesse davanti.

Tirò la stoffa, ma non venne via. Spostò altra paglia e la puzza diventò più forte. Sapeva che doveva fermarsi e andare a chiamare suo nonno, ma continuò a spazzare via la paglia, arrivando sempre più in fondo alla mangiatoia, finché il blu scuro diventò più chiaro, un colore simile a quello della stoppia su cui giaceva.

Ancora incerta su quello che stava vedendo, si chinò per guardare meglio. Era una mano, con il palmo rivolto verso l'alto. A coppa, come per ricevere qualcosa, una moneta o la comunione. E a quel punto le vide. Le cicatrici. Se le era procurate dopo essere caduto sul recinto di filo spinato, a quattordici anni. Una croce irregolare.

Era Ethan.

Trentadue

Quando arrivò la prima neve, la bambina si mise sulla sedia sotto la finestra per guardare i fiocchi che scendevano danzando. Avrebbe tanto voluto superare il vetro e prendere i cristalli bianchi nel palmo della mano. Sembravano stelle scintillanti.

Tutte le luci si spegnevano al calar del sole, così il buio arrivava prima. Lei e sua madre passavano molto tempo ad ascoltare i passi del padre al piano di sopra, accoccolate vicino alla stufetta per tenersi al caldo.

Il padre portava sempre da mangiare e a volte le viziava con qualche merendina e piccoli budini confezionati. Ma sua madre ancora non si fidava di lui. Razionava i pasti, controllando sempre che ci fossero abbastanza scatole di brodo di pollo e ravioli, vasetti di burro d'arachidi e lattine di tonno, nel caso lui sparisse di nuovo per qualche giorno.

Anche se sua madre le dava sempre una porzione più grande, lei aveva sempre fame, sentiva un vuoto nello stomaco che non si riempiva mai del tutto.

La madre era silenziosa e spesso assorta nei suoi pensieri. La bambina doveva ripetere le cose due o tre volte prima che le rispondesse. Camminava avanti e indietro, spesso si fermava in fondo alle scale per guardare verso la porta chiusa. Così lei passava il tempo da sola, a leggere o a colorare.

Una volta, sua madre si fermò un gradino più su. Andò avanti per giorni. Quattro gradini, cinque, sei, finché finalmente ar-

rivò in cima alle scale. La bambina trattenne il fiato. Avrebbe aperto la porta? Suo padre si sarebbe arrabbiato di brutto. Sua madre rimase lì per molto tempo, ma alla fine tornò giù.

Una sera, suo padre entrò trafelato con una busta di plastica. «Ho degli ospiti a cena stasera», disse. Nessuno veniva mai in quella casa, almeno lei non aveva mai visto estranei. «Chi?», chiese, ma lui la zittì con uno sguardo.

«Dovete fare silenzio. Non voglio sentir volare una mosca. Si fermeranno qualche ora». Infilò le mani nella busta. La bambina sperava che fosse un cartoccio di fragole, era la sua frutta preferita. Invece era un rotolo di nastro argentato.

Sua madre si irrigidì. «A che serve?», chiese preoccupata.

«È solo per poco», spiegò lui, mentre strappava un pezzo di nastro con i denti.

«No», protestò sua madre, scuotendo la testa. «Non serve. Staremo zitte».

«Non posso rischiare», disse suo padre con aria di scuse. «Vieni qui, scricciolo».

«No», ripeté sua madre. «Starà in silenzio. Non parla mai».

«Sai che non è vero», disse lui e la bambina arrossì di vergogna.

«Vieni qui», le ordinò. Lei obbedì e lui le schiacciò il nastro adesivo sulla bocca. Sentì stringersi i polmoni, sembrò che la stanza si chiudesse intorno a lei.

«Era troppo piccola», ribatté sua madre. «Non poteva controllarsi».

La bambina si portò le dita alla bocca e cominciò a staccare il nastro. Suo padre le schiaffeggiò le mani. «Smettila», disse. Lei abbassò le braccia, col respiro affannato.

«Vieni qui», ordinò poi a sua madre. Lei scosse la testa, le lacrime le inondarono la faccia. «Ti prego, no. Farò la brava», pianse. Lui la strattonò, strappò un altro pezzo di nastro e glielo premette sulla bocca.

La bambina cominciò a piagnucolare e guardò il padre che trascinava sua madre verso il letto e la ammanettava alla testiera. Lei non fece resistenza. Sapeva che, se si fosse opposta, sarebbe stato peggio.

«Siediti», le disse poi, e indicò il tubo di metallo che spuntava dal pavimento di cemento e si univa alla rete di tubi sopra il soffitto. La bambina scosse la testa. Sapeva che intenzioni aveva. Lui la prese in braccio e, anche se scalciava e si contorceva, la portò accanto al tubo. «Stai ferma», ringhiò gettandola a terra. Strappò un altro pezzo di nastro dal rotolo e le legò le mani dietro la schiena e le caviglie al tubo metallico.

Col fiato corto, suo padre diede un'occhiata al suo lavoro. Non potevano fiatare né andare da nessuna parte. Soddisfatto, salì le scale. «Fate le brave», gridò prima di chiudere la porta a chiave.

La bambina giaceva con la faccia sul cemento freddo, la bocca coperta, le braccia legate dietro la schiena, una caviglia attaccata al tubo. Non riusciva a respirare e non vedeva sua madre. Le lacrime le bagnarono il viso e il naso si riempì di muco, rendendo ancora più difficile respirare.

Sopra, sentì i passi pesanti del padre e altri più leggeri. Le parve di udire delle risate, il chiacchiericcio di voci sconosciute, le note allegre di Jingle Bells. *Chiuse gli occhi sperando di addormentarsi, ma il nastro le tagliava la pelle e le dolevano i muscoli.*

Fantasticò di stare nel grande salotto al piano di sopra a cantare i canti natalizi. Vestita come una principessa, avrebbe mangiato biscotti a forma di campanelle, renne ed elfi. Avrebbe contato i regali incartati sotto l'albero.

Aprì gli occhi. Guardò la finestra. Attraverso lo spazio tra le tende, vide cadere la neve. Immaginò come sarebbe stato sentirla sul viso, assaporarne il gusto sulla lingua.

Trentatré

Agosto 2000

Il suono delle urla riempì il granaio e Matthew arrivò di corsa, cercando freneticamente il motivo dell'angoscia della nipote.

«Josie, che succede?», gridò. Lei riuscì solo a indicare la mangiatoia. Lo sguardo del nonno seguì il dito e si posò sul corpo di Ethan. Cadde in ginocchio davanti alla mangiatoia. «Ethan», mormorò incredulo. Il lamento luttuoso delle capre si alzò intorno a loro.

«È morto?», chiese Josie, pur sapendo già la risposta.

«Vieni via di lì. Non toccare niente», rispose Matthew con voce strozzata. Si alzò tremando ed evitando di appoggiarsi alla mangiatoia.

Josie retrocedette, ma già la negazione insidiava il suo pensiero razionale. «Forse non è lui», disse. Ma aveva visto le cicatrici sul palmo della mano. Il cadavere nella mangiatoia era suo fratello. Le capre gridarono quando il nonno la portò via dal granaio, come per implorarla di tornare.

«Mi sento male, nonno», disse Josie come per scusarsi e si allontanò per vomitare sul prato.

«Non preoccuparti», fece Matthew, scostandole i capelli dal volto finché nel suo stomaco non restò nulla e i conati passarono. Quando si alzò, mise una mano in tasca e tirò fuori un fazzoletto pulito per asciugarle la bocca.

Corse a chiedere aiuto e tornò con il vice e Caroline. Josie restò sotto l'acero, le cui grandi foglie la riparavano dal sole implacabile. Non sopportava il pensiero che suo fratello fosse morto tutto solo in una mangiatoia, coperto dalla paglia. Non avrebbe più tollerato nemmeno la vista di quel granaio.

Non voleva più mettere piede in quella fattoria. Il suolo era impregnato del sangue della sua famiglia. Immaginò il mais e l'erba medica crescere fragili e neri di marciume.

Il vice chiamò i soccorsi e delimitò il granaio, mentre Matthew, Caroline e Josie aspettavano affranti sotto l'acero.

L'ambulanza fu la prima ad arrivare, rallentando sulla strada sterrata, con le sirene spiegate, circondata da un polverone grigio.

Poi giunsero lo sceriffo e gli agenti Santos e Randolph, con il loro SUV nero.

«Mi dispiace, Josie», disse Santos. «Tutte le perdite che hai subito, sono ingiuste».

Lei non sapeva come rispondere, così non disse nulla. Rimase seduta sull'erba con la schiena contro il tronco dell'albero, il volto nascosto. Caroline si sedette accanto a lei, la abbracciò e piansero insieme.

I paramedici uscirono dal granaio con la barella vuota. «Perché non lo prendete?», gridò Josie, con la rabbia che le risaliva dal petto. Non potevano lasciarlo lì nella mangiatoia, coperto di paglia.

«Mi dispiace», rispose il paramedico. «Lo sceriffo e la polizia devono condurre le indagini. Verrà qualcun altro a prelevare tuo fratello. Ma avranno cura di lui, te lo prometto».

Josie voleva credergli, ma troppe persone le avevano detto che sarebbe andato tutto bene. Invece non era vero e niente sarebbe mai stato più come prima.

«L'agente Santos vorrà parlare di nuovo con te», disse

Matthew, massaggiandosi il volto. «Quando finirà?», gemette.

Come previsto, la poliziotta si diresse verso di loro. Si era tolta la giacca nera e sudava sotto una camicia blu cobalto. «Abbiamo chiamato la scientifica per analizzare la scena e raccogliere indizi. Ma sembra...». Si interruppe, come se si fosse improvvisamente ricordata che Josie aveva solo dodici anni.

«Continui», la esortò Matthew. «Mia nipote ha il diritto di sapere».

«Sembra che si tratti di un altro omicidio», concluse l'agente Santos, asciugandosi il sudore dalla fronte con il dorso della mano.

Anche se Matthew aveva pregato che trovassero Ethan, una parte di lui sapeva che era già morto. Sapeva che il nipote non sarebbe mai stato capace di quello che pensava la gente. Il medico legale doveva ancora fare accertamenti, ma pareva che Ethan fosse stato picchiato e strangolato, poi nascosto nella mangiatoia sotto una coperta di fieno dal mostro che aveva ucciso Lynne e William.

Ethan era sempre stato lì, sotto il loro naso.

Matthew strinse la mano della nipote e guardò i vice radunarsi attorno all'agente Santos. «Dobbiamo riorganizzarci», disse la poliziotta. «Sappiamo qualcosa di nuovo sulle telefonate agli Allen? Ovviamente non erano state fatte da Ethan. Dobbiamo scoprire chi c'è dietro».

«Non ancora. Controllerò», rispose Randolph.

«Raduniamo tutti. Raccogliamo informazioni sui reati sessuali commessi nella zona. E dobbiamo trovare il furgone di Ethan. A quel punto, penso che troveremo anche la ragazza».

Matthew sperava che ci riuscissero, ma temeva che ormai avesse subìto la stessa sorte degli altri. Era rimasta solo

Josie, pensò all'improvviso. Avevano lasciato in vita solo lei. E loro erano tutto ciò che restava della sua famiglia.

La volontaria delle squadre di ricerca Sylvia Lee portò la maglietta vicino al tartufo del cane e Jupiter, il suo segugio da cinquanta chili, annusò la stoffa.

«Trovala», ordinò e Jupiter alzò il lungo muso rugoso e annusò l'aria. Si concentrò sul trampolino vicino al quale la tredicenne scomparsa era stata vista per l'ultima volta. Ci girò attorno e ritornò verso la casa, fermandosi davanti al granaio.

Abbassò il muso e trotterellò verso il campo di granturco. Sylvia strinse l'estremità del lungo guinzaglio collegato all'imbracatura del cane e lo seguì. Benché fosse ancora presto, era già sudata e l'orlo dei pantaloni era inzuppato di rugiada.

Jupiter si fermò di colpo poco prima del campo, cambiò di nuovo direzione e oltrepassò la casa, superò il vialetto e proseguì verso la strada.

Appena giunse sullo sterrato, si fermò un istante a fiutare l'aria. Era un segugio dall'aria dignitosa, con solenni occhi castani. Sembrava comprendere l'importanza del suo compito: sapeva che le persone facevano affidamento su di lui perché riportasse a casa i loro cari e prendeva il suo lavoro molto sul serio.

Il cane esitò. Fece qualche passo verso ovest, si fermò e guardò a est. Sylvia era paziente. Se la ragazza era andata da quella parte, Jupiter avrebbe riconosciuto l'odore. Ma il cane andava avanti e indietro. Sembrava concentrato su una pista diretta a ovest, ma poi perdeva rapidamente interesse. Poteva significare molte cose: l'odore era più debole, forse perché la ragazza era stata caricata su un veicolo e portata via, oppure non era andata davvero in quella direzione.

La pelle flaccida del muso ondeggiò mentre il cane guardava da destra a sinistra. Poi prese una decisione e si diresse a est. Aveva trovato una pista e Sylvia affrettò il passo per stargli dietro. Corsero sulla strada; le scarpe di lei si coprirono di polvere e così le zampe di Jupiter. Le sue lunghe orecchie pendule presero un colore cinereo, spazzando il terreno.

Sylvia percepì l'eccitazione del cane dal modo in cui tirava il guinzaglio. Aveva colto l'odore della ragazza. Si allontanarono ancora dalla casa dei Doyle, ma Jupiter rimase sulla strada. Ogni cento metri circa, deviava verso l'erba alta o lungo un fosso. Quando succedeva, Sylvia sentiva accelerare i battiti. Voleva trovare la ragazzina scomparsa, ma non tra i ciuffi di panico verga e cicoria selvatica sul ciglio della strada.

Ogni tanto passava un veicolo e il guidatore rallentava e sollevava un dito dal volante, in segno di saluto. Le ruote alzavano la polvere e le minuscole particelle odorifere che Jupiter stava seguendo.

La polvere si appiccicava alla pelle sudata e le copriva le labbra. Staccò la borraccia dalla cintura e bevve un lungo sorso d'acqua. Davanti a loro c'era una fattoria. O almeno quella che lo era stata un tempo. Al momento sembrava un deposito di rottami. Un ampio granaio pendeva pericolosamente da una parte e il cortile era ingombro di attrezzi agricoli e veicoli scassati. Un muro di pneumatici bloccava la visuale del resto della proprietà e una puzza di gomma bruciata permeava l'aria.

Jupiter tirò bruscamente il guinzaglio a sinistra, facendola quasi cadere, e scomparve in un fosso invaso dall'erba alta, trascinandola con sé. L'erba le arrivava al petto e le foglie secche e ruvide le graffiavano la pelle.

D'un tratto, il guinzaglio si afflosciò. L'unico motivo per

cui Jupiter poteva essersi fermato era perché aveva trovato quello che cercava.

Sylvia avanzò cauta, aprendo il mare d'erba con le braccia. Le mosche le ronzavano intorno alla testa mentre seguiva il guinzaglio floscio, consapevole che il cane ce l'aveva fatta.

Lo trovò ad aspettarla, seduto sull'attenti. Gli occhi erano tristi. Per terra, accanto al segugio, c'era uno straccio, rigido di sangue secco.

Diede una pacca sulla testa del cane e prese un premietto dalla tasca per lui. «Bravissimo», disse, poi estrasse la ricetrasmittente per chiamare aiuto.

Trentaquattro

Oggi

Erano quasi le quattro del mattino e Wylie stava esaurendo le energie, ma non poteva addormentarsi. La donna e la bambina erano sedute sul divano, mentre lei leggeva il suo manoscritto alla luce del camino.

Il libro era finito. Doveva solo dare gli ultimi ritocchi. Pensò di aggiungere un capitolo che spiegasse quel che era successo ai personaggi principali della storia, ma non c'era molto da dire. Erano tutti morti, scomparsi o desiderosi di restare nell'ombra, ad arrancare nelle loro vite spezzate.

Quando quell'incubo fosse finito, passata la tormenta e messi al sicuro la donna e la bambina, se ne sarebbe andata da quel paese maledetto e sarebbe tornata a casa.

Avrebbe consegnato il manoscritto al suo editore e avrebbe cercato di riparare il suo rapporto con Seth. Magari si sarebbe anche impegnata un po' di più per andare d'accordo con suo padre.

Alzò lo sguardo e vide la bambina che la fissava dal divano. Sua madre era raggomitolata, con il lato ferito del viso sul cuscino, la trapunta tirata fino al mento.

«Perché ti chiami così?», le chiese.

Wylie fu sorpresa che volesse parlare proprio di quello. Ma ci era abituata. La gente glielo chiedeva sempre, perché era un nome insolito. «Mia nonna si chiamava così», rispose. «E tu come ti chiami?», aggiunse, sperando che la piccola ci cascasse.

«Mia madre non vuole che te lo dica», rispose, scendendo dal divano e andando a sedersi per terra accanto a lei.

La luce del fuoco le illuminava il volto, i grandi occhi castani, i residui del nastro adesivo usato per coprirle la bocca. Non riusciva nemmeno a immaginare cosa avesse passato.

«E come fai di cognome?», le chiese. «Io Lark. E tu?»

«Non penso di averne uno», rispose la bambina, come se ci stesse pensando per la prima volta.

Be', questo non era possibile.

«Come si chiama tuo padre?», insisté Wylie.

La bambina aggrottò la fronte e rimase in silenzio.

«Tranquilla», disse lei, dando un'occhiata alla donna addormentata. «Puoi dirmelo».

«Solo papà», bisbigliò la bambina.

«Va bene», disse Wylie rassegnata. «Oh, a proposito. Quando ho lavato i tuoi vestiti, ho trovato una cosa che voglio ridarti». Si alzò e andò in cucina, al buio, a prendere il giocattolo che aveva trovato nella tasca qualche ora prima. Rabbrividì quando lasciò il relativo calore del salotto. Esaminò i ripiani con la torcia finché lo trovò.

Lo guardò più da vicino. Era un pupazzetto di uno dei supereroi meno famosi. La maschera verde era quasi sparita, i guanti bianchi avevano preso una sfumatura grigio sporco, e la plastica era piena di graffi e ammaccature.

Erano anni che non vedeva pupazzi come quello. Si sentì invadere da un'ondata di nostalgia, ma la scacciò bruscamente.

«Tieni», disse, tornando in salotto e porgendo il giocattolo alla bambina. Sorrise per il modo in cui il suo visetto si era illuminato e negli occhi era apparso un lampo di gioia.

Ma il sorriso svanì presto. Rimase ferma per qualche istante, sforzandosi di ricordare.

«Grazie», disse la bambina, stringendo il pupazzo, e tornò sul divano, infilandosi sotto le coperte accanto alla madre.

Wylie prese la torcia sul tavolino e la accese. Poi fece lo stesso con le altre, finché la stanza fu illuminata a giorno. Si sedette di fronte alla donna e alla bambina, a corto di parole. Il fuoco scoppiettava senza alcun effetto; Tas russava.

Wylie andò in cucina e tornò con due bottiglie d'acqua. «Tieni, hai bisogno di bere». Si avvicinò al divano con una torcia e si inginocchiò accanto alla donna, in modo da poterla guardare bene.

Lei strizzava penosamente gli occhi e cercava di ripararsi dalla luce accecante con una mano, le punte delle dita nere per la necrosi.

«Ti ho portato delle aspirine», aggiunse Wylie. «Ti faranno passare un po' il dolore. Non voglio darti qualcosa di più forte, nel caso tu abbia un trauma cranico».

Spezzò una pillola a metà e la mise nel palmo aperto della donna. A quel punto vide la cicatrice a ferro di cavallo. Le afferrò il polso istintivamente, facendo cadere le pillole.

«Ahia», gridò la donna, tirando via la mano.

«Scusa». Arrossendo, Wylie si chinò per recuperare l'aspirina. «Tieni», disse, porgendole di nuovo la pillola.

La donna la guardò sospettosa, ma se la mise sulla lingua e fece una smorfia per il sapore amaro.

«Buttala giù con l'acqua», disse Wylie con dolcezza e svitò il tappo della bottiglia prima di dargliela.

La donna bevve mentre Wylie osservava il suo volto pesto. Lei la fissò diffidente con l'occhio sano.

Wylie si guardò la mano, dove un'identica cicatrice a ferro di cavallo, anche se meno pronunciata, le solcava il palmo.

Trentacinque

Di notte la bambina sognava di annegare e che il naso, la bocca, i polmoni le si riempivano di acqua nera e fredda. Si svegliava boccheggiando. Sua madre era accanto a lei e la abbracciava dicendole che andava tutto bene. Solo che non era vero.

Il seminterrato era così freddo che la stufetta non serviva a niente. Mangiò la zuppa, colorò i disegni e guardò la televisione con il volume al minimo.

Non sapeva mai cosa aspettarsi quando suo padre scendeva da loro. A volte portava un rotolo di nastro adesivo; altre volte una scatola di cupcake con la glassa rosa o un cartone di pizza.

Ma anche nei giorni in cui portava cose buone e le toccava i capelli dicendole che era carina, bastava un niente perché le desse uno schiaffo, un pizzico o una spinta.

Per sua madre era ancora peggio.

Un mattino la bambina si svegliò e scoprì che la madre non era accanto a lei. Si strofinò gli occhi e si guardò attorno. Non c'era nessuno. Scese dal letto e spinse la porta del bagno. Nessuno nemmeno lì. Non c'era uno sgabuzzino o un armadio dietro cui nascondersi

Si sentì invadere dalla disperazione. Era rimasta sola. Sua madre l'aveva abbandonata.

Udì un suono di passi al piano di sopra. Suo padre stava arrivando. Avrebbe voluto sapere cosa era successo a sua madre.

Che cosa gli avrebbe detto? La porta si aprì e la bambina corse a nascondersi dietro il letto, premendosi la coperta morbida e lisa sulla guancia e infilandosi il pollice in bocca.

I passi si avvicinarono e il cuore prese a batterle così forte che sicuramente l'avrebbe sentito anche suo padre.

«Tesoro». Era la voce di sua madre. «È ora di alzarsi».

La bambina voleva farle tante domande. Dov'era andata? Che cosa aveva fatto? Perché era salita al piano di sopra?

Sua madre si limitò a premere un dito sulle labbra e disse: «Shhh. Ricorda il nostro piccolo segreto». Aveva portato una busta di plastica. Dentro c'erano una mela, qualche banconota e un mucchio di monetine che tintinnavano in fondo alla busta.

Sua madre le diede la mela e legò i manici della busta, nascondendola in fondo al cestino della spazzatura. La bambina mangiò il frutto mentre sua madre camminava avanti e indietro per la stanza.

La giornata passò lentamente. Sua madre era preoccupata. Nervosa. La bambina le chiese cosa avesse, ma lei si limitò a sorriderle e a rispondere che andava tutto bene. Fu colta da una leggera inquietudine e corse all'armadietto per vedere quanto cibo fosse rimasto. Sospirò sollevata. Ce n'era parecchio.

«Pensi che verrà stasera?», chiese.

«Non lo so», rispose sua madre, fissando la porta. «Spero di no».

Suo padre era venuto la sera prima ed era di pessimo umore. Le aveva ordinato di andare in bagno e lei aveva obbedito con riluttanza. Sapeva che stava per mettersi male. Aveva preso un libro dalla libreria e aveva chiuso la porta. Non vedeva cosa stava succedendo, ma sentiva tutto. Il letto cigolava violentemente e sua madre lanciava grida di dolore così strazianti che dovette coprirsi le orecchie finché non finì.

Nei tre giorni successivi, quando si svegliava non trovava sua madre, ma lei ritornava sempre, ogni volta con un oggetto che aggiungeva alla busta nascosta in fondo alla spazzatura: un paio di forbici affilate, un rasoio elettrico, due bottiglie d'acqua, due chiavi.

«Non hai paura che torni?», le chiese la bambina.

Sua madre scosse la testa. «Esce sempre alle sei. Va in città a prendere un caffè e un donut», disse. «Torna sempre per le otto. Ti voglio bene», aggiunse, di punto in bianco. La bambina sorrise, ma una sensazione di disagio le si piantò nel petto, perché il modo in cui l'aveva detto somigliava a un addio.

Più tardi, sua madre la destò. «Svegliati», disse. La bambina si alzò sui gomiti e la guardò stordita.

«Che ore sono?», chiese.

«Alzati e fa' quel che ti dico. Dobbiamo sbrigarci», disse, infilandosi una felpa rossa. «Vestiti e vai in bagno».

La bambina fece come le aveva detto. La stanza era al buio, illuminata solo dal bagliore tremolante del televisore. Alle previsioni del tempo parlavano di neve, grandine e vento forte. Andò in bagno e si infilò i jeans, una felpa grigia e un paio di scarpe sportive.

«Che succede?», chiese. «Sta arrivando?».

Sua madre scosse la testa. «No. Senti, stiamo per fare una cosa molto pericolosa, ma devi fidarti di me. Ti fidi di me?».

La bambina annuì. Sua madre andò al cestino della spazzatura e tirò fuori la busta di plastica. Sciolse i manici, frugò all'interno e prese un paio di forbici e il rasoio elettrico. La bambina la guardò confusa. Non aveva paura di un paio di forbici, anche se erano molto più affilate e lunghe di quelle che aveva nella scatola per i lavoretti.

«Vieni, tesoro», disse sua madre. «Ti taglio i capelli».

«Perché?», domandò lei.

«Ti fidi di me?», chiese di nuovo sua madre, guardandola negli occhi.

«Sì», rispose la bambina con una voce piccola piccola.

Sua madre le sollevò una ciocca di capelli e cominciò a tagliare. Lunghi riccioli neri caddero a terra. La bambina gemette e si portò le mani alla testa.

«Non preoccuparti, ricresceranno presto. Promesso», la rassicurò sua madre e continuò a tagliare, finché per terra ci fu un mucchio di capelli neri. Attaccò alla presa il rasoio elettrico, che si accese con un basso ronzio. Le premette il rasoio sullo scalpo e i restanti ciuffi di capelli sottili le volarono intorno alla testa.

Infine, sua madre emise un sonoro sospiro. «Bene, ho finito».

«Posso vedere?», chiese la bambina e lei annuì con riluttanza.

Corse in bagno e si fermò davanti allo specchio crepato. Era orrenda. Non si riconosceva più. Era praticamente calva e sentiva che il collo e le orecchie erano nudi, esposti.

«Non piangere, ti prego», disse sua madre, con la voce gonfia di lacrime. «Devi essere forte». La bambina ci provò, ma non riuscì a smettere. «Dovremo essere persone diverse per un po'. Dovevo tagliarti i capelli e farò lo stesso con i miei, poi cambierò colore quando ce ne saremo andate. Puoi fingere di essere un maschietto? Pensi di riuscirci per un po'?».

La bambina annuì.

«Bene», disse sua madre. «Ora ce ne andremo e non torneremo più indietro».

«Lui non si arrabbierà?», chiese la bambina tra le lacrime.

«Sì, ed è per questo che dobbiamo sbrigarci», rispose sua madre e cominciò a sforbiciare i capelli lunghi fino alla vita, tagliandoli all'altezza delle spalle. «Sul calendario che ha di sopra ha segnato un'asta di bestiame. A Burell, in Nebraska. È oggi. Ma dobbiamo sbrigarci, dobbiamo andarcene subito. Prendi una sola cosa speciale da portare con te, io vado ad aprire la porta».

Quindi se ne andavano. Stavano davvero per salire le scale e uscire. Provò un brivido di eccitazione. Andavano Fuori. Sapeva già cosa portare. La sua piccola coperta bianca con i coniglietti. Ce l'aveva da quando era nata. Avrebbe voluto portare anche qualche libro e la scatola per i lavoretti, ma sua madre le aveva detto di scegliere solo una cosa e non poteva andarsene senza la coperta. Poi lo sguardo le cadde sul pupazzetto di un uomo vestito di verde. Sua madre gliel'aveva regalato quando era piccola, dicendo che ce l'aveva da tanto tempo. La bambina se n'era quasi dimenticata, perché ultimamente passava molto tempo a leggere e colorare. Si infilò il pupazzetto in tasca. Avrebbe portato anche quello. Sua madre non ci avrebbe fatto caso.

«No, no, no», la sentì gemere dalle scale. La bambina sentì sbatacchiare la maniglia, il rumore dei pugni sul legno. «Non funziona», disse sua madre, tornando giù e sedendosi sull'ultimo gradino, sconfitta. «Deve avere messo un'altra serratura. Non si apre. Scoprirà che stiamo combinando qualcosa. Mi ucciderà per averti tagliato i capelli», disse, coprendosi la faccia con le mani.

«Gli diremo che sono stata io», suggerì la bambina, stringendosi accanto a lei sul gradino. «Facciamo giurin giurello».

«Lo capirà», ripeté lei scuotendo la testa. «Scoprirà che sono uscita e ho preso le chiavi, i soldi e il rasoio. Mi dispiace tantissimo. Tantissimo», pianse. «Ti ho promesso che sarebbe andato tutto bene e mi sono sbagliata».

Rimasero così sedute a lungo. La bambina le massaggiava la schiena con una mano, mentre con l'altra si carezzava la testa rasata. Si guardò attorno. Non era male. Avevano il letto, il televisore, la libreria e una finestra.

«Mamma», disse, raddrizzandosi e tirandole il braccio. Indicò e la madre seguì il suo dito con lo sguardo. «Non serve la porta», disse. «Possiamo uscire dalla finestra».

Trentasei

Oggi

“Non può essere”, pensò Wylie. “Non è possibile”. Becky era morta. Era morta da anni. Ne era certa.

Ma se si fosse sbagliata? Se Becky fosse stata tenuta nascosta per tutti quegli anni? Se avesse avuto una figlia con l’uomo che l’aveva rapita?

Si sentì invadere dal senso di colpa. Ripensò alla notte degli omicidi, quando lei e Becky erano nella sua cameretta, al chiaro di luna che entrava dalla finestra. Poco tempo dopo, della sua amica si era persa ogni traccia.

Non si sarebbe nemmeno trovata in quella casa se non fosse stato per lei.

Una vocina nella testa cominciò a tormentarla. La cicatrice a forma di ferro di cavallo, identica alla sua.

Sbatté le palpebre e scosse la testa. Era impossibile. Becky Allen era morta.

Per anni Wylie era fuggita dal suo passato, da quella casa, da quella terribile notte, dall’uomo che le aveva rubato la sua famiglia.

Non molto tempo dopo gli omicidi, si era trasferita con i nonni a trecento chilometri da Burden per cominciare una nuova vita, da zero, fuggendo da tutto ciò che avrebbe continuato a ricordare loro ciò che avevano perso. E dall’assassino.

Malgrado gli sforzi dei suoi nonni, il passato non aveva mai smesso di tormentarla. Era sempre Josie Doyle, la bambina a cui avevano assassinato i genitori e il fratello, l'amica della ragazzina scomparsa senza lasciare traccia. Così, quando era diventata abbastanza grande e aveva capito di non poter più essere Josie Doyle, aveva preso la W di William, la L di Lynne e la E di Ethan e, con il cognome di sua nonna, era diventata Wylie Lark.

Aveva iniziato a scrivere libri su crimini orrendi. Perché? Non aveva mai cercato di analizzare la sua scelta, ma le sembrava logica. L'uccisione della sua famiglia e il rapimento della sua amica non erano mai stati ufficialmente risolti, così aveva deciso di raccontare le tragedie degli altri.

Finché non aveva scritto la propria storia. La storia di Josie Doyle, da consegnare al mondo.

No. Chiuse la cartellina e si alzò. Era pazzesco. Becky era morta. Stava cercando di togliersi quel pensiero dalla testa quando udì un rumore all'esterno, simile al rombo di un motore.

«Cosa è stato?», chiese la donna impaurita.

La bambina corse alla finestra e aprì le tende. «Vedo una luce», esclamò. «È lontana, sulla strada».

«Vieni qui», ordinò sua madre. «Allontanati dalla finestra». La bambina tornò al suo fianco.

«Credo che sia lo spazzaneve», disse Wylie con sollievo.

Si fermarono ad ascoltare il borbottio di un motore e il suono inconfondibile della neve spostata. Vedendo l'espressione preoccupata della donna, Wylie disse: «È una cosa positiva. Significa che la bufera si sta placando. Presto ripristineranno le linee elettriche e riavremo la luce e il riscaldamento».

La donna non sembrava convinta.

All'improvviso il motore si spense. «Se n'è andato?», chiese la bambina. «Ha già finito?»

«Forse, ma tornerà per pulire l'altro lato della strada», spiegò Wylie.

La bambina lasciò il fianco della madre e tornò alla finestra. «Com'è che vedo ancora una luce?», chiese. Wylie si unì a lei e persino la donna si alzò dal divano per andare a vedere. «Forse è rimasto bloccato», ipotizzò la bambina.

«È più probabile che abbia visto i resti del furgone e si sia fermato», disse Wylie. «Vado a controllare, a parlarci».

«Ti prego, no», la implorò la donna. «Resta qui».

«Ci metterò solo un minuto. Non ti preoccupare. Avrà una ricetrasmittente. Può aiutarci».

Ignorando le proteste della donna, Wylie afferrò una torcia e il cappotto dallo schienale del divano e andò nel piccolo ingresso. Infilò gli stivali e il cappello di lana. Doveva parlargli prima che se ne andasse. Come minimo doveva avere una ricetrasmittente, così avrebbero potuto avvisare le autorità che avevano bisogno di soccorso medico.

Spalancò la porta e si trovò faccia a faccia con un uomo bardato di tutto punto. Per la sorpresa, la torcia le cadde a terra con un tonfo metallico e rotolò via. Si chinarono entrambi per raccoglierla.

Wylie ci arrivò per prima. «Oddio, mi ha spaventata», disse ridendo nervosamente. «Stavo proprio uscendo a cercarla».

«Non volevo spaventarla», disse l'uomo.

«No, no», disse Wylie, illuminandolo con la torcia. «Sono felice che lei sia qui. Ci serve…».

E d'un tratto lo riconobbe. Era Jackson Henley, l'uomo che aveva assassinato la sua famiglia. L'uomo che aveva preso Becky.

Trentasette

Agosto 2000

Le cose si stavano muovendo in fretta. L'agente Santos ricevette una telefonata: il cane da ricerca aveva trovato una pista al confine della proprietà degli Henley. Grazie al cielo, non era un cadavere. Ma uno straccio insanguinato con l'odore di Becky Allen non lasciava presagire nulla di buono.

Mentre aspettava l'approvazione del mandato di perquisizione, scoprì altri dettagli inquietanti su Jackson Henley. Aveva preso parte alla campagna terrestre che aveva liberato il Kuwait nell'operazione Desert Sabre, ma il suo fascicolo militare era macchiato da parecchi scontri con i superiori. Jackson Henley non seguiva gli ordini, beveva e molestava le soldatesse.

Una donna aveva riferito che Henley, insieme ad altri soldati, l'aveva molestata portandola sull'orlo di un crollo nervoso. Un'altra donna lo aveva accusato di sequestro di persona, poiché lui l'aveva imprigionata dopo una notte passata insieme. Le accuse alla fine erano cadute, ma pareva che Henley fosse sempre stato molto possessivo con le ragazze.

C'era dell'altro, soprattutto episodi relativi alla sua apparente battaglia con l'alcol, finché nel 1992 Jackson era tornato a Burden County ridotto all'ombra di sé stesso.

Santos sapeva che uno straccio insanguinato non sanciva la

colpevolezza di Henley, ma aveva un brutto presentimento. Non potevano nemmeno essere certi che fosse il sangue di Becky. Forse aveva toccato o tenuto quello straccio in mano, trasferendoci il suo odore, e il sangue apparteneva a qualcun altro.

L'approvazione del mandato di perquisizione della proprietà degli Henley richiese preziosi minuti. Trovare una prova sul limitare di una proprietà non garantiva che il giudice avrebbe automaticamente concesso il mandato. Eppure, il comportamento volubile di Jackson e i suoi pregressi guai con la legge convinsero il giudice ad approvarlo subito. Erano pronti a procedere.

Dovevano solo sperare che non fosse troppo tardi per Becky.

Santos parcheggiò nella proprietà degli Henley e la puzza di gomma bruciata le assalì immediatamente le narici. "Perché mettersi a bruciare roba in una giornata torrida come quella?" si chiese. Lo sceriffo Butler aveva pensato la stessa cosa. Quando scese dall'auto, lo vide venirle incontro scuotendo la testa.

«Quel figlio di puttana sta bruciando qualcosa», disse, avvampando per la rabbia. «Avrei dovuto farlo parlare ieri».

«Be', ci parleremo adesso», rispose Santos. «Ma prima dobbiamo trovarlo. Notificheremo il mandato a sua madre, poi andremo al falò e controlleremo che non sia cercando di bruciare le prove».

«Attenta», la avvertì Butler. «Se Jackson è in casa ed è ubriaco, può essere piuttosto imprevedibile».

«Va bene», rispose Santos e si avvicinò all'edificio insieme ad altri due vice. Scorse del movimento dietro le pesanti tende che coprivano una finestra. «L'avete visto?», chiese. Il vice in testa annuì e portò una mano alla pistola. In massima allerta, salirono i gradini rotti del portico.

Santos bussò alla porta e si identificò. «Signora Henley», gridò, «abbiamo un mandato di perquisizione. Per favore, apra!».

La donna aprì di uno spiraglio e li scrutò con i suoi acquosi occhi azzurri. «Che succede?», chiese.

«Signora, sono l'ispettrice Camilla Santos della divisione investigativa dello Iowa e abbiamo un mandato per perquisire la sua proprietà e quelle adiacenti. Apra la porta, per favore». Santos e gli altri agenti attesero che June decidesse come comportarsi.

Il detective Levi Robbins stava interrogando gli autori di crimini sessuali della zona quando ricevette le due informazioni che avrebbero portato alla fine della sua carriera e a una causa civile contro il dipartimento dello sceriffo di Burden County.

La prima era che il corpo del sedicenne Ethan Doyle era stato trovato sepolto in una mangiatoia nel granaio della sua famiglia.

«Non lasciare la città», disse al delinquente che stava interrogando.

Saltò in macchina e si diresse alla fattoria dei Doyle. "Quella povera famiglia", pensò. L'unica consolazione era che Ethan non era l'assassino dei genitori né il rapitore di Becky. Ma non cambiava il fatto che tre quarti della famiglia erano stati violentemente cancellati dalla faccia della terra e che una tredicenne era ancora introvabile.

Nella testa gli ronzavano varie domande quando gli arrivò la seconda informazione. La polizia di stato si era data da fare e aveva già trovato il numero da cui partivano le crudeli telefonate fatte alla famiglia Allen che accusavano Ethan Doyle. Era dei Cutter.

L'istinto gli diceva di cercare Brock Cutter. Dannato ragazzo. Gli aveva raccontato un sacco di balle: Ethan era un omicida, voleva uccidere i genitori, aveva una cotta per Becky Allen. E a quel punto, che cosa doveva fare lui? Recarsi sulla scena del crimine o andarlo a cercare? Stava per imboccare la strada per la fattoria dei Doyle, quando decise di procedere dritto verso la casa dei Cutter. Voleva risposte.

Vide un veicolo in lontananza che si avvicinava a gran velocità. Rallentò e guardò negli occhi l'autista. Cutter. Frenò di colpo e le gomme strisciarono sull'asfalto, lasciando una scia di fumo acre e segni di sbandata. Fece inversione, accese lampeggianti e sirena, e diede gas.

Anche Cutter accelerò. Ma che cavolo combinava?

Levi premette l'acceleratore a tavoletta finché non fu alle calcagna del pick-up di Cutter. Perché non accostava? Il ragazzo girò all'improvviso su una strada sterrata e Levi per poco non superò la svolta. «Figlio di puttana», gridò, perché era quasi finito fuori strada in un campo di granturco. Girò di scatto il volante a sinistra e la macchina si raddrizzò. Cutter non accennava a fermarsi. La polvere si alzava e avvolgeva entrambi i veicoli in una nuvola grigia. Levi non vedeva cosa avesse davanti, dietro, da nessuna parte. Un velo gessoso copriva il parabrezza.

Doveva rallentare, ma era troppo tardi. Andò a sbattere sul pick-up di Brock Cutter. Il rumore di lamiere accartocciate gli riempì le orecchie, sentì spezzarsi le gambe, il torace teso contro la cinghia della cintura di sicurezza. Ululò di dolore, lo stomaco gli salì in gola mentre la macchina girava e girava finché non si fermò. Quando aprì gli occhi, il muso della macchina era maciullato, le sue gambe bloccate sotto il volante. Stranamente, non sentiva molto dolore, solo una forte pressione sul petto.

Girò cautamente il collo da destra a sinistra. Almeno non si era rotto la spina dorsale. Poi provò con le dita dei piedi.

Gli sembrava che si fossero mosse. Non ne era sicuro. La nuvola di polvere si posò lentamente e il mondo fuori dalla macchina tornò a fuoco. Alla luce abbagliante dei fari, lo vide. Il pick-up era stato tranciato quasi a metà da un palo del telefono. E poi c'era Brock Cutter, penzolante dalla portiera, con le nocche che sfioravano il selciato, una ferita enorme sul collo. Non si muoveva. Ovvio. C'era troppo sangue.

Levi chiuse gli occhi. Voleva solo risposte. Voleva solo scoprire cosa era successo ai Doyle, alla ragazzina. Aveva fatto bene a inseguire Brock Cutter? Aveva solo fatto il suo lavoro.

Trentotto

«Stai indietro», disse sua madre. Stava in piedi su una sedia davanti alla finestra e teneva in mano il coperchio di porcellana del water. Chiuse gli occhi e lo sbatté sul vetro, provocando una pioggia di schegge. Gettò il coperchio a terra e la bambina trasalì quando sbatté sul cemento. «Passami l'asciugamano», le ordinò.

La bambina fece come le aveva chiesto e sua madre se lo avvolse intorno al braccio e cominciò a liberare la finestra dai vetri rotti. Davanti a loro c'era un muro di neve compatta. Sua madre cercò di scavarla a mani nude, ma non riuscendoci le chiese di passarle la stufetta.

La posizionò davanti alla neve. «Porta qui un'altra sedia e prendi un cucchiaio», disse. La bambina trovò un cucchiaio, trascinò l'altra sedia pieghevole accanto a quella su cui stava sua madre e vi salì sopra. «Tieni la stufetta e io scavo».

Lavorarono in fretta e dieci minuti dopo, sua madre aveva le braccia bagnate dalla neve sciolta. Dalla finestra soffiava un vento gelido che mozzava il fiato.

«Va bene così», disse sua madre. «Farà molto freddo e dobbiamo sbrigarci. Passami la busta di plastica e va' a prendere la tua coperta». La bambina saltò giù dalla sedia, sentendo scricchiolare i vetri sotto le scarpe, corse al tavolo e recuperò quello che le aveva chiesto, poi tornò da lei.

«Prima aiuto te, poi salgo io», le disse sua madre. «Attenta a non tagliarti». La sollevò e lei passò agilmente dalla fine-

stra. Le diede la coperta e la busta di plastica. La bambina si fece indietro e aspettò sua madre. Cadeva nevischio. La pioggia ghiacciata le scivolava lungo il collo e il vento forte le penetrava la felpa e i jeans.

Sua madre fece diversi tentativi prima di riuscire a tirarsi su abbastanza da far passare le spalle dalla cornice della finestra rotta. La bambina le afferrò le braccia tese e tirò.

Sua madre sollevò il resto del corpo con un gemito e cadde sulla neve.

Si rialzò subito in piedi e si guardò attorno, cercando di orientarsi. «Da questa parte», disse, strizzando gli occhi contro la grandine che le colpiva la faccia. Tenendosi per mano, madre e figlia attraversarono il cortile scivoloso e arrivarono davanti alla casa. Andarono a ripararsi dal nevischio sotto il portico.

«E adesso?», chiese la bambina. Aveva i brividi e si strinse alla madre. La notte era buia, umida e fredda, e sembrava più grande di quanto avesse immaginato.

Sua madre aprì la busta di plastica e prese le chiavi che ci aveva messo qualche giorno prima. «So che una di queste è la chiave del furgone», disse. «Spero che ci sia anche quella della porta d'ingresso o dovremo camminare».

Provò la prima chiave nella serratura. Non entrava. Poi la seconda e la terza. Finalmente, riuscì a infilare la quarta e la porta si aprì. Una volta dentro, attraversarono l'ingresso buio ed entrarono in cucina. Sua madre si fermò davanti alla porta del seminterrato. «Per questo non si apriva», disse e fece scorrere la serratura a sinistra. «Ha usato entrambe le sicure». La rimise a posto.

«Andiamo», le disse, facendo strada verso un'altra porta. Questa si apriva su uno spazio buio e senza finestre. Tastò la parete e accese la luce. Era un garage. Un posto era vuoto. Nell'altro c'era un veicolo coperto da un telo incerato.

La donna tolse il telo scoprendo un vecchio furgone nero, pieno di graffi e ruggine. Lui non lo usava spesso, ma non aveva intenzione di sbarazzarsene. Le aveva detto che gli piaceva sedervisi dentro e abbandonarsi ai ricordi.

Sua madre passò una mano sul metallo freddo. Pezzi di vernice nera le rimasero incollati alle dita. «Entra», le disse, aprendo lo sportello. «Allacciati la cintura».

La bambina non sapeva cosa significasse.

Sua madre entrò accanto a lei, chiuse la portiera e provò le chiavi finché non trovò quella giusta. Allora si chinò e prese una cinghia che le passò sulla pancia e sul petto, prima di chiuderla con un clic.

«Come usciamo da qui?», chiese la bambina, guardando la porta del garage abbassata.

«Così», disse sua madre e allungò una mano per premere un pulsante nero. La porta del garage si alzò lentamente, con un rombo fortissimo. Sua madre mise le mani sul volante e studiò quello che aveva davanti. Girò la chiave nell'accensione e il motore prese vita. «Ci siamo», disse, rivolgendole un sorriso spaventato.

Il furgone sobbalzò in avanti sul vialetto ghiacciato. Sbandò a destra, a sinistra, poi si raddrizzò. Sua madre premette piano l'acceleratore, poi i freni, avanzando lentamente.

«Dove stiamo andando?», chiese la bambina.

«Shhh, devo concentrarmi», rispose sua madre. Scendeva un nevischio misto a grandine e una nebbia torbida copriva il parabrezza. Scoprì come accendere i fari e i tergicristalli. Andò un po' meglio. Alla fine del vialetto, dovette prendere una decisione. Girare a destra o a sinistra. Non sapeva dove si trovasse e non sapeva dove andare. Fece un respiro profondo e girò a destra.

Il furgone procedette a balzi e scossoni, continuando a fermarsi e a sbandare. Alla bambina venne il mal di pancia. Stringeva la sua coperta e sperava di non vomitare.

Finalmente, sua madre sembrò prendere la mano e continuò a guidare lentamente, ma con maggiore sicurezza. «Qualunque cosa accada», le disse, «voglio che non ti fermi. Se lo incontriamo, scappa. Se ci separano, scappa. Hai capito?». Svoltò di nuovo a destra. Le ruote sembravano aderire meglio alla strada e sua madre premette sull'acceleratore. Il furgone prese velocità. Si voltò a guardarla. «Trova un posto sicuro. Non dire niente a nessuno. Né come ti chiami, né come mi chiamo io, non dire niente finché non sei certa di poterti fidare».

«Come faccio a capire se mi posso fidare?», domandò lei.

«Lo capirai», rispose sua madre.

Lei non ne era così sicura. Guardò la strada davanti a loro. Potevano andare ovunque, essere chiunque. Vide un albero, alla luce dei fari. Cresceva al centro della strada. «Mamma», strillò.

Sua madre cercò di girare il volante a destra, ma il fianco del furgone strisciò sul tronco dell'albero. La bambina sentì accartocciarsi le lamiere e lo schiocco del legno, poi la strada sparì. Il furgone rimbalzò e sbandò, e all'improvviso si trovò sottosopra. Si morse la lingua e il sangue le inondò la bocca. Sbatté la testa e il furgone girò e slittò finché non si fermò di colpo.

La bambina si ritrovò a testa in giù sul sedile. Sua madre era sparita. Si tastò il capo e si guardò le dita, che erano rosse di sangue. «Mamma?», chiamò. Non ci fu risposta. Il parabrezza era in frantumi e, attraverso il prisma, vide tutto bianco. Cominciò a fare più freddo. Con le dita doloranti, riuscì a slacciarsi la cintura e rotolò giù con un tonfo doloroso. Si ritrovò seduta sul tettuccio del furgone. Chiamò di nuovo sua madre, ma le rispose soltanto l'ululato del vento.

Non sapeva cosa fare. Il dolore alla testa le dava la nausea e le dita le bruciavano per il freddo. Sua madre le aveva detto di andare avanti e così avrebbe fatto. A tutti i costi. Una delle portiere era aperta e la bambina, stordita, strisciò fuori da lì. Intorno a lei c'erano i rottami del furgone, ma sua madre non si vedeva ancora. «Mamma, dove sei?», gridò, ma le sue parole furono inghiottite dalla neve che aveva preso a cadere furiosamente.

Gli occhi si riempirono di lacrime che traboccarono sulle sue guance fredde. Non ti fermare, disse a sé stessa. Ma appena fece un passo, scivolò e cadde. Strisciò carponi finché non arrivò in cima a una collinetta. Socchiuse gli occhi nella bufera e la vide. Pallida, tenue, ma c'era. Una luce. Si alzò e cominciò a camminare lentamente verso la stella.

Trentanove

Agosto 2000

La porta si aprì lentamente e l'agente Santos osservò la donna che aveva di fronte. Era magra come uno scheletro, il volto pallido ed emaciato. Sembrava a un passo dalla morte.

«Ha avvisato che sareste venuti», disse con voce gracchiante.

«Dov'è Jackson?», domandò Santos, esaminando la stanza.

June si sedette stancamente su una poltrona. «È mio figlio. Gli voglio bene», disse.

Santos sapeva che quella donna non sarebbe stata di nessun aiuto. «Resta con lei», ordinò a un vice.

Insieme al resto della squadra cominciò a perquisire la casa. Era tutto pulito e ordinato. Anche nel seminterrato con i muri e il pavimento di cemento non c'era un granello di polvere. E nessun segno di Jackson Henley e Becky Allen. Santos tornò in soggiorno dove June era seduta e li guardava con aria stanca.

Era una casa ordinaria, la normale abitazione di una donna anziana che si era sposata e vi aveva cresciuto un figlio. C'erano foto di Jackson a varie età, di June e suo marito il giorno del matrimonio. Ma mancava qualcosa.

Tutt'a un tratto ci arrivò. Sembrava la casa di una donna anziana malata, non di una madre che ci abitava con suo figlio. Non c'era nessun segno che Jackson dormisse lì. Nessun armadio con i suoi vestiti o i suoi oggetti personali.

A tutti gli effetti, Jackson non abitava lì. Aveva un altro alloggio, da qualche parte nella proprietà.

Santos andò alla finestra e aprì le tende. Lo sceriffo Butler e la sua squadra stavano perlustrando la proprietà e gli altri edifici. In lontananza, il denso fumo nero si alzava dal mucchio di gomme bruciate e, con esso, Santos sentì salire l'inquietudine e un vago senso di nausea.

Bruciare pneumatici non era come bruciare rami caduti o sfalci. Era illegale. Lo era fin dal 1991. Sicuramente Jackson lo sapeva, ma non gli interessava. Non era facile appiccare il fuoco alle gomme. Il calore era troppo intenso e il fuoco, una volta acceso, era difficile da spegnere. Inoltre, il fumo era pieno di sostanze chimiche nocive, come il cianuro e il monossido di carbonio.

June aveva detto che suo figlio sapeva che sarebbero arrivate le forze dell'ordine. Essere arrestato per aver bruciato pneumatici era un giusto prezzo da pagare per distruggere le prove che lo collegavano all'omicidio dei Doyle e alla scomparsa di Becky Allen.

Dovevano spegnere quel fuoco.

«Chiamate i pompieri e fateli venire subito», ordinò. «Dite che abbiamo un rogo di pneumatici».

Si girò verso June Henley. «Signora, non è sicuro per lei stare qui. Il fumo e le esalazioni delle gomme bruciate le faranno male. Dobbiamo evacuare l'area».

June abbassò le spalle, rassegnata, ma si alzò tremante. «Vi sbagliate», disse. «Jackson non ha ucciso quelle persone e non ha preso la ragazza».

«Spero che lei abbia ragione, signora», rispose Santos, mentre un vice accompagnava June fuori dalla casa.

Si udì un crepitio di spari e Santos corse fuori. L'aria

era densa di fumo nero e la puzza di gomma bruciata le riempì le narici e le fece bruciare gli occhi. Si coprì la bocca con l'incavo del gomito e andò verso il rumore degli spari.

Il fuoco era a circa cento metri dall'abitazione. Quando si avvicinò alla montagna di gomme, due vice, tossendo e respirando a fatica, le passarono accanto di corsa verso la direzione opposta.

Santos ne fermò uno. «Che succede?», chiese.

«Quel tizio fa la guardia al rogo con un fucile. Non lascia avvicinare nessuno», disse. Aveva gli occhi rossi e irritati dal fumo. «L'abbiamo beccato a gettare armi nel fuoco. Ne ha in quantità industriali. Un vero arsenale».

«E gli spari?», chiese Santos. «Qualcuno è rimasto ferito?»

«Non lo so. Il fumo è troppo fitto». Il vice si piegò con le mani sulle ginocchia e fu scosso da tosse e conati.

«Vada», disse Santos. «Si assicuri che stiano tutti bene e li tenga alla larga da qui. Chiami i rinforzi». Il vice annuì e scomparve in una nuvola nera.

Santos sapeva che era meglio ritirarsi e mettersi in salvo, ma lo sceriffo non era ancora emerso dal fumo e non poteva lasciarlo indietro. Si tolse la giacca e la usò per coprirsi la faccia prima di inoltrarsi nella nube scura.

La pira di pneumatici era completamente avvolta dalle fiamme e Jackson Henley stava lì davanti con un fucile in mano e uno sguardo feroce come il fuoco alle sue spalle. Ai suoi piedi c'erano diverse taniche di benzina.

Santos gettò via la giacca e impugnò la pistola.

Lo sceriffo, sopraffatto dai fumi tossici, era in ginocchio e si sforzava di respirare. «Jackson Henley», gridò Santos. «Metta giù il fucile».

«Sapevo che sareste venuti», biascicò Jackson. Era

ubriaco, quindi ancora più pericoloso e imprevedibile. Il volto era nero di fuliggine e gli occhi azzurri brillavano di rabbia. «Ho cercato di aiutare quella ragazza. Era ferita e volevo solo aiutarla. Adesso pensate che l'abbia presa io».

Il fumo nero si stava indurendo come cemento nei suoi polmoni. Doveva portare Butler via da lì; doveva allontanarsi anche lei.

Pensò di sparare a Henley. Sarebbe stata la soluzione più veloce. Sapeva di averne il diritto: lui aveva un fucile. Sembrava quasi che volesse farsi colpire. Ma c'erano troppe domande senza risposta su cui doveva indagare, in primo luogo dove si trovasse Becky Allen. Se Jackson moriva, c'era il pericolo che la ragazzina morisse con lui.

Prese una decisione. Era rischiosa, ma forse era l'unica possibilità di arrivare alla verità. Abbassò l'arma, sapendo che gli altri agenti la stavano coprendo.

«D'accordo, Jackson», disse. «Parliamone. Voglio conoscere la tua versione dei fatti, ma non in questo modo. Non qui. Andiamo in un posto più sicuro».

Henley scosse la testa. «Non mi crederete. Nessuno mi crede mai».

«Non è vero», disse Santos. «Tua madre ti crede. Io ti credo».

Henley scoppiò in una risata amara e diede un calcio a una tanica di benzina, che esplose con un sonoro schiocco. Rimase a fissare il fuoco che correva verso di lui, ipnotizzato. Le fiamme, seguendo un sentiero frenetico, si attorcigliarono intorno alla caviglia come serpenti e risalirono sulla gamba.

L'agente Santos gettò la pistola e corse verso di lui. Usando la giacca, cercò di spegnere le fiamme che gli avevano avviluppato le gambe ed erano già saltate sulle braccia.

Alcuni vigili del fuoco in tuta ignifuga corsero verso di loro. Qualcuno le premette una maschera di ossigeno sulla faccia e se la caricò sulle spalle.

Grida d'angoscia la assordarono.

Jackson Henley era vivo e avrebbe raccontato cos'era successo a Becky Allen.

Quaranta

Oggi

Puntandogli la torcia addosso, Wylie gli esaminò il volto più da vicino. Era invecchiato, ovviamente, dato che erano trascorsi ventidue anni. La stempiatura esponeva la fronte solcata da rughe profonde con un ciuffo rado di capelli grigi. Ma non c'erano dubbi che fosse lui: la grossa cicatrice sotto la mascella era ben visibile. Aveva visto la sua foto un migliaio di volte al telegiornale e nei ritagli che aveva conservato. Era Jackson Henley, l'uomo che aveva assassinato la sua famiglia, che aveva preso Becky ed era tornato a reclamare anche lei.

Represse l'impulso di colpirlo in faccia con la torcia. Di prenderlo a calci e picchiarlo fino a ridurlo a un mucchio sanguinolento di ossa rotte, come aveva fatto lui con i suoi genitori e suo fratello. Lo voleva morto. Ma doveva controllare la rabbia, almeno per il momento. Intanto doveva impedirgli di entrare in casa.

«Ho visto i rottami e ho pensato che qualcuno avesse bisogno d'aiuto. Stavo proprio per bussare».

«No, stiamo bene», disse Wylie, rimproverandosi per avergli rivelato che non era sola. «Io e mio marito non abbiamo bisogno di nulla», mentì, sperando che questo lo persuadesse ad andarsene.

«Sembra un gran brutto incidente», disse Jackson. «Ho

visto delle luci. Pensavo che se qualcuno fosse sopravvissuto sarebbe venuto qui per ripararsi dalla bufera. È la casa più vicina. Non pensavo fosse abitata», aggiunse, togliendosi il berretto di lana.

O non l'aveva riconosciuta oppure era bravo a fingere. Wylie e i suoi nonni avevano lasciato la contea subito dopo i funerali. Non ci aveva più messo piede per oltre vent'anni e nessuno sapeva che Josie Doyle era tornata con il nome di Wylie Lark.

Ma lei aveva tenuto d'occhio Jackson Henley. Era passata con la macchina davanti a casa sua, la stessa in cui aveva vissuto con sua madre. Aveva ripulito gran parte della spazzatura, gli pneumatici, gli attrezzi agricoli, tutto sparito. Rimaneva solo qualche veicolo parcheggiato in cortile. Ma le era sfuggito il suo lavoro di spazzaneve.

«Non ha visto le vittime dell'incidente?», le chiese.

Wylie aspettò qualche secondo prima di parlare. Se Jackson l'aveva osservata come aveva fatto lei con lui, sapeva che non aveva un marito e che era lì tutta sola. Aveva ridotto al minimo indispensabile le interazioni con la gente del posto. Non voleva che scoprissero la sua identità.

«No», disse, cercando di apparire disinvolta. «Ho controllato e sembra che i soccorsi siano arrivati prima di me. Ma è stato molto gentile a passare». Doveva trovare un modo per mandarlo via.

«Mi chiamo Jack. Vivo a un paio di chilometri da qui», spiegò. «Non sapevo che questa casa fosse stata affittata. Come ho detto, ho visto il furgone e volevo solo controllare che fosse tutto a posto».

«Wylie, piacere», disse lei e Jackson non batté ciglio. «L'abbiamo presa in affitto io e mio marito». Forse davvero ignorava di trovarsi di fronte alla donna a cui aveva rovinato la vita, ma sicuramente sapeva che Becky e sua figlia erano nell'altra stanza.

«A pensarci bene, c'è qualcosa che potrebbe fare per aiutarmi», disse. «Abbiamo finito la legna e non voglio svegliare mio marito. Non potrebbe portarmene un po'?», chiese, sperando di avere un tono neutro.

«Certamente», rispose lui. «Mi dica solo dove devo andare».

«È nel capanno degli attrezzi laggiù. Venga, la accompagno». Trattenendo il fiato, gli fece strada nella tormenta fino al vecchio capanno da giardino, un piccolo fabbricato tra il granaio e la casa. Non sapeva se il suo piano avrebbe funzionato, ma non le erano venute altre idee.

Aprì la porta e gridò, sovrastando l'ululato del vento: «La legna è qua dentro. Possiamo prenderne una pila a testa e dovrebbe bastarci per tutta la notte».

Jackson annuì ed entrò con lei nella stanza buia.

«Laggiù», disse Wylie, indicando un angolo con la torcia. Poi perlustrò il capanno in cerca di un attrezzo appuntito e robusto. Lo sguardo le cadde su un cacciavite che staccò dal muro.

«Non la vedo», fece Jackson. «Può farmi luce, per favore?».

A quel punto, Wylie fece la sua mossa. Gli diede uno spintone alle spalle, facendolo cadere in ginocchio.

«Ehi», gridò lui, stupito.

Wylie si girò e corse via con il cuore in gola. Le sembrò di sentire i suoi passi alle spalle, il suo fiato caldo sul collo e, per un attimo, tornò nel campo di granturco, in fuga dall'assassino. Non si fermò, non si voltò indietro a controllare quanto fosse lontano.

Sbatté la porta, chiuse la serratura e la bloccò con il cacciavite, proprio quando lui vi si scaraventò contro.

«Ehi», urlò Jackson, cominciando a pestare sulla porta. «Fammi uscire!».

Wylie premette la schiena contro il pesante uscio di legno, mentre Jackson tentava di buttarlo giù con tutto il peso del suo corpo. La porta vibrò ma la serratura improvvisata resse. Per un po' sarebbe bastata.

Dall'interno del capanno giunsero grida gutturali, il rumore dei passi e delle violente spallate. Poi il tonfo e i grugniti: era caduto a terra.

Infine più nulla. Nessun suono. Nessun movimento dall'altra parte.

Doveva trovare la sua pistola ed escogitare un modo per tenerlo richiuso in quel capanno, lontano dalla casa. Avrebbe protetto Becky e sua figlia ed era disposta a uccidere Jackson Henley se necessario.

Quarantuno

Wylie era uscita da parecchio tempo. La bambina scese dal suo posto sul divano accanto alla madre, che gemeva e si dondolava. «Sta arrivando, sta arrivando».

Aveva ragione lei? Suo padre le aveva trovate? In tal caso, le avrebbe uccise tutte. Magari, se fosse riuscita a distrarlo, Wylie sarebbe potuta fuggire. Andare a cercare aiuto. Prese una torcia e andò in cucina in punta di piedi.

Proprio allora Wylie entrò come una furia dalla porta sul retro, la chiuse e vi si appoggiò con le spalle, come per bloccarla.

«È mio padre?», chiese la bambina.

«Sì», rispose la donna. «È lui. Prendi quella sedia». Indicò il tavolo.

Josie le portò la sedia e la osservò mentre la inclinava contro la porta e infilava la spalliera sotto la maniglia.

Suo padre, dunque, era là fuori. Solo qualche centimetro di legno li separava.

«Entrerà», disse rassegnata. «Entrerà».

«No», ribatté Wylie, respirando con affanno. «Non glielo permetterò. E se entra, dovrà passare sul mio cadavere. Non gli permetterò di farvi ancora del male».

Calò il silenzio. Rimasero così a lungo, in ascolto, in attesa. Ma non accadde nulla.

Wylie si girò verso di lei. «Tua madre si chiama Becky, vero?».

La bambina restò di sasso. Si fidava di Wylie?
Lo capirai, le aveva detto sua madre. Lo capirai.
«Ti prego», insisté lei. «Lo devo sapere. Si chiama Becky?».
La bambina annuì e Wylie si coprì la faccia e pianse.

Quarantadue

Oggi

Imbarazzata da quel raro sfogo emotivo, Wylie si asciugò velocemente le lacrime e fissò incredula la bambina. La donna nell'altra stanza era Becky. E lei era la figlia di Becky. La ragazzina che tutti credevano morta era viva. E l'uomo che aveva ucciso la sua famiglia e tenuto prigioniera la sua migliore amica era chiuso in un capanno degli attrezzi.

Wylie premette il viso sul vetro della finestra e guardò verso il capanno. Era tutto tranquillo. Forse si era ferito cercando di buttare giù la porta. O forse stava solo aspettando che abbassasse la guardia.

Dovevano stare in allerta e aspettare. Lei era brava ad aspettare. Tanti anni prima, aveva atteso nel campo di granturco che qualcuno arrivasse a salvarla, aveva atteso che aiutasse i suoi genitori, suo fratello, Becky. Aveva atteso che Jackson Henley fosse messo in prigione per avere ucciso la sua famiglia. Ma non si era avverata nessuna di quelle cose. Fino a ora.

Becky era tornata.

Quindi poteva aspettare anche Jackson Henley. L'aveva fatto per ventidue anni; cos'era mai un giorno in più?

Prese la bambina per mano e tornò con lei in soggiorno. Becky non era più sul divano. Wylie prese il volantino con il suo ritratto dalla cartellina dei materiali per il libro.

La sentì piangere dal ripostiglio e aprì lentamente la porta. Era seduta per terra e tremava. Wylie si accovacciò accanto a lei. La bambina rimase all'esterno, in ascolto.

«È qui fuori, vero?», chiese la donna, con la voce tremante di paura. «È venuto a prenderci».

Wylie cercò di lisciare i bordi della foto e gliela porse. Lei la fissò a lungo, come se non riconoscesse la persona che vi era ritratta. Anche se non la guardava in faccia, la ascoltava con una tale concentrazione che a malapena respirava.

«Becky», disse Wylie. «Sono io. Josie».

La donna abbassò la testa e la scosse, incredula. Le lacrime le rigarono le guance, lasciando sentieri irregolari sul sangue secco.

Wylie le prese la mano e lei sussultò, come se l'avesse scottata. Non la lasciò andare e, con ferma gentilezza, la girò con il palmo in su. Sfiorò la cicatrice a ferro di cavallo con un dito. «Ne ho una anch'io», disse, cercando di mantenere la voce calma e tranquilla. Jackson Henley era rinchiuso nel capanno degli attrezzi e per il momento erano al sicuro, ma sapeva che non sarebbe bastato. Intanto però doveva far capire a Becky chi era.

«Avevamo dieci anni», disse. «Ci venne l'idea che dovevamo diventare sorelle di sangue. Usammo il coltellino di mia madre. Tu fosti più coraggiosa di me e ti procurasti un taglio più profondo. Per questo la tua cicatrice si vede di più. Ma ne ho una anch'io, vedi?».

Tese la mano e la donna le lanciò uno sguardo, distogliendolo subito dopo. «Sorelle per sempre», mormorò.

La bambina, percependo l'angoscia della madre, entrò nel ripostiglio con loro.

Wylie aspettò che parlasse, che dicesse qualcosa. Ma lei rimase in silenzio e, per un attimo, Wylie temette di aver capito male. Non era Becky, era solo un'estranea smarrita e spaventata che aveva cercato un rifugio nella bufera. Si sentì una sciocca. Dopo tutti quegli anni, aveva dimenticato cos'era la speranza e sapeva perché. Faceva troppo male. Tirò via la mano.

Finalmente, la donna parlò. «Non ricordavo più com'eri. Se chiudo forte gli occhi, ho come dei flash».

Becky la guardò, con gli occhi lucidi di lacrime, e le sorrise. Eccola, la Becky che ricordava.

«Credevo che fossi morta», disse Wylie. «Lo credevamo tutti, tranne tua madre. Lei non ha mai smesso di cercarti».

Becky si asciugò gli occhi. «Io pensavo lo stesso di lei. Lui mi aveva detto che mia madre era morta. E che nessuno mi cercava più, che a nessuno importava».

«Non è vero, tenevamo tutti moltissimo a te», cercò di rassicurarla Wylie. «L'agente Santos ha fatto il possibile per far arrestare Jackson Henley».

«Jackson?», chiese Becky, corrugando la fronte, confusa.

Wylie annuì. «Sì, Jackson Henley. Ma non c'erano abbastanza prove per arrestarlo per l'uccisione della mia famiglia e il tuo rapimento. Non trovarono né l'arma usata, né il furgone scomparso di mio fratello. E non riuscirono a trovare te. Ma non ti preoccupare. L'ho preso. L'ho chiuso a chiave nel capanno degli attrezzi. Non ti farà mai più del male».

Quarantatré

Wylie e sua madre erano sedute nel ripostiglio e bisbigliavano. Si infilò tra di loro nello stanzino minuscolo e posò la testa sulle ginocchia della madre. Tas, che non voleva essere escluso, si sdraiò davanti alla porta aperta.

Wylie parlava mentre loro la ascoltavano. Raccontò di quando lei e sua madre erano giovani. Raccontò della scuola, delle notti in cui restava a dormire da lei, delle feste di compleanno con la torta, il gelato, i palloncini e i lunghi pomeriggi in piscina. Cose che la bambina non aveva mai creduto possibili.

Wylie e sua madre si conoscevano già. Prima di suo padre, prima della stanza nel seminterrato, prima di lei.

Wylie parlò anche di quando si era trasferita lontano da lì, a dodici anni, e poi era diventata una scrittrice, si era sposata troppo presto e aveva avuto un figlio di nome Seth. «Pensavo che non mi sarei mai sposata», disse. «Che non avrei avuto figli. Credevo di non meritarmelo dopo quello che era successo. Ma mio figlio mi manca. Seth mi manca tantissimo».

Uscì dallo stanzino e tornò un minuto dopo con una foto. «Eccolo, lui è Seth».

La bambina voleva capire cosa intendeva. Cosa avesse fatto di tanto cattivo da non meritare un bravo marito e un figlio con i ridenti occhi scuri e le fossette, ma non voleva interromperla. Le piaceva il suono della sua voce, voleva sapere di più.

Per un po', sua madre non aprì bocca. Si limitò ad ascoltare mentre le accarezzava la testa. La bambina sentiva un dolore al petto che non riusciva a identificare. Non era rabbia o tristezza. Somigliava di più alla speranza.

«Pensavo di avere scritto la parola fine», disse Wylie. «Di essere pronta a voltare pagina. Vivere la mia vita, essere una brava madre. Invece mi sono nascosta in questa casa e ho cercato di scrivere un libro su quello che era successo, ma senza volerlo realmente affrontare».

La bambina sentì le palpebre diventare pesanti. Si sentiva al caldo e al sicuro con la sua mamma. Andava tutto bene. Poteva dormire un po', se voleva.

«Tua madre lavora ancora al supermercato», disse Wylie e la bambina riaprì gli occhi. Un piccolo suono sfuggì dalle labbra di Becky. Parlava di rado della nonna. La rattristava troppo.

«Non ho ancora parlato con lei da quando sono tornata», continuò Wylie. «Sono una codarda. Non ho parlato con nessuno».

Sua madre abbassò la testa. Le sue lacrime le caddero sul viso, ma la bambina non si mosse.

Infine, parlò. «Lui mi ha detto che era morta. Mi ha detto che eravate tutti morti, la tua famiglia, il tuo cane, e che era tutta colpa mia. Ma una volta sono uscita di nascosto dal seminterrato e ho chiamato a casa. E ha risposto lei. Mia madre. Non era morta. Ma non sono riuscita a dire niente. Ho riattaccato». Si asciugò gli occhi. «Ma e i tuoi genitori? Tuo fratello?»

«Sì», disse Wylie. «Li ha uccisi».

Sua madre abbassò le spalle. «Lo immaginavo», mormorò. «Mi ha messa nel furgone di tuo fratello e ha minacciato di uccidere anche me».

«Quella sera i miei genitori sarebbero dovuti andare a recuperare il furgone di Ethan per portarlo a casa», osservò Wylie.

«L'ha tenuto nascosto nel suo garage per tutti questi anni», continuò Becky. «È quello che abbiamo preso quando siamo scappate. L'ha dipinto di nero, ma era quello di Ethan. Dovevamo andarcene. Non so guidare, ma non avevamo scelta. Con le strade ghiacciate e tutta quella neve...», scosse la testa, afflitta, «era quasi inevitabile finire fuori strada. Ho perso il controllo e sono andata a sbattere».

Wylie le prese una mano e la strinse con gentilezza. Rimasero sedute così a lungo, in attesa. Di chi? Dell'uomo nel capanno o di qualcun altro?

Non importava. Per la prima volta, la bambina sperava in un lieto fine.

Quarantaquattro

Oggi

Si sentì bussare alla porta e Wylie e Becky si azzittirono. La bambina le guardò, ansiosa.

«Ti prego, non rispondere», implorò Becky. «Ti prego. È lui… ha tanti amici. Ha sempre detto che potevamo anche scappare in capo al mondo, lui ci avrebbe ritrovate».

«Siete al sicuro. L'ho chiuso nel capanno. Credo sia meglio andare alla porta», disse Wylie alzandosi. «So che hai paura, ma dobbiamo chiamare la polizia e portarti in ospedale. Non possiamo restare qui. Dobbiamo andarcene».

Si sentì bussare di nuovo. «Ehi», gridò qualcuno. «Tutto a posto qui?»

«È lui!», disse Becky, stringendo la figlia e rannicchiandosi in fondo al ripostiglio. «È venuto a prenderci».

«Restate qui. Vado a controllare», disse Wylie.

«No, non lasciarci», la implorò Becky.

«Non vado da nessuna parte. Aspettate qui». Andò alla finestra sul cortile anteriore e scostò le tende. «È di nuovo Randy Cutter», disse con sollievo, lasciando ricadere la tenda. «È passato prima. Ha detto che sarebbe tornato. Può aiutarci».

«No, è lui», bisbigliò Becky. «È lui che mi ha rapita. Randy».

«Randy Cutter?», domandò Wylie, confusa. «Non può

essere. Te l'ho detto, è stato Jackson Henley. Ma l'unica prova che avevano era uno straccio sporco di sangue. Non è bastata».

«Sangue?», chiese Becky. «Quale sangue?»

«Un cane da ricerca ha trovato uno straccio intriso del tuo sangue vicino alla proprietà degli Henley, ma non era una prova sufficiente. Non preoccuparti, lui non potrà più nuocerti».

«So chi mi ha presa», insisté Becky con voce sempre più agitata. «Josie, è stato Randy Cutter!».

Per un attimo, Wylie non riuscì a parlare. Nessuno la chiamava Josie da anni. «Ma deve essere stato Jackson», ribadì. I suoi nonni le avevano detto che, qualche giorno dopo gli omicidi, avevano arrestato Jackson Henley perché aveva cercato di sbarazzarsi del suo arsenale. Ne aveva avuto conferma quando aveva svolto le ricerche per il suo libro. Jackson aveva subìto delle gravi ustioni durante l'arresto e aveva passato parecchi mesi nel reparto ustionati a Des Moines. Quando si era ripreso, lo avevano mandato nella prigione maschile di Anamosa per diciotto mesi.

«L'uomo che ti ha rapita ha delle ustioni su buona parte del corpo, giusto? Sulle gambe, le braccia, il collo?», chiese, non sentendosi ancora pronta ad abbandonare l'idea che il rapitore di Becky fosse Jackson.

«No». Becky scosse la testa. «Devi starmi a sentire. È Randy Cutter». La guardò con il terrore negli occhi. «È qua fuori adesso. Lo conosco. Ho riconosciuto la voce, dannazione, l'ho sentita quasi ogni giorno negli ultimi vent'anni». Wylie la fissò e poi guardò la bambina per avere conferma. Lei annuì.

«Oddio», sussurrò. Randy Cutter? Impossibile.

«C'è nessuno?», chiamò Randy. «Sono venuto a controllare e ho visto un uomo che si aggirava qua intorno».

Jackson Henley. Oddio, l'aveva rinchiuso nel capanno degli attrezzi. Come aveva fatto a sbagliarsi così tanto su di lui? Perché si erano sbagliati tutti quanti?

«Magari andrà via», bisbigliò Wylie.

«No», asserì Becky con voce rassegnata. «Non ci lascerà mai andare».

«Ehi, va tutto bene?», continuò Randy. «Mi stai facendo preoccupare. Adesso entro, va bene?». La maniglia tremò e Becky emise un gridolino di paura.

Wylie si tastò la tasca in cerca della pistola. Non c'era. Controllò per terra, cercò tra i cuscini del divano. Dov'era finita? Senza quell'arma sarebbe stata la fine.

Dovevano trovare qualcos'altro con cui difendersi. Pensò al coltello e all'ascia che aveva riposto sullo scaffale sopra di loro. Li afferrò e mise il coltello tra le mani di Becky. «Non abbiamo altro per ora».

Alla bambina disse: «Se ti dico di scappare, vai a nasconderti nel granaio. Farà freddo, ma ci sono un sacco di nascondigli. Verrò a cercarti quando sarà passato il pericolo».

La bambina annuì, pallida in viso. Wylie distribuì le torce. «Tenetele spente, a meno che non sia davvero necessario. Non vogliamo che scopra dove siamo».

Andò in punta di piedi a spegnere tutte le torce che illuminavano la stanza finché non rimase solo il bagliore del caminetto. Chiedendosi se avesse appena suggellato il loro destino versò acqua sul fuoco, che si spense con sibili e scoppiettii, lasciandole al buio.

Controllò l'orologio. Mancava ancora un'ora all'alba.

«Andrà tutto bene», sussurrò.

E Becky rispose: «Non so correre. Non sono riuscita a starti dietro. Prenditi cura di mia figlia».

«Mi prenderò cura di entrambe», promise Wylie, stringendole una mano.

«Cosa dobbiamo fare?», chiese Becky.

«Dobbiamo separarci. Nasconderci in posti diversi. Ricordi il piccolo soppalco nella mia vecchia stanza?», le chiese. «Prendi tua figlia e nascondetevi lì. Ci metterà un po' a trovarvi. Io rimarrò nascosta qui. Se entra, sarò pronta a riceverlo».

«E Tas?», chiese la bambina.

«Se la caverà», la rassicurò Wylie. Si era sistemato nella sua cuccia. Non pensava che gli avrebbe fatto scoprire dov'era. Aveva valutato se chiuderlo in bagno, ma poi aveva deciso di no. Forse l'avrebbe persino protetta. «E ricordate di tenere spente le torce», bisbigliò mentre Becky e sua figlia correvano al piano di sopra.

Cercò di pensare al posto migliore in cui nascondersi. Doveva poter reagire in fretta se Randy avesse fatto irruzione in casa. Avrebbe voluto avere il tempo di cercare la pistola, ma non osava accendere la torcia per timore di rivelare la sua posizione.

Alla fine si sedette per terra, dietro il divano, con l'ascia in mano, e attese. Lo avrebbe sentito se fosse entrato in casa. Avrebbe capito dov'era dal rumore dei passi; invece lui non poteva sapere dov'era lei.

C'era un silenzio mortale e faceva un freddo cane. Non c'era più lo scoppiettio delle fiamme nel camino; persino il vento si era placato. Sperò che Jackson Henley stesse bene e non fosse morto congelato nel capanno. Si era sbagliata terribilmente su di lui. Un'immobilità spettrale la avvolse come un bozzolo.

Passarono i minuti. Wylie contò mentalmente i secondi. Forse Randy si era arreso e se n'era andato. Non poteva restare lì fuori per tutto quel tempo. Faceva troppo freddo. Scartò velocemente il pensiero. Se Randy Cutter era l'assassino della sua famiglia e il rapitore di Becky, aveva tutto da perdere. Becky aveva ragione. Non si sarebbe fermato davanti a nulla.

Come aveva fatto a non capirlo? Randy Cutter le aveva sparato, l'aveva inseguita nel campo di granturco, le aveva dato la caccia, eppure lei non l'aveva riconosciuto. Aveva persino dubitato di Ethan, l'aveva ritenuto capace di massacrare i suoi genitori. "Avevo dodici anni", ricordò a sé stessa. Ma ciò nonostante, la rabbia e il senso di colpa non smettevano di tormentarla.

Faceva sempre più freddo in quella stanza. Sentiva le dita rigide e lasciò il manico dell'ascia per massaggiarsi le mani e riscaldarle.

Tese un orecchio. Aveva sentito qualcosa? Un fruscio?

Attese per vedere se il suono si ripeteva, ma non accadde e si rilassò.

Poi le venne un pensiero tremendo. La finestra rotta della porta sul retro. Lui poteva togliere il cartone, infilare un braccio e aprire la porta.

Sentì la sua presenza prima di udirlo o vederlo. Rimase raggelata dietro il divano e strinse le dita intorno al manico dell'ascia. Trattenne il respiro sapendo che lui era a pochi passi.

Si sentì un clic e all'improvviso nella stanza si diffuse una luce spettrale.

«Josie, Becky», cantilenò Randy. «So che siete qui».

Wylie si premette le dita sulla bocca per trattenere l'urlo che le era salito in gola.

Vide la sua ombra strisciare sul muro. Si stava avvicinando. «Su, venite fuori», gridò. «Credevi davvero che vi avrei lasciate andare? Dovresti saperlo. Voi appartenete a me».

All'improvviso fu sopra di lei e la fissò. Alzò il fucile e glielo puntò alla testa. «Quanto a te», disse mestamente, «avrei voluto farlo l'ultima volta che ti ho vista». E tirò il grilletto.

Non successe niente. Guardò l'arma, perplesso, e Wylie saltò in piedi, facendo oscillare l'ascia. Lo colpì a una spalla, ma il parka pesante attutì il colpo. Tuttavia, bastò a fargli perdere l'equilibrio e il fucile gli cadde dalle mani.

A Wylie sfuggì la presa sul manico dell'ascia, che scivolò lontano, fuori dalla sua vista. Mentre entrambi cercavano di recuperare le armi, si sentì un rimbombare di passi sulle scale e Becky apparve nel fascio di luce. Balzò sul fucile, lo raccolse e lo puntò contro Wylie e Randy che lottavano sul pavimento.

«Basta», strillò Becky. «Basta!».

Randy lasciò Wylie e i due si alzarono barcollando.

«Scappa», disse Wylie alla bambina. «Scappa a nasconderti. Subito».

La piccola non si mosse.

«Scappa!», ripeté Wylie.

Lei scosse la testa con aria di sfida. Wylie e Becky si scambiarono un'occhiata. «Scappa», disse sua madre. «Obbedisci».

«Si è inceppato», osservò Randy sicuro di sé. «Non succederà niente se premi il grilletto».

«Non puoi saperlo», obiettò Wylie. Si avvicinò lentamente alla bambina, mentre Becky teneva sotto tiro Randy. La prese in braccio e la portò fuori, sul portico davanti alla casa. Tas ne approfittò per uscire. «Fa' quello che ti ho detto. Corri a nasconderti. Andrà tutto bene, te lo prometto». Chiuse la porta, sperando che la piccola andasse a rifugiarsi nel granaio.

Becky teneva il fucile puntato su Randy Cutter, che si avvicinava a lei lentamente. «Fermo», gli intimò e lui restò immobile.

Wylie non capiva più cosa stesse succedendo. Col passare degli anni, era scesa a patti con la verità, seppure a disagio. Con la consapevolezza che Jackson Henley aveva ucciso la sua famiglia, aveva rapito Becky e l'aveva fatta franca. Ora si trovava davanti il vero assassino. Ricordò il giorno dopo gli omicidi, quando Randy Cutter era entrato nel granaio. Il nodo di paura che si era sentita in gola.

«Dammi il fucile, Becky», disse Randy con voce bassa e suadente. «So che non vuoi farmi male. Io ti amo».

Le mani di Becky tremavano così forte che riusciva a stento a impugnare l'arma.

«Dallo a me», suggerì Wylie. «Ci penso io».

«Non starla a sentire, Becky», disse Randy. «Chi si è preso cura di te per tutti questi anni? Chi ti ha dato una figlia? Io. Tutti ti avevano abbandonata. Solo io ti sono rimasto accanto. A nessuno importava che fossi sparita».

Il volto di Becky crollò. Stava per arrendersi, pensò Wylie. Gli avrebbe consegnato il fucile.

«Non starlo a sentire, Becky», gridò. «Non ti ama. Ha ucciso i miei genitori e mio fratello. Mi ha sparato. Ti ha rapita. Ti abbiamo cercata tutti. L'intero paese. Per anni. Tua madre non si è mai arresa. Mai».

«Becky, tesoro», disse Randy, facendo un passetto verso di lei.

Becky tirò il grilletto. Il muro alle spalle dell'uomo esplose, facendo volare frammenti di intonaco. Becky tirò di nuovo, mirando al soffitto. Randy e Wylie si coprirono la testa dalla pioggia di calcinacci. Becky continuò a sparare fino a esaurire i colpi.

Quarantacinque

Appena Wylie chiuse la porta, la bambina si alzò e cominciò a tempestarla di pugni. Provò la maniglia. Era bloccata. Il vento gelido le mordeva la pelle esposta. «Mamma», gridò, dando manate sul legno. «Mamma, fammi entrare».

Il freddo le penetrò nelle ossa. Voleva tornare nella sua stanzetta, con il suo letto, i libri, il televisore e la piccola finestra. Ma ancora di più, voleva sua madre.

Dalla casa giunsero delle urla. La bambina strizzò forte gli occhi. Poi sentì gli spari. A ogni colpo, strillò.

Conosceva Wylie solo da poche ore, ma le sembrava fosse trascorso molto più tempo. Si fidava di lei? Non lo sapeva. Si sentì toccare le ginocchia. Era Tas, che la guardava con i suoi occhi color ambra.

Wylie le aveva detto di nascondersi. Decise di darle retta.

Corse nel granaio con Tas. Cercò di non pensare a sua madre nella casa con suo padre e al suono degli spari. Wylie le aveva detto di scappare. E di lei si fidava. Il freddo le mordeva la faccia e le dita, e ogni due o tre metri cadeva nella neve alta fino alla vita, ma non si fermò.

Si infilò nel granaio insieme al cane e studiò lo spazio buio in cerca di un nascondiglio. Posò gli occhi sulla scala del fienile e cominciò a salire.

Quarantasei

Oggi

Becky lasciò cadere il fucile come se le avesse scottato le dita e si rannicchiò in un angolo.

Randy e Wylie si buttarono sulle armi. Lei afferrò l'ascia, lui il fucile. Poi, brandendo le rispettive armi, attesero che l'altro facesse la prima mossa.

«Hai ucciso i miei genitori». Wylie sentiva la propria voce tremare al punto che temeva sarebbe esplosa in mille pezzi. «Hai pestato mio fratello, l'hai strangolato e hai nascosto il suo corpo nel granaio. Hai cercato di incastrarlo e hai rapito la mia migliore amica. Mi hai sparato. Perché? Non capisco».

Randy scoppiò a ridere. Wylie avrebbe voluto saltargli addosso. Ficcargli le dita negli occhi e strappargli dalla faccia quell'aria compiaciuta.

«Ce ne andiamo», continuò Wylie. «Se ci lasci in pace, non ti faremo niente».

Randy si girò verso di lei. Era pronta. Non sarebbe morta senza combattere. Pensò a Seth, a Becky e alla bambina. Aveva troppi motivi per cui vivere.

Fece oscillare l'ascia ma lo prese solo di striscio a una spalla. Randy cercò di toglierle l'arma di mano, ma lei la teneva stretta. Lui la lasciò andare e inciampò all'indietro, sbattendo la testa per terra. Cercò di rialzarsi, stordito.

Lei si preparò a un altro attacco, ma lui la oltrepassò mirando a Becky.

Wylie fece per acciuffarlo, ma lo mancò e colpì il mucchio di legna, che si sparse sul pavimento. Randy stava di fronte a Becky, impaurita, e sbatté un pugno sul muro dietro di lei. La donna crollò ai suoi piedi.

Wylie gli saltò alle spalle, ma lui se la scrollò di dosso facendola cadere.

Si raggomitolò in posizione fetale, gemendo, per proteggersi da altri attacchi. Sentiva il suo respiro pesante mentre, in piedi sopra di lei, soppesava la prossima mossa.

Alla fine si accovacciò accanto a lei. «Rilassati», bisbigliò. «Presto sarà tutto finito». Detto ciò, l'afferrò per i capelli, sollevandole la testa da terra e la sbatté sul pavimento. Dietro le palpebre esplose una miriade di stelle, un dolore cocente, atroce.

Wylie sentì svanire la propria coscienza e tutto divenne nero.

Passarono i minuti o forse le ore. Wylie si sforzò di emergere dal baratro. Era come nuotare nel catrame, ma sapeva che se non si fosse svegliata sarebbe morta. E con lei sarebbero morte Becky e sua figlia.

Un dolore acuto le pugnalava il cranio. Deglutì il vomito che le era salito in gola e si concentrò sul respiro, cercando di mantenerlo lento e regolare. Non era necessario fingersi morta, bastava che la credesse svenuta. Non appena avesse raccolto le forze, lo avrebbe attaccato.

Sperò che la bambina fosse riuscita ad arrivare al granaio e avesse trovato un nascondiglio sicuro.

Era il momento di fare la sua mossa. Di alzarsi e contrattaccare.

Sentì dei passi e poi vide Randy in piedi sopra di lei.

Lui si chinò e Wylie sentì il calore del suo fiato sulla faccia. Cercò di non fare smorfie per l'odore nauseabondo. Sapeva di aglio, cipolla e qualcos'altro. Di paura, pensò. Randy aveva paura. Il mondo perfetto che aveva creato era stato distrutto. Becky e la bambina l'avevano quasi scampata.

E ora toccava a lei dare all'amica di un tempo quello che lei aveva desiderato per sua figlia: la libertà.

Randy le infilò le braccia sotto le ascelle e cominciò a trascinarla. Fece una pausa per aprire la porta e la raffica di aria gelida le strappò quasi un ansito, ma riuscì a restare immobile. La portò sui gradini d'ingresso e si fermò.

Wylie sapeva cosa gli passava per la mente. L'avrebbe lasciata lì a morire congelata. Non voleva perdere tempo con lei. Voleva la bambina. E dov'era Becky? E Jackson Henley? Randy li aveva uccisi? Aveva ritrovato la sua amica solo per perderla di nuovo?

Randy le lasciò le braccia e se la issò in spalla, come se fosse una bambina. Lei lasciò penzolare la testa, cercando di toccargli il collo e altre parti esposte. DNA, pensava. Raccogli capelli, sudore, cellule, tutto quello che puoi.

Randy la gettò a faccia in giù sulla neve e il dolore improvviso le strappò quasi un urlo. Poi si avvicinò, si chinò su di lei e le sistemò la testa in modo che la parte tumefatta fosse a contatto con la neve. Il freddo fu un balsamo per la sua testa dolorante.

Wylie non sapeva quanto tempo rimase a fissarla, ma le parve un'eternità.

Restò perfettamente immobile e, finalmente, Randy si allontanò, schiacciando la neve gelata con gli scarponi. Era andato a cercare la bambina. Wylie non si mosse finché non udì il cigolio della porta del granaio. Sentiva la testa pesante come il piombo. Quando si alzò, malferma sulle gambe, guardò l'impronta del suo corpo. Un'aureola insanguinata sopra un angelo di neve.

Barcollò verso il granaio, cercando di restare in piedi. Doveva trovare un modo per sopraffare Randy, ma continuava a girarle la testa. Quando finalmente posò la mano sul ruvido legno della porta, si piegò in due e vomitò. Con il terrore che Randy l'avesse sentita, si appiattì contro il muro, sperando che lo stomaco si quietasse e la testa smettesse di girare. Aveva solo una possibilità di farcela.

Sbirciò dalla stretta apertura della porta ed esaminò lo spazio buio in cerca di Randy o della bambina. La bufera stava passando. Il vento si era placato e la notte cominciava a sbiadire. Presto si sarebbe fatto giorno. Doveva entrare e affrontarlo? O aspettare che uscisse con la bambina? No, troppo rischioso. Se doveva agire, doveva farlo subito.

Si acquattò ed entrò in silenzio, attenta a non toccare la porta cigolante o a fare rumori che denunciassero la sua presenza. Anche se non lo vedeva, sentiva i suoi passi e il respiro affannoso mentre frugava tra gli scatoloni impilati in cerca della bambina.

Wylie si accovacciò dietro la Bronco e si guardò attorno: le serviva un'arma. Su una parete, appesi ai loro ganci, c'erano diversi attrezzi dall'aria letale: rastrelli, vanghe e forconi. Ma avevano tutti il manico lungo ed erano scomodi da maneggiare. Così mise gli occhi su una piccola zappa ricurva, con la punta triangolare e ben affilata. Della lunghezza giusta per tenere Randy a distanza, ma abbastanza leggera da impugnare. Per prenderla, le toccava uscire allo scoperto e molto probabilmente Randy l'avrebbe vista. Quindi doveva essere più furba e veloce.

Ma prima che potesse muoversi, lui entrò nel suo raggio visivo. Stava guardando il fienile. Wylie ebbe una fitta al cuore. Se la bambina si era nascosta lassù, era un bersaglio facile. C'era solo una scala per salire o scendere. Wylie rimase impotente a guardare mentre Randy si arrampicava sulla scaletta. Pregò che i fragili pioli di legno si spezzassero sotto il suo peso e lo facessero cadere a terra, ma purtroppo ressero.

Wylie trasse un respiro profondo e balzò verso la parete degli attrezzi, prendendo la zappa ricurva. Gli altri arnesi tintinnarono sbattendo tra loro come campane a vento. Si aspettava che lui scendesse, invece continuò a salire.

Oddio, se solo avesse avuto la sua pistola.

Andò verso la scala. Sentiva i fruscii e il raschiare di Randy che frugava tra la paglia. «Vieni fuori, testolina», disse in tono gentile. «Vieni da papà. Sono qui per aiutarti. Riporterò a casa te e la mamma. E non sai che bel regalo ti aspetta. Doveva essere una sorpresa, ma ti ho preso un cucciolo. Non vuoi andare a casa a vederlo?».

Con la zappa in mano, Wylie mise un piede sul primo piolo e afferrò quello sopra la sua testa, ma esitò.

"Una sola strada per salire e per scendere", pensò di nuovo. Cominciò ad arrampicarsi in silenzio, ma gli stivali grattavano sui pioli rovinati dall'umidità e il respiro affannoso era ben udibile dal fienile.

Quando arrivò in cima e sbirciò nel sottotetto, si aspettava di trovarsi davanti Randy. Invece lui le dava le spalle e continuava a sferrare calci ai mucchi di fieno. Procedeva con metodo, come se stesse analizzando una scena del crimine.

Wylie si issò oltre il bordo e strisciò lentamente verso di lui, sollevando la zappa sopra la spalla, come una mazza da baseball. Proprio quando stava per colpire, Randy toccò qualcosa di solido con la punta della scarpa. Seguì un grido e la bambina sbucò dalla paglia, cercando di fuggire.

«Eccoti», esclamò Randy, continuando con il tono paterno. «Che cosa ha combinato la mamma con i tuoi capelli? Volevate scappare da me? Sai bene che è inutile. È ora di tornare a casa, tesoro».

Con la paglia ancora attaccata alla testa rasata, la piccola spostava lo sguardo tra suo padre e Wylie, ancora alle spalle dell'uomo. Wylie si portò un dito alle labbra e le fece segno di spostarsi.

La bambina strisciò all'indietro, allontanandosi dal padre, finché andò a sbattere contro la parete anteriore del granaio, sotto la punta del tetto, dove si trovavano le porte che si aprivano verso l'esterno. L'unica cosa che la teneva chiusa era una semplice serratura a chiavistello.

«So che sei dietro di me», disse Randy, senza nemmeno disturbarsi a guardare. Non aveva paura. Per lui Wylie era solo un contrattempo, un moscerino da scacciare via. «Mi stai dando del filo da torcere, devo riconoscerlo. Sei sempre stata una sopravvissuta».

La rabbia che covava cominciò a crescere. Avrebbe voluto ficcargli la punta acuminata della zappa nel cranio, sentire la vibrazione del metallo sull'osso, voleva sentirlo implorare pietà come certamente avevano fatto i suoi genitori e suo fratello e Becky, ma doveva scegliere il momento giusto. Così spostò l'attenzione sulla bambina.

«Alzati», le disse. «Voglio che tu scenda da qui. Quando arrivi giù, corri a casa e chiudi a chiave. Controlla che tua madre stia bene». La bambina alzò la testa, impaurita. «Non preoccuparti. Io arrivo tra qualche minuto. Promesso».

La bambina si alzò lentamente.

«Ferma», ordinò Randy e lei si immobilizzò. Guardò Wylie.

Wylie sapeva che lui si aspettava che sollevasse la zappa ricurva per colpirlo alla testa. Invece mirò in basso.

«Vai, ora!», gridò e colpì.

Con un sibilo, la punta di metallo tagliò l'aria gelida e trafisse il ginocchio dell'uomo. Lui urlò, si piegò sulle gambe e crollò a terra.

La bambina la sfiorò passandole accanto, diretta alla scala, ma non era ancora finita. Finché Randy si muoveva, erano entrambe in pericolo.

«Quindi Jackson Henley è sempre stato innocente?», chiese, cercando di distogliere l'attenzione di lui dalla bambina. «Per tutti questi anni, lo hanno creduto un mostro, invece eri tu. Solo tu».

Randy scrollò le spalle e tentò di rialzarsi, barcollando. «È stata una felice coincidenza che foste passate proprio dalla sua proprietà e, quando il cane ha trovato lo straccio con il sangue di Becky... be', è stato perfetto».

«Ma avevi una famiglia. Avevi una moglie e un figlio. Dove la tenevi? Come hai fatto a nasconderla per tutti questi anni?». Wylie scosse la testa. «Sembra incredibile che ci sia riuscito».

Randy ridacchiò. «Il mio matrimonio era finito, grazie al cielo. E mio figlio mi odiava. Ho avuto tutto il tempo per preparare il piano e sistemare la casa del vecchio Richter. Ho costruito lì un box per i maiali e ho cominciato a ristrutturare la casa e il seminterrato. E visto che tutti puntavano il dito contro Jackson Henley, ero tranquillo».

«Sei malato», disse Wylie schifata. «Malvagio e malato. E adesso vuoi ucciderci tutti. Finire quello che hai cominciato».

Randy fece un sorriso scaltro. «Solo te ed Henley. La polizia penserà che ti abbia uccisa per finire il lavoro e che poi... sia scomparso. Sono bravo, a far scomparire la gente».

Wylie pensò a quello che sarebbe successo a Becky e a sua figlia se l'avesse lasciato uscire vivo da quel granaio. Lanciò un urlo gutturale e lo colpì di nuovo. Stavolta la punta acuminata tagliò il parka e gli trapassò una spalla.

Randy ruggì di dolore e afferrò il manico della zappa. Per un attimo, si sfidarono in una surreale gara di tiro alla fune. Non durò a lungo. Malgrado la ferita alla spalla, Randy era più grande e grosso di lei e gliela strappò facilmente di mano.

Senza più la sua arma, Wylie sapeva di dover scappare. Sperava che la bambina si fosse già chiusa in casa. Guardò la porta del fienile. Quando era piccola, lei e Ethan avevano trascorso innumerevoli ore a dondolarsi dalla corda appesa lì. Misurò mentalmente la distanza e, in una frazione di secondo, capì che non sarebbe mai riuscita a oltrepassare Randy. L'unica via di fuga era la scala.

Scivolò sulla paglia umida, ma riuscì a calare le gambe dal bordo del fienile. Tremando, scese i primi pioli e saltò sul pavimento del granaio. Atterrò con un tonfo doloroso. Randy incombeva sopra di lei, dal sottotetto, l'ombra mostruosa della sua infanzia in carne e ossa.

Fuori c'era una distesa di neve deserta. Una gelida disperazione la travolse. Non era riuscita a salvare i suoi genitori e suo fratello.

Ma ora c'erano Becky e sua figlia. Aveva l'opportunità di rimediare per quello che non aveva fatto tanti anni prima.

«Arrenditi», gridò Randy.

Wylie si alzò tremando. Il sangue le colava dalla ferita alla testa. Le venne un'idea. La Bronco. Era in fondo al granaio. Cominciò a correre verso la macchina. Si appoggiò alla fiancata e si guardò attorno in cerca di un'arma. Almeno poteva morire lottando, danneggiarlo il più possibile. Aspettò che lui le desse le spalle per cominciare a scendere dalla scala del fienile e poi si mise in azione. Aprì la portiera dell'auto e si chiuse dentro.

Frugò nelle tasche dei pantaloni in cerca delle chiavi, senza perdere di vista Randy. Prese una torcia dal cruscotto e la mise sul sedile accanto a sé.

Con le mani tremanti, cercò di inserire la chiave nel blocchetto di accensione, ma le cadde per terra. «Dannazione», disse, infilando una mano tra i sedili e tastando freneticamente finché non toccò il metallo freddo.

Fece un respiro profondo e si sforzò di fermare il tremito delle mani. Infilò la chiave nel blocchetto di accensione e aspettò. Il tempismo doveva essere perfetto. Sistemò il sedile, contò fino a tre e girò la chiave. Accese i fari e Randy si voltò a guardare sentendo il ruggito del motore.

Wylie mise in moto e pigiò sull'acceleratore. La Bronco schizzò in avanti. L'urlo del metallo contro il metallo la assordò quando sfiorò il tosaerba, che spinse la macchina a destra. Girò il volante a sinistra e tornò sulla giusta rotta.

Attraverso il parabrezza, vide Randy appeso alla scala che cercava di decidere il da farsi. Esitò un secondo di troppo. E per un breve attimo i loro occhi si incrociarono e in quelli di lui Wylie vide la paura.

Immaginò che fosse lo stesso terrore che avevano provato i suoi genitori prima che lui li uccidesse. Il terrore che aveva sentito Ethan quando Randy gli aveva messo le mani guantate intorno al collo e lo aveva strangolato, il terrore che aveva provato la tredicenne Becky, quando l'aveva portata via dalla sua famiglia e le aveva fatto subire violenze indicibili. E il terrore che aveva provato quella bambina a crescere con un mostro.

Wylie strinse più forte il volante, preparandosi all'impatto. La Bronco colpì Randy in pieno alle gambe e lui strillò. Più tardi, Wylie si sarebbe chiesta se fosse stato lo schiocco della scala o delle gambe spezzate di Randy quello che aveva sentito prima che lui volasse sul cofano e rimbalzasse sul tettuccio dell'auto.

Frenò di scatto, ma era troppo tardi. Andò a sbattere sul muro del granaio. Un rumore di legna spezzata le riempì le orecchie, insieme all'accartocciarsi del metallo e allo scoppio dei vetri, quando si trovò davanti a un muro di bianco.

Quarantasette

Quando Wylie le disse di scappare, la bambina scese dalla scala del fienile, attraversò il granaio e il cortile e si fermò davanti alla casa. Tas era seduto davanti alla porta, mogio e infreddolito. Una volta dentro, si chiuse a chiave.

Con il cuore che le martellava nel petto, corse in salotto e trovò sua madre, che impugnava ancora il fucile.

«Mamma?»

«Dove sono?», domandò lei.

«Nel granaio», rispose la bambina, scrutandola preoccupata. «Wylie ha detto che arriverà presto. Ma ho paura che lui voglia ucciderla».

«Josie», disse sua madre. «Si chiama Josie. Era la mia migliore amica».

«Josie?», ripeté la bambina, confusa. Sua madre la stava spaventando.

«Vai a nasconderti, tesoro», disse lei. «Non gli permetterò di farti del male. Nasconditi dove nessuno potrà trovarti».

«Va bene, mamma», rispose la bambina. Ma non le obbedì e andò alla finestra sul retro da cui si vedeva il granaio. «Sbrigati, fai presto», bisbigliò, pregando che Wylie, Josie, tornasse. E se invece fosse arrivato suo padre? Che cosa avrebbe fatto? Sapeva che doveva obbedirgli, perché era suo padre, ma era un uomo cattivo.

Dal granaio venne il rumore di un motore su di giri, poi ci fu un'esplosione di schegge di legno e una macchina sfondò il muro e si fermò di colpo sulla neve. I detriti piovvero sul tettuccio e tutt'intorno.

La bambina tornò di corsa in salotto, si buttò a terra e infilò una mano sotto il divano. Tastò in mezzo alla polvere finché trovò quello che cercava e si alzò in piedi. Wylie aveva bisogno di aiuto.

Quarantotto

Oggi

Wylie fece un breve controllo per vedere se era ferita. Le faceva male il petto per la cintura di sicurezza e l'indomani avrebbe avuto una cervicale micidiale, ma le sembrava di essere tutta intera. Aprì gli occhi. Il parabrezza anteriore sembrava un'intricata ragnatela. Aveva sfondato il muro del granaio.

Sganciò la cintura, gemendo, e provò ad aprire la portiera, ma era bloccata da un cumulo di neve.

Scavalcò il cambio e provò l'altro sportello: si aprì quel che bastava per farla uscire. Quando scese dalla Bronco e si incamminò al buio, con la sola luce della luna, si sentì le gambe di gomma.

La parte posteriore del veicolo era ancora dentro il granaio e le assi di legno sopra il buco oscillavano producendo un suono lugubre. Temendo che venisse giù il resto del muro, Wylie si fece strada tra le macerie fino a una distanza sicura. Il suo primo istinto fu di andare a controllare che Becky e la bambina stessero bene. Ma prima doveva cercare Randy e appurare che fosse morto o in condizioni di non nuocere.

Con le gambe pesanti, calpestò i detriti e tornò nel granaio. Esaminò il pavimento, in cerca di Randy. Doveva essere da qualche parte lì vicino, ma non c'erano segni di lui, a parte una scia di sangue per terra.

Si sentì rizzare i capelli sulla nuca. Era impossibile che fosse sopravvissuto all'impatto. Prese un martello da un'accozzaglia di utensili e seguì la scia di sangue tra i vecchi mobili e le attrezzature agricole rotte.

Ogni volta che girava l'angolo, tratteneva il fiato, pensando di incontrare Randy, pronto a saltarle addosso. Invece lo trovò riverso sulla pancia, che strisciava per terra, trascinandosi dietro le gambe paralizzate e coperte di sangue.

«Non puoi scappare da nessuna parte, Randy», gli disse, ripetendo l'avvertimento che le aveva dato lui. L'uomo si voltò al suono della sua voce e Wylie trattenne un moto di disgusto. Il lato destro della faccia era a brandelli, il naso storto in modo innaturale.

Randy aprì la bocca per parlare, ma ne uscì solo un gorgoglio, insieme a un fiotto di sangue. Cercò di trascinarsi avanti, artigliando il pavimento scabro, ma non aveva abbastanza forze.

Wylie guardò il martello che aveva in mano. Sarebbe stato facile. Un colpo e sarebbe finita. Per tutti loro. Sollevò il martello sopra la testa. I muscoli stanchi e il petto dolorante protestarono. Avrebbe liberato Becky e sua figlia dal loro aguzzino. E anche sé stessa. Si sarebbe sbarazzata dell'ombra nera che aveva sempre cercato di lasciarsi indietro e che l'aveva perseguitata per anni.

Randy aveva il respiro mozzo, la faccia tesa dal dolore, ma la guardò stancamente mentre gli gettava addosso manciate di paglia.

«Come si chiama?», chiese Wylie. «La figlia di Becky, come si chiama?».

Randy la scrutò con gli occhi ridotti a fessure, la bocca storta in un sorriso crudele. Wylie fece per andarsene, ma lui la chiamò. Si fermò per ascoltarlo.

«Dovevi essere tu», disse Randy, in tono di scherno. «Solo tu. Ma la tua famiglia si è messa in mezzo e Becky non correva abbastanza veloce».

Le venne voglia di vomitare. Non solo aveva abbandonato la sua migliore amica nel momento del bisogno, ma era lei la vittima designata.

Cercò di scacciare quel pensiero. Erano vent'anni che voleva parlare con la persona responsabile della distruzione della sua famiglia.

«Hai spento l'aria condizionata dopo averli uccisi. Perché? Per impedire alla polizia di individuare l'ora della morte? Be', l'hanno capito subito. E hai cercato di convincere tutti che fosse stato mio fratello», disse con rabbia. «Hai sparato ai miei genitori con la tua pistola e poi, quando Ethan ti ha affrontato, hai ucciso anche lui e gli hai preso il fucile e hai colpito di nuovo i miei genitori, per depistare la polizia. Ma hanno capito anche quello. Non sei stato intelligente come pensavi».

«Ha funzionato invece», gracchiò Randy. «Nessuno ha collegato i crimini a me. Sono stato molto accorto, ma ti ho tenuta d'occhio». Wylie restò agghiacciata. Le sue parole la trafissero come pugnali. «Anche dopo ho continuato a tenerti d'occhio e non te ne sei mai accorta. Pensavo di rapire anche te, ma i tuoi nonni si trasferirono fuori città. Peccato. Sarebbe stato divertente».

Lei gli voltò le spalle, rifiutandosi di dargli la reazione che desiderava. «Ce ne andiamo e la polizia verrà a prenderti».

«Be', speriamo di morire prima allora». Randy fece una risatina. «Sappiamo tutti dove finirò in ogni caso».

«Dritto all'inferno», disse Wylie con soddisfazione.

Appena mosse un passo, la mano di Randy spuntò da sotto la paglia e le afferrò la caviglia. Wylie perse l'equilibrio rovinando a terra, e l'aria le uscì di botto dai polmoni. Il dolore si riverberò in tutto il corpo.

Aveva abbassato la guardia, pensò cercando di riprendere fiato. Provò ad allontanarsi, ma lui la afferrò per la vita e cominciò a trascinarla verso di sé. Wylie si stupì che fosse così forte. Ma avrebbe dovuto sapere che non si sarebbe arreso tanto facilmente. Provò a divincolarsi, ma la sua stretta era come una morsa. Non aveva vie di fuga.

Randy la rivoltò sulla schiena e le inchiodò le braccia sopra la testa. Wylie fissò la sua faccia maciullata. Perché non era morto? La macchina avrebbe dovuto ucciderlo. Si contorse sotto il suo peso.

«No», strillò. Non poteva finire così. Riuscì a liberare una mano e gli graffiò il lato intatto del viso. Lui ululò di dolore, ma riuscì ad afferrarle il polso e a sbatterlo a terra.

«No!», continuava a strillare Wylie.

«Stai zitta», ansimò Randy, ficcandole una manciata di paglia in bocca. Lei provò a sputarla, ma i fili secchi e spinosi le riempivano le guance e la gola, la soffocavano. Scalciò in preda al panico, ma Randy era troppo pesante.

Sarebbe stato facile arrendersi, morire. Avrebbe raggiunto i suoi genitori. Le parve quasi di sentire la mano di suo padre sulla testa e di udire la voce di sua madre. "Sorridi". Ci sarebbero stati anche i suoi nonni. È ora di tornare a casa, Sciò, avrebbe detto suo nonno. E la nonna, stoica come sempre, avrebbe annuito. E avrebbe rivisto Ethan. Avrebbe potuto finalmente scusarsi per non aver creduto in lui. "Non fa niente, sorellina", le avrebbe risposto. "Io in te ho sempre creduto".

Randy la stava strangolando. Presto sarebbe finita. Delle lucine fluttuavano sopra di lei, così vicine che le poteva quasi toccare.

Ma c'erano Becky e sua figlia.

Un'immagine della dodicenne Becky, con la selvaggia chioma di riccioli neri e il sorriso pronto, le apparve mentre scivolava dentro e fuori dallo stato di coscienza. Avevano bisogno di lei. Non poteva abbandonarle.

"Una manciata di stelle", bisbigliò Becky e la prese per mano.

Wylie sorrise.

Quarantanove

La bambina sapeva di non essere abbastanza forte per affrontare suo padre, e sapeva che nemmeno Wylie lo era, ma con una pistola cambiava tutto. L'avrebbe data a Wylie, che avrebbe costretto suo padre a lasciarle in pace, lo avrebbe mandato via per sempre.

Aveva smesso di nevicare e, nel raggio della torcia, il mondo appariva magico. Avrebbe voluto fermarsi ad ammirare la bellezza di quel paesaggio innevato, ma sapeva di non poterselo permettere. Quando arrivò al granaio, sentì i rumori di un combattimento e uno strano rantolo. Fuori dallo stretto fascio di luce della torcia, c'era il buio completo. Non ho paura del buio, si ricordò la bambina. Con le mani tremanti, seguì quei respiri rauchi e trovò suo padre. Aveva la faccia coperta di sangue, ma contorta da una rabbia che le era molto familiare. Stava sopra la donna e le stringeva le mani intorno al collo.

La stava uccidendo. Aveva sempre minacciato di far fuori lei e sua madre, ma lo diceva così di frequente che avevano smesso di credergli. E invece eccolo lì, che strozzava Wylie e le aveva già fatto diventare la faccia viola.

«Lasciala andare, papà», disse la bambina, con una vocina timida. Lui non si era nemmeno accorto che era lì. «Dico sul serio», insisté, con voce più alta e sicura.

Stavolta lui si voltò a guardarla, ma non sembrò affatto intimidito, perché scoppiò a ridere. La bambina provò la solita vergogna. Lui non le aveva mai dato ascolto. Spiccò una corsa e si fermò dietro di lui. «Ho detto di lasciarla andare», ordinò, alzando la pistola che aveva trovato sotto il divano dopo che era caduta dalla tasca di Wylie.

Lui buttò una mano all'indietro, dandole uno schiaffo in faccia e facendo volare la torcia e la pistola sul pavimento del granaio. Ma così facendo, Wylie ebbe una possibilità di contrattaccare. La donna si divincolò da sotto di lui e chiuse le dita intorno alla prima cosa che trovò, il martello.

Boccheggiando, riuscì a issarsi sulle ginocchia e ruotò il braccio con tutta la forza che le era rimasta, colpendo Randy a una spalla con la parte appuntita del martello. Lui imprecò e si gettò su di lei. La bloccò di nuovo a terra, sotto il suo peso, e riprese a strangolarla.

«Papà», chiamò la bambina. Raccolse la torcia e gliela puntò dritto negli occhi, costringendolo ad alzare una mano per schermarsi il viso.

«Stanne fuori», le disse lui. «Non ti immischiare e stai zitta».

Wylie non si muoveva più. Sembrava essersi arresa.

La bambina abbassò la torcia e individuò la pistola. Suo padre prese il martello dalle dita flosce di Wylie. «Chiudi gli occhi, scricciolo», disse. «Non guardare».

Sollevò il martello sopra la testa, pronto a colpire, quando sentì la fredda canna della pistola dietro la nuca.

La bambina chiuse gli occhi e tirò il grilletto.

Cinquanta

Oggi

Wylie uscì dal granaio tenendo per mano la bambina; la ferita alla testa pulsava. Si sentiva stordita, nauseata e sicuramente aveva un trauma cranico. La piccola continuava a voltarsi verso il granaio in cerca del padre. «Non ti preoccupare», le disse, stringendole la mano. «Non verrà».

Entrarono in casa trafelate e trovarono Becky ancora seduta in soggiorno, con il fucile scarico puntato su di loro.

«Becky», disse Wylie, preoccupata. «Va tutto bene. È finita».

«Mi ha detto che ha amici dappertutto e che se avessimo provato a scappare ci avrebbe rintracciate», rispose lei con voce scossa.

Wylie ci mise un po' a capire cosa intendesse. «Ti ha mentito», disse. «Ti ha raccontato quelle cose per spaventarti. Ti ha rapito da solo. Non l'ha aiutato nessuno. Randy era il mostro. L'unico mostro. E adesso è morto».

Becky allentò la stretta sul fucile. «È morto?», chiese con un fil di voce.

«Sì», rispose Wylie. Non disse che era stata sua figlia a sparare. Avrebbero avuto tutto il tempo per entrare nei dettagli. «Non vi farà più del male, lo giuro».

Becky abbassò lentamente il fucile e cominciò a piangere.

La bambina le si avvicinò. «È tutto a posto, mamma», mormorò.

Wylie aprì gli scuri per vedere meglio. Il sole stava per sorgere.

«Dobbiamo andarcene da qui», disse. «Dobbiamo portarti in ospedale. Abbiamo finito la legna e non sappiamo se ricomincerà a nevicare».

«E come?», chiese Becky tra le lacrime.

«Con il furgone di Randy. Ho preso le chiavi», disse Wylie tirandole fuori dalla tasca. «Probabilmente ha messo le catene alle gomme».

«Va bene», assentì Becky con un fil di voce. «E l'uomo nel capanno?».

Jackson Henley. Si era sbagliata su di lui. Si erano sbagliati tutti. Quel poveraccio era stato accusato di crimini orrendi ed era innocente. Anche se non era finito in prigione a vita, aveva subito un processo ed era stato condannato da tutta la comunità. Era anche lui una vittima.

«Ho aperto il capanno e l'ho fatto uscire. Ho cercato di spiegargli, ma non ti preoccupare per lui adesso. Sta bene», disse Wylie. «Potrai tornare a casa e rivedere tua madre e tuo padre, tuo fratello e tua sorella».

«Non riesco a crederci», mormorò Becky, sedendosi sul divano. «Non mi sembra vero».

Wylie accompagnò la bambina in cucina. «Ti senti bene?», le chiese, dando un'occhiata ai suoi vestiti, alle mani, alla faccia: tutti sporchi di sangue del padre.

La bambina annuì, con uno sguardo vacuo. Wylie temeva che fosse sotto shock.

«Si sistemerà tutto», le disse, portandola al lavandino e versando acqua da una bottiglia sulle mani insanguinate. «Siamo al sicuro adesso. Ce ne andremo da qui e lui non potrà mai più farvi del male».

Alla piccola cominciò a tremare il mento. «Ho raccolto la pistola. L'ho vista cadere dalla tua tasca. Sapevo che non dovevo toccarla, ma quando ho visto che non tornavi, mi sono spaventata. Poi la macchina ha sfondato il muro del granaio. Pensavo che fossi morta», disse piangendo. «Non sapevo cosa fare. Così sono venuta a cercarti».

«Ma certo», la rassicurò Wylie, passandole un panno bagnato sulla faccia.

La bambina le rivolse l'ombra di un sorriso, che si spense subito. «Ho sparato a mio padre». Le si spezzò la voce. «Mi dispiace».

«Sei stata costretta», cercò di tranquillizzarla Wylie. «Mi hai salvato la vita. Hai salvato la vita di tua madre. Grazie». Tese le braccia. Dopo un attimo di esitazione, la bambina vi si rifugiò e Wylie la strinse forte. Rimasero così a lungo, le lacrime della piccola che le bagnavano il giaccone. Lei invece non versò una lacrima. Non era il momento di piangere. Le avrebbe tenute per dopo.

Afferrò diversi cappotti e cappelli e tornò in salotto. Vestì Becky e la bambina per tenerle al caldo durante il viaggio. Becky sembrava intontita. Doveva essere sotto shock. Coprì le mani della bambina con dei calzettoni di lana, le infilò un cappello caldo e una sciarpa che lasciava visibili solo gli occhi.

«Ti fidi di me?», le chiese. La bambina annuì. Aiutarono la madre ad arrivare alla porta, seguite passo passo dal cane. «Siete pronte?», domandò Wylie.

«Sì», rispose la piccola con la voce ovattata dalla sciarpa. Il vento si era calmato e il paesaggio innevato brillava come una distesa di diamanti.

«Wylie», disse timidamente la bambina. «Mi chiamo Josie». E uscirono alla luce fragile dell'alba.

Quindici mesi dopo

Le biblioteche avevano tutte lo stesso odore consolatorio e Spirit Lake, la biblioteca pubblica dello Iowa, non faceva eccezione. I libri – carta, colla e inchiostro a vari stadi di decomposizione – avevano un odore stantio con un sentore di vaniglia che alleviava la sua ansia.

Wylie guardò il pubblico in attesa di ascoltare qualche pagina del suo romanzo, *Un ospite per la notte*. A un anno dalla revisione finale, il libro era stato pubblicato e lei era in tour promozionale per gli Stati Uniti.

L'indomani avrebbe lasciato Spirit Lake e, cinquanta chilometri dopo, sarebbe arrivata alla piccola biblioteca della sua città natale. Era nervosa. Non tornava a Burden da un anno.

In seguito alla fuga di Becky e Josie nel mezzo di una bufera di neve e agli eventi che avevano portato alla morte di Randy Cutter, si erano ritrovate sotto i riflettori insieme alla piccola cittadina dello Iowa. Dopo aver parlato con le forze dell'ordine ed essersi assicurata che Becky e sua figlia fossero al sicuro e di nuovo in seno alla famiglia, Wylie era tornata a casa, in Oregon, da Seth. Aveva tanto da farsi perdonare e aveva dedicato ogni minuto dell'ultimo anno a suo figlio.

Parlare davanti a gruppi di persone, grandi o piccoli che fossero, non diventava più facile con l'esperienza, ma librai e bibliotecari facevano del loro meglio per metterla a suo agio, e la biblioteca della sua città natale non faceva eccezione. Le sedie pieghevoli erano tutte occupate e c'erano molte persone in piedi dietro l'ultima fila.

Quando il direttore della biblioteca la presentò, cercò nel pubblico Seth, che aveva acconsentito con riluttanza ad accompagnarla nel tour. Ormai quindicenne, suo figlio aveva un lavoro estivo e una fidanzata.

Wylie comprendeva la sua riluttanza. «Voglio mostrarti dove sono cresciuta», gli aveva detto. «Voglio che tu veda il posto in cui sono avvenuti i fatti del libro. Il posto che mi ha resa ciò che sono».

Seth si era fatto taciturno. «Va bene», aveva detto alla fine. «Ma possiamo andare a vedere i Dodgers quando giocano a Boston?».

Wylie aveva riso. Seth amava il baseball quanto lei. «Affare fatto», aveva promesso.

Ed eccolo lì, seduto in ultima fila, con la testa china sul cellulare. Alzò gli occhi, vide che lo stava guardando e le rivolse un sorriso smagliante. Avevano fatto molta strada nell'ultimo anno.

Quando il direttore terminò la presentazione, il pubblico applaudì educatamente e Wylie salì sul podio.

«Buonasera», esordì. «Sono molto lieta di essere tornata nello Iowa e di essere qui a parlare con voi stasera. Essendo un'autrice di true crime, sono abituata a raccontare le vite degli altri. Scrivo di persone normali a cui sono successe cose inimmaginabili. Scrivo dell'impatto che queste hanno avuto sulle famiglie, sulle comunità, sulle persone rimaste. Scrivo anche dei colpevoli, cerco di scavare nel loro passato, nel modo in cui sono cresciuti, di analizzare le loro menti per provare a capire perché abbiano commesso crimini tanto orribili. *Un ospite per la notte* è stato un progetto molto diverso per me. Perché è personale».

A questo punto cominciò a leggere dal libro. Sceglieva sempre le prime pagine.

In un primo momento, la dodicenne Josie Doyle e la sua migliore amica, Becky Allen, corsero verso gli scoppi. L'istinto avrebbe dovuto dir loro di tornare a casa, dove le aspettavano Ethan e i suoi genitori. Lì sarebbero state al sicuro. Ma quando Josie e Becky scoprirono di aver commesso un errore, era troppo tardi.

Si allontanarono dal rumore e, tenendosi per mano, corsero nel cortile buio verso il campo di mais. La foresta di steli alti e gracili era il loro unico rifugio.

Josie era sicura di aver sentito dei passi e si voltò per vedere chi le stesse seguendo. Non c'era nessuno, solo la casa immersa nelle ombre notturne.

«Corri», ansimò, tirando per mano l'amica. Correvano, con il fiato in gola. Erano quasi arrivate. Becky inciampò. Strillò e la sua mano scivolò via da quella di Josie. Le gambe cedettero e cadde in ginocchio.

A quel punto la sua voce si spezzava sempre. Era il suo rimorso più grande, non essere riuscita a portare Becky in salvo nel campo di mais.

Alzò lo sguardo. Due donne e una bambina entrarono nella sala. Wylie riconobbe subito Margo Allen, la madre di Becky. Non la vedeva da quando si erano ritrovate in ospedale dopo la fuga dalla fattoria.

Quando Margo era entrata nella stanza in cui erano ricoverate Becky, Josie e Wylie, all'inizio non aveva creduto che la donna emaciata con la faccia livida e tumefatta fosse sua figlia.

Wylie si era sentita un'intrusa. Margo, superato lo shock per aver ritrovato sua figlia e per la scoperta di avere una nipote, l'aveva trattata con freddezza. Wylie aveva la sensazione che Margo non l'avesse mai perdonata. Becky era stata rapita a casa sua, quando era affidata ai suoi genitori, e lei si era salvata, mentre sua figlia era sparita nel nulla.

E così, ritrovandosele tutte e tre davanti, Wylie si emozionò. Non si era aspettata che venissero. Non era pronta a leggere quelle parole davanti a Becky. Le sembrava sbagliato.

Ma l'amica le rivolse un sorriso incoraggiante e Wylie ingoiò le lacrime e continuò a leggere.

«Alzati, alzati», la implorò Josie, tirandola per il braccio. «Ti prego». Osò voltarsi di nuovo. Uno spicchio di luna rivelò fugacemente un'ombra apparsa da dietro il granaio. Terrorizzata, Josie la guardò alzare un braccio e prendere la mira. Lasciò l'amica, si girò e corse. Mancava poco, era quasi arrivata.

Si lanciò tra le spighe proprio mentre esplodeva un altro colpo. Un dolore lancinante al braccio la lasciò senza fiato. Non si fermò, non rallentò e, malgrado il sangue caldo che gocciolava sul terreno arido, Josie continuò a correre.

Wylie abbassò il libro e guardò il pubblico che la fissava con grande attenzione. I più già sapevano che Wylie era Josie Doyle e che Becky e sua figlia erano miracolosamente sopravvissute ad anni di reclusione in un seminterrato, ma era sempre una storia scioccante.

Margo Allen si tamponò gli occhi con un fazzoletto, mentre la nipote le frugava nella borsa e Becky fissava il pavimento.

Gli astanti cominciarono ad alzare le mani e Wylie si appuntò le domande.

Quando ha deciso di diventare una scrittrice? Perché ha scelto il true crime? Perché ha deciso di scrivere la sua storia? Cosa pensa del libro Becky Allen? È ancora in contatto con lei e sua figlia?

«Becky Allen e sua figlia», disse Wylie, «sono le persone più forti e coraggiose che abbia mai conosciuto. Spero che venga rispettata la loro privacy».

«Ma hai scritto un libro sulla loro tragedia. Come la vede Becky?», chiese una donna.

Prima che il libro andasse in stampa, Wylie si era offerta di mandare il manoscritto all'amica affinché potesse leggerlo e darle suggerimenti. Le aveva anche proposto di annullare la pubblicazione, se così preferiva.

«Non mi serve leggerlo», le aveva risposto Becky. «Mi fido di te».

Wylie guardò in fondo alla sala per l'ultima conferma e l'amica le rivolse un sorriso triste, annuendo.

«Becky mi ha dato la sua approvazione», disse al pubblico. «Non avrei finito il libro altrimenti. Non l'avrei pubblicato senza la sua benedizione. È stata la tragedia di entrambe. Per anni abbiamo condiviso quest'incubo in posti e in modi diversi, ma l'abbiamo condiviso». Si rimangiò le lacrime. «E ne siamo uscite. Sono molto grata di aver riavuto la mia amica».

Un caldo applauso riempì la sala.

Un'ora più tardi, dopo aver firmato le copie e posato per le foto, Wylie ringraziò il direttore della biblioteca e si diresse verso l'uscita con Seth, mentre Becky, Josie e Margo l'aspettavano già fuori.

«Non mi sembra vero che siate venute stasera», esclamò.

«Non era lontano e volevamo farti una sorpresa», rispose Becky con un sorriso. Appariva molto diversa dall'ultima volta che l'aveva vista. Senza più il volto tumefatto e ferito, riconosceva i lineamenti della sua amica d'infanzia. Le fossette e il sorriso luminoso. Ma certe cicatrici erano rimaste, anche se meno visibili.

«Ciao, Wylie», la salutò timidamente Josie. Anche la bambina era cambiata. I capelli le arrivavano sotto il mento in una massa di riccioli neri. Era più alta di qualche centimetro e non era più magra ed emaciata.

«Ma guardati», disse, stringendola in un abbraccio caloroso. «Guarda come sei cresciuta». Prese la mano di Becky. «Stai benissimo», le disse.

Anche se avevano un aspetto migliore, c'era una diffidenza nei loro occhi, un'aria tormentata che le faceva venire voglia di piangere. Invece, si guardò attorno per cercare Seth. «Ecco mio figlio. Vieni qui, Seth».

«Ciao», disse Becky. «È bello conoscerti finalmente».

«Anche per me», disse il ragazzo. Becky cominciò a tempestarlo di domande sui suoi progetti per l'estate e Margo trasse Wylie da parte.

«Becky e Josie mi hanno raccontato tutto di quella notte», disse, stringendole una mano. «So di non essere stata gentile con te...».

«Non fa niente», disse Wylie scuotendo il capo. «Capisco, davvero. E anche se dicono che sia stata io ad aiutarle, loro hanno salvato me».

Gli occhi di Margo erano lucidi di lacrime. «Grazie. Grazie per averle riportate a casa».

Wylie non seppe cos'altro dire e fu grata quando quel momento fu interrotto. «Qualcuno di voi ha fame?», domandò Becky. «C'è un locale qua vicino. Avete tempo per mangiare un boccone?».

Wylie guardò Seth, che annuì. «Sto morendo di fame».

Si incamminarono e Wylie restò un po' indietro con l'amica a guardare il figlio che intratteneva Margo e Josie con storie divertenti sul tour promozionale.

«Abbiamo dei figli magnifici», disse Becky. Alzò il viso verso il sole del tramonto, assaporandone il calore sulla pelle. Wylie la imitò. Dopo la bufera di neve, aveva cercato di non dare più per scontati quei brevi momenti di felicità.

«Sì», assentì. Esitò prima di farle la domanda che voleva porle da tanto tempo. «Davvero hai intenzione di rimanere a Burden? Non è troppo difficile? Io non vedo l'ora di andarmene».

Becky scosse la testa. «Mia madre vive lì, e anche mio padre. Mio fratello e mia sorella non abitano tanto lontano. Non posso andarmene. Sono appena tornata».

Wylie cercò di capire. «Non ti preoccupa che Josie cresca in un posto dove tutti sanno cosa è successo? Non ha gli incubi? E tu? So che Randy Cutter è morto, ma tu e tua figlia potete venire a stare da noi in Oregon».

Più parlava, più le sembrava che fosse una buona idea. A Burden non c'era più niente per Becky e Josie, a parte i brutti ricordi. «Potresti trovare un lavoro quando ti sentirai pronta e c'è un'ottima scuola elementare per Josie proprio accanto a casa mia. I tuoi potranno venire a trovarti quando vogliono. Capirebbero. Com'è possibile che non capiscano?».

Becky si fermò. «È dura stare qui, ma penso che sarà lo stesso ovunque. Abbiamo spesso incubi io e Josie. E non sono solo quelli a tormentarci», si corresse. «Sogno che siamo ancora lì, nel seminterrato. Sento il cemento sotto i piedi, l'odore di Randy. E Josie, be'… Andiamo entrambe da una psicologa. Un po' ci aiuta». Vedendo che Wylie non sembrava convinta, Becky fece un respiro e ci riprovò.

«Tu qui hai perso i tuoi genitori e tuo fratello, nella tua casa d'infanzia. So quanto sia stata dura per te tornarci e lavorare al libro, ma se non l'avessi fatto, Josie sarebbe morta, e io con lei. O forse Randy ci avrebbe trovate e riportate a casa».

«Non era casa tua», la interruppe Wylie con rabbia. «Era una prigione».

«Sì», disse Becky. «Era una prigione. Ma c'era Josie con me. E grazie a te, ho avuto la fortuna di tornare nella mia vera casa. La casa in cui sono cresciuta. Un posto dove mi sono sentita al sicuro e amata ogni giorno della mia vita. Dormo nella mia vecchia stanza, nel mio vecchio letto, e mia madre è in fondo al corridoio».

«Ma...», cominciò Wylie.

«È quello che voglio da quando Randy Cutter mi ha rapita», continuò Becky. «Tornare a casa. E adesso sono proprio lì, con mia figlia. So che non sarà perfetto, che ho una lunga strada davanti a me, e che per Josie, probabilmente, sarà ancora più dura. Ma siamo a casa e per ora questo ci basta».

Becky le prese una mano. «Pensaci. Qual è il posto più sicuro?».

Wylie avrebbe voluto risponderle che non aveva più avuto una vera casa. Era una delle tante cose che Randy Cutter le aveva rubato. Si guardava ancora alle spalle. Non si sentiva più al sicuro da nessuna parte.

Guardò davanti dove Seth, Josie e Margo le aspettavano in fondo al marciapiede. Suo figlio le rivolse un cenno con la mano.

Allora comprese. Suo figlio. Ovunque andasse, anche se li separavano migliaia di chilometri, lui era la sua stella polare. La sua casa.

Wylie sorrise, gli rispose con un cenno e tornò all'amica «Si sistemerà tutto, vero?», chiese.

Si fermarono a guardare i tre che ridevano e le chiamavano. «Sbrigatevi!».

«Penso di sì», rispose Becky. «Ma senti, so che incolpi ancora te stessa per quello che mi è successo. Ho visto come hai reagito quando hai letto quella parte del libro».

Wylie scosse la testa. Non voleva più parlarne.

«No, aspetta», disse Becky mettendosi davanti a lei e costringendola a guardarla negli occhi. «A volte perdonarsi fa bene. È l'unica cosa che ci resta». Wylie si morse l'interno delle guance, cercando di non piangere, ma le lacrime arrivarono lo stesso.

«Non è stata colpa tua», disse Becky. «È stata colpa di

Randy Cutter, e solo sua. Non pensarci più. Non ho mai creduto che fossi responsabile, nemmeno per un attimo, quindi, ti prego, smettila di biasimare te stessa».

Le prese le mani. «Sorelle per sempre?»

«Sorelle per sempre», sussurrò Wylie.

Ringraziamenti

Anche se ho scritto il romanzo durante la pandemia, non sono mai stata sola e ho tante persone da ringraziare.

A cominciare da Marianne Merola, la mia cara agente, che dall'inizio della mia carriera è sempre stata una grande fonte di supporto, saggezza e amicizia. Ringrazio anche tutta la squadra della Brandt & Hochman Literary Agents Inc.

Sono molto grata alla mia editor, Erika Imranyi, sempre pronta a risolvere i problemi della trama. Ricordo con piacere le telefonate in cui parlavamo dei punti complicati. È sempre un'avventura. Emer Flounders, PR, un vero guru, ha lavorato instancabilmente alla promozione dei miei libri e per questo gli sono grata. Ringrazio tutti alla Park Rox, HarperCollins e Harlequin, inclusi quelli che hanno lavorato al marketing, alle vendite, alla produzione e alla copertina, per aver sostenuto me e i miei libri in tutti i modi possibili.

Grazie anche ai miei primi lettori, che mi hanno dato consigli impagabili per questo romanzo: Jane Augspurger, Molly Lugar, Amy Feld e Lenora Vinckier.

Un ringraziamento speciale va a Mark Dalsing, alla dottoressa Emily Gudenkauf e a John Conway per la loro perizia. Posso sempre contare su di loro quando ho bisogno di suggerimenti in materia di forze dell'ordine, medicina e vita nei campi.

La mia cara famiglia continua a essere la mia più grande sostenitrice. Sono tanto grata ai miei genitori, Milton e Patricia Schmida, e ai miei fratelli e sorelle. E come sempre, ringrazio Scott, Alex, Annie & RJ e Gracie. Vi voglio bene e non potrei fare niente senza di voi.

Indice

Nuova Narrativa Newton

Ultimi volumi pubblicati

Jane Shemilt, *Il paziente sbagliato*
Stuart MacBride, *La teoria dell'assassino*
Kiersten Modglin, *La casa nel bosco*
B.P. Walter, *L'ospite*
Letizia Triches, *Delitti all'imbrunire*
Tarryn Fisher, *La famiglia sbagliata*
Harry Sidebottom, *I ribelli di Roma*
Paolo Pinna Parpaglia, *Chi ha ucciso Desiré Bellanova?*
Robert Bryndza, *La verità sul caso Joanna Duncan*
Marcello Simoni, *Il castello dei falchi neri*
Gordon Doherty - Simon Turney, *L'ascesa dell'impero. I figli di Roma*
Gastone Breccia, *L'ultima città dell'impero*
LJ Ross, *Delitto a Holy Island*
Gavino Zucca, *Giallo sulla Riviera del Corallo*
Riccardo Landini, *La strana morte di Alessandro Cellini*
Salvo Toscano, *L'intruso*
Liz Lawler, *La seconda moglie*
Paolo Navi, *Il mistero della carrozza N.12*
Alessandra Carnevali, *Il delitto della vedova Ruzzolo*
Luca Arnaù, *L'enigma di Leonardo*
Andrea Frediani, *L'eroe di Atene. La saga di Teseo*
Caroline Mitchell, *Il killer di mezzanotte*
Catherine Hokin, *La bambina con la stella gialla*
Alex Connor, *La saga dei Borgia. Fine di una dinastia*
Danilo Pennone, *Delitto di Ferragosto*
Alberto Beruffi, *Il caso dei tre bambini scomparsi*
Gabriel Albiac, *Il segreto Machiavelli*

S.E. Lynes, *I vicini di casa*
Pierpaolo Brunoldi - Antonio Santoro, *L'inverno della morte rossa*
Sandie Jones, *Una donna di troppo*
Alison Belsham - Nick Higgins, *Morte a Kabul*
Sonia Sacrato, *L'istinto del gatto*
Sarah Pearse, *Il santuario*
Davide Cossu, *Il quinto sigillo*
G. L. Barone, *L'eredità degli Sforza*
Douglas Jackson, *L'orgoglio di Roma*
Megan Collins, *Delitto di famiglia*
John L Parker Jr., *Corsa per la vittoria*
Iacopo Cellini, *Il gioco di Andromeda*
Angela Marsons, *Promessa mortale*
Alex Pine, *Omicidio di Natale*
Alexandra Benedict, *A cena con l'assassino*
Fabio Delizzos, *La biblioteca segreta di Einstein*
Andrea Frediani, *Il nazista che visse due volte*
Simon Scarrow, *Per l'onore di Roma*
Rita Herron, *Urla nella neve*
Ross Greenwood, *Il killer di ghiaccio*
Elina Backman, *Il serial killer di Helsinki*
Barbara Frale, *Maledizione Notre-Dame*
Amy McCulloch, *Pericolo ad alta quota*
Lucy Clarke, *L'isola dei sogni*
Susan Walter, *Una casa tutta per noi*
Joel C. Rosenberg, *Cospirazione Cremlino*
Matteo Strukul, *Tre insoliti delitti*
K.M. Ashman, *Sotto i vessilli di Roma. Il trionfo dell'impero saga*
Patricia Gibney, *Un alibi di ferro*
Luigi Simeoni, *I delitti del Fante di Cuori*
Louisa Morgan, *Il romanzo segreto delle streghe*
Anthony Riches, *L'impero. La vendetta del gladiatore*
Jackie Kabler, *Una coppia davvero perfetta*
Darby Kane, *La verità sul caso Ridgefield*
Shalini Boland, *La famiglia perfetta*
Susan Lewis, *Il mistero di Edward Blake*
Freida McFadden, *Una di famiglia*
Ruth Ware, *Una ragazza speciale. The It Girl*

Alex Connor, *I segreti dell'amante del papa. Vizi Capitali Saga*
Petra Johann, *Il caso del libraio Erik Lange*
Alice Hunter, *La figlia del serial killer*
A.G.Riddle, *La colonia perduta*
Simon Scarrow, *La notte dei cadaveri*
Marcello Ciccarelli - Bruno Di Marco, *Il mistero del codice Fibonacci*
Harry Sidebottom, *Tempo di guerra*
Roberto Genovesi, *Il ragazzo che liberò Auschwitz*
Matteo Strukul, *Il ponte dei delitti di Venezia*
Karen McQuestion, *La casa in fondo alla strada*
Antonio Lanzetta, *Delitto in riva al mare*
Tarryn Fisher, *Una semplice bugia*
Kathryn Foxfield, *Le brave ragazze muoiono prima*
Kimberly Belle, *Caro marito*
Robert Bryndza, *Indizi mortali*
Marieke Nijkamp, *Un giorno tranquillo per uccidere. This is where it ends*
Eeva Louko, *Delitto sull'isola di ghiaccio*
Gavino Zucca, *Doppio mistero sotto la rocca*
Iacopo Cellini, *L'enigma dello zodiaco*
Marcello Simoni, *Il profanatore di tesori perduti*
Teresa Driscoll, *Inganni di famiglia*
Massimo Lugli - Antonio Del Greco, *Quei bravi ragazzi del Circeo*
Erin Kelly, *Delitti di famiglia*
Paolo Pinna Parpaglia, *Il quarto testimone*
Andrea Frediani, *I traditori dell'impero. Invasion saga*
Salvo Toscano, *La lama dell'assassino*
Massimiliano Colombo, *La vendetta della legione*
Helen Fields, *La casa delle ombre*
Liz Lawler, *Una madre silenziosa*
Douglas Jackson, *L'ultimo comandante di Roma*
Alessandra Carnevali, *Lo strano caso del quadro scomparso*
Stuart MacBride, *Il cadavere sotto la neve*
Raffaele Malavasi, *Dieci motivi per uccidere*
Simon Scarrow, *Nel nome di Roma*
Andrea Frediani, *Il dio della guerra*
Angela Marsons, *La memoria dei morti*
Catherine Coles, *Un misterioso omicidio e molti segreti*